복수천자

복수전자

조경아
장편소설

차례

프롤로그: 뜨거운 복수 7

1. 휘말리다 10
의뢰자 255. 기성우

2. 파고들다 40
의뢰자 254. 옥선정

3. 마주하다 83
의뢰자 258. 윤두성

4. 관여하다 108
의뢰자 181. 윤보미

5. 금기하다 128
의뢰자 260. 한상현

6. 불행하다 152
의뢰자 261. 정혜영

7. 드러내다 183
의뢰자 258. 윤두성

8. 뒤틀리다 212
의뢰자 262. 마우식

9. 돌아가다 245
의뢰자 262. 마우식

10. 고백하다 272
의뢰자 47. 이현민

에필로그: 차가운 복수 295

작가의 말 301

프롤로그

뜨거운 복수

뜨거운 복수였다. 내가 내 손으로 내 아버지의 집에 불을 지른 것은. 안타깝게도 처음이자 마지막으로 뜨거웠던 나의 복수는 그을음조차 남기지 못하고 사그라졌다. 이제 알았다. 복수는 뜨거울수록 실패하기 쉽다는 것을.

소방차가 도착하기도 전에 나의 불같은 복수는 결국 수치심만 남기고 끝이 났다. 어디선가 갑자기 나타난 남자들에게 두들겨 맞다가 까무러치기 일보 직전에 요란한 소리를 내는 자동차에 짐짝처럼 실렸다. 도망칠 생각은 없었다. 내겐 불을 지를 수밖에 없는 분명한 이유가 있었으니까. 자동차에 함께 탄 남자들은 저항할 의지도 없는 내 손과 발을 옴짝달싹할 수 없게 만들어놓고 차를 출발시켰다. 예상치 못한 치욕을 당했음에도 불구하고 나는 애써 숨을 고르며 생각했다. 집중해야 했다. 경찰서에 도착했을 때 카메라 세례를 받으며 내가 반드시 외쳐야만 하는 이야기들. 다행히 내게 치욕을 안겨준 거대한 남자들은 내 입까지 틀어막지는 않았다. 사실 방화가 목적이 아니었다. 세상 사람들에게 내 아버지의 추악함을 낱낱이 까발리기 위해 좀 더 극단적인 방법이 필요했을 뿐이다. 그러니까 진짜 중요한 것은 지금부터였다. 하고 싶은 말은 수없이 많았지만, 많은 사람들에게 빨리 전달하기 위해서는 최대한 간단하고 명료한 문장을 만들어야 했다. 내가 진실을 외칠 수 있는 시간은 그리 길지 않을 테니까. 양옆에 앉아 나를 옥죄는 남자들 덕분에 집중력은 좋은 편이었다. 겨우겨우 문장을 완성하고, 완성된 문장을 반복해서 되뇌었다. 한 치의 실수도 용납할 수 없었다. 이번 기회가 내게 주어진 마지막 기회일지도 모르니까.

아버지는 내가 누구보다 신뢰하고 싶은 사람이었다. 간혹 그의 독설과 냉소가 상처가 되기는 했지만, 존재 자체만으로 아버지는 내게 절대적이었다. 그런 아버지의 추악한 실체를 처음 알았을 때 느꼈던 절망감과 분노는 감당할 수 없을 만큼 깊었다. 아니 어쩌면 나는 아버지보다 나 자신한테 더 분노했는지도 모른다. 내 몸에 불을 질러버리고 싶을 만큼. 하지만 이제 와서 그 무엇을 하든 소용없었다. 내가 나 자신을 불태워버린다고 해도 아버지는 눈 하나 깜짝할 사람이 아니었다. 아버지에게 나는 갈아버리면 그만인 바람 빠진 타이어보다 못한 존재였으니까.

드디어 자동차가 멈췄다. 터져버릴 것처럼 나대던 심장은 자동차와 함께 멈췄다. 숨을 제대로 고르지도 못했는데 바윗덩어리 같은 남자들에게 잡혀 자동차 밖으로 끌려 나왔다. 이상했다. 분명 무언가 잘못되었다. 지금 내가 서 있는 곳은 경찰서가 아니라 정신과병원이었다. 그제야 내가 타고 있던 자동차가 경찰차가 아닌 정신과병원 마크가 선명하게 박혀 있는 승합차였다는 사실을 깨달았다. 정신과병원 앞이라 해도 카메라가 단 한 대라도 있었다면 이렇게 당황스럽지는 않았을 것이다. 내 어설픔을 탓할 틈도 없이 나는 경찰서가 아닌 정신과병원에 감금되었다. 내 나이 겨우 열여덟에 말이다.

1. 휘말리다

슬슬 골이 나기 시작했다. 보미는 이런 상황 자체를 이해하기 힘들었다. 물론 그냥 모른 척하면 그만이었다. 안타깝게도 보미는 태어날 때부터 이런 꼴을 보고 그냥 지나칠 수 없는 종류의 사람이었다.

"저기요. 저 사람이 김밥집에서 난동 부리는 걸 제가 똑똑히 봤다니까요?"

보미의 짜증 섞인 말을 듣고도 차 순경은 묵묵히 종이컵 세 잔에 믹스커피 세 봉을 각각 쏟아 넣고, 어느 하나라도 정성이 모자라지 않게 휘휘 저었다. 차 순경에게 볼멘소리를 하긴 했지만, 사실 보미가 화가 난 것은 차 순경의 태도 때문만은 아니었다. 이런 와중에도 경찰서 긴 의자에 누워 등받이에 다리를 올려놓고 태연하게 TV를 보고 있는 피의자 때문이었다. 아니 어쩌면 태평한 얼굴을 하고 차 순경이 타주는 믹스커피를 기다리고 있는 피해자 아주머니 때문인지도 모르겠다.

"이럴 거면서 저를 왜 여기로 오라고 하신 건데요?"

"진술 끝났으니까 학생은 집에 가도 된다고 했잖아."

"아니 제가 갈 수가 없는 게 지금 분위기가 저 사람 그냥 풀어줄 거 같은 분위기잖아요!"

보미가 큰 소리로 말하자, 긴 의자에 누워 TV를 보던 남자가 힐끗 보미를 쳐다봤다. 대개 이런 경우 피의자는 신고자에게 어떤 적의를 보이는 것이 일반적인 반응인데 남자의 얼굴에는 그런 적의가 전혀 보이지 않았다. 정강이를 걷어차고, 팔도 비틀었고, 신고까지 했는데 남자는 오히려 보미에게 약간 미안한 표정을 짓고 있었다. 보미는 기가 차고 화가 나서 어쩔 줄 몰랐다. 차 순경은 진정하라는 의미로 보미에게 커피 잔을 건넸지만, 보미는 손바닥을 세우며 단호하게 거절했다. 머쓱해진 차 순경은 피해자인 아주머니에게 가서 커피 잔을 건넸다. 피해자 아주머니는 흔쾌히 받아주었다. 사실 보미 눈에는 커피 잔을 받아 들고 말갛게 웃고 있는 피해자 아주머니도 많이 이상해 보였다. 아주머니 역시 지금 상황에 맞는 감정이 전혀 보이지 않았기 때문이다. 보미는 가족 간에 벌어진 싸움에 괜히 끼어들었다가 누구의 편도 되지 못하고 가족 모두의 적이 되어버린 기분이었다.

"피해 품목 리스트는 다 적으셨나요?"

"네, 여기 이렇게 적으면 되는 거죠?"

"네, 아주 잘 적으셨네요. 근데 글씨가 참 예쁘시네요?"

"호호, 아니에요."

"아니요. 요즘 그 뭣이더라 글씨 예쁘게 쓰는 캘리그래피? 그런 거 하셔도 되겠어요."

보미의 복장이 터지든 말든 차 순경과 피해자 아주머니는 화목하고 다정하게 이야기를 주고받았다. 보미만 불편하고 모두가 평화로운 가운데, 날렵한 양복을 입은 한 남자가 경찰서 안으로 들어왔다. 양복 입은 남자는 들어오자마자 차 순경을 한눈에 알아보고 꾸벅 인사했다. 설마 저 피의자와 관련이 있는 사람? 보미는 신경이 샤프심처럼 날카로워졌다.

"기성우 씨 일로 합의하러 오신 분이시죠?"

"죄송합니다. 제가 좀 늦었습니다."

"아이고, 아닙니다. 이리 와서 좀 앉으세요."

30대로 보이는 양복 입은 남자가 피의자 기성우에게 꾸벅 인사하자 기성우는 이제 왔냐는 듯 고개를 까딱하더니 다시 TV로 시선을 돌렸다. 양복을 입은 남자도 그제야 의자에 앉았다. 그때서야 보미는 이 상황을 이해할 수 있었다. 이런 상황을 어디선가 많이 본 것도 같았다. 의심할 여지없이 양복을 입은 저 남자는 아주 높으신 분을 모시는 수많은 비서 중의 한 사람일 것이다. 시종일관 태평해 보이는 피의자 기성우의 정체도 어느 정도 분명해졌다. 보미는 자기도 모르게 허탈한 웃음이 나왔다. 그런데 이 정도로 대단한 집안 자제분이 왜 그런 김밥집에서 난동을 부렸을까? 보미는 그 이유가 궁금해졌다.

양복 입은 남자는 마치 이런 일에 아주 이골이 난 사람처럼 익숙하고 능숙해 보였다. 말 많은 차 순경에게 말려들지 않기 위해 틀에 박힌 안부로 입을 막고 바로 본론으로 들어가는 신공을 부렸다. 차 순경이 피해 상황을 설명하며 피해자가 작성한 피해 물품 목록을 건네자 양복 입은 남자는 제대로 훑어보지도 않고 바로 합의금 액수를 말했다. 누구도 예상치 못한 금액이었다. 보미는 두 번 놀랐다. 금액에 한 번 놀라고, 그곳에서 그 액수를 듣고 놀란 사람이 자신밖에 없다는 사실에 또 한 번 놀랐다. 한마디로 보미를 제외한 모두가 이미 짜고 치는 고스톱을 하고 있는 것이다. 덕분에 합의는 일사천리로 진행되었다. 그 와중에도 피의자는 의자에 누워 재미도 없는 TV에서 눈을 떼지 않았다. 보미는 도저히 가만히 있을 수가 없어서 평화로운 그들만의 세상에 돌을 던지기로 마음먹었다.

"잠시만요! 지금 다짜고짜 합의를 하는 게 맞는 건가요?"

"아직 안 갔어, 학생?"

"아니, 아무리 생각해도 이해가 되질 않아서요. 도대체 저 사람 누구예요? 뭐 국회의원 아들쯤이라도 돼요? 진짜 국회의원 아들이라고 해도 그렇지, 이러면 안 되는 거잖아요!"

"학생, 혹시 그거 알아요? 학생이 기성우 씨 때린 거 걸고넘어지면 학생도 꼼짝없이 폭행죄로 넘어갈 수 있다는 거."

"아니, 그거야 저 사람이 난동을 부려서 제가……."

"그니까, 학생은 여기까지만 하라고! 오케이?"

차 순경의 말에 보미는 대답 대신 입술을 깨물었다. 보미는 괜히 남의 일에 끼어들었다가 우스운 꼴이 되어버린 자신이 한심했다. 그럼에도 불구하고 이대로 그냥 물러설 수가 없었다. 짜고 치는 고스톱에 뒨통 당한 지금의 상황이 억울했지만, 무엇보다 보미를 물러설 수 없게 만든 건 호기심이었다. 상식적으로는 보이지 않는 피의자와 피해자의 속내가 무엇보다 궁금했던 것이다. 그래서 보미는 피해자 아주머니를 다시 한 번 자극해보기로 했다.

"아주머니, 이렇게 그냥 합의하시면 안 돼요! 아무리 그래도 사과는 정식으로 받고 합의하셔야죠. 안 그러면 앞으로도 저런 인간들은 계속 저런 못된 짓만 하고 다닌다니까요?"

계산된 보미의 외침에 정작 반응을 보인 것은 피해자 아주머니가 아니라 기성우였다. 의자에 누워 있던 피의자 기성우가 보미의 말을 듣고 갑자기 벌떡 일어났기 때문이다. 보미가 놀랄 틈도 없이 기성우는 어느새 보미 앞으로 성큼성큼 다가왔다. 혹시나 기성우가 자신에게 해코지라도 할까봐 보미는 본능적으로 방어 태세를 갖췄다. 긴장감이 빵빵한 풍선처럼 부풀어 올랐지만, 기성우는 보미의 예상을 무참히 깨버리고 피해자 아주머니 앞에서 고개를 허리 아래까지 숙였다.

"저 때문에 괜한 피해를 드려서 죄송합니다. 용서해주시면 평생 은혜 갚으며 살겠습니다."

"아이고. 또 왜 이러세요! 저희는 정말 괜찮다니까요."

아주머니는 오히려 자신이 더 미안한 것처럼 기성우의 등을 쓰다듬으며 연신 피의자를 다독였다. 보미는 이상한 나라에 떨어진 앨리스가 된 기분이었다. 무엇보다 피해자 아주머니의 반응이 기가 막혔다. 더군다나 피해자 아주머니의 행동과 말에는 진심으로 기성우를 위하는 마음이 담겨 있었다. 분명 합의금 액수 때문만은 아니었다. 보미가 그렇게 당황스러워하는 사이에도 합의 절차는 계속 진행되었다. 급행열차가 정차하지 않아도 되는 역을 그냥 지나치는 것처럼 합의 절차가 신속하게 마무리되자 양복 입은 남자는 바로 자리에서 일어섰다. 바쁜 일이 있는지 기성우에게 꾸벅 인사를 하고 곧 경찰서를 떠났다. 기성우는 대리인이 사라지자 마치 친아들이라도 되는 것처럼 피해자 아주머니의 팔짱까지 끼고 경찰서를 선선히 나섰다. 보미가 팔짱을 끼고 경찰서를 나서는 두 사람을 멍하니 쳐다보고 있는데, 기괴한 피의자가 뒤돌아보며 보미에게 살짝 윙크를 했다. 보미는 입이 떡 벌어졌다. 너무 기가 막혀서 웬만한 일로는 그 입이 다물어질 것 같지 않았다.

"학생, 많이 놀랐지?"

"도대체 저 사람 뭐 하는 사람이에요?"

"늑대의 탈을 뒤집어쓴 천사라고 하면 될까?"

"좀 알아듣게 설명해주세요."

"구체적인 이유는 잘 모르겠는데, 저 사람 자기 아버지한테 피해 입은 사람들한테 대신 사죄하고, 피해 보상금이라도 챙겨주고 싶어서 저런다는 얘기가 있어."

"네? 그게 무슨……."

"좀 이상하지?"

"저 사람 아버지가 누군데요?"

"국회의원 기승만!"

겨우 다물었던 보미의 입이 다시 벌어졌다. 그냥 질러본 말이었는데, 진짜였다니. 뒤통수를 크게 얻어맞은 것 같은 배신감과 함께 복잡한 감정들이 식도를 타고 스멀스멀 올라왔다.

"그러니까 가게 주인들도 다 알고 있었다는 얘기네요?"

"그렇다니까."

"뭣도 모르고 제가 괜한 오지랖을 부린 거구요!"

"그렇지!"

"근데, 아저씨는 어떻게 아셨어요?"

"저 사람이 저러고 다니는 게 한두 번이 아니어서 이 바닥에 소문이 쫙 퍼졌거든. 우리 서에서만 벌써 두 번이나 저랬으니까."

"아니, 아버지가 무슨 죄를 얼마나 지었기에 저런 짓을 하고 다니는 거래요?"

"그거야 우리도 잘 모르지. 정확하지 않은 소식통에 따르면 저 사람 정신이 온전치 못해서 정신과병원에 오래 있다가 나왔다는 이야기도 있고."

"딱 봐도 제정신은 아닌 거 맞네요."

"나도 첨엔 그렇게 생각했는데, 또 저 사람 하는 행동을 보면 그럴만한 이유가 있었을 것 같기도 하고."

"근데, 얼마나 저러고 다녔으면 경찰서마다 소문이 났을까요?"

"정확히는 잘 모르겠는데 아마 저런 짓해서 다 구속이 되었으면 전과 17범 정도 된다고 하더라고. 대단하지?"

"그 국회의원이란 사람도 대단하네요. 어떻게 한 번도 안 거르고 합의금을 다 줬대요?"

"국회의원이 이런 일로 꼬투리 잡히면 타격을 받으니 쉬쉬하느라 그런 거겠지. 돈은 많으니 해결하기도 쉬울 거고. 저 사람은 그걸 알고 또 계속 저러는 거고."

"피해자들도 좀 그러네요. 아니, 자존심도 없나 왜 저런 걸 알면서 받아줘요?"

"피해자들도 어쩔 수 없었을 거야. 저 사람 아까도 봤지? 피해자들이 미안할 정도로 찾아가서 빌고 또 빌었다고 하더라고. 경제적인 문제도 무시 못 했을 테고. 암튼 피해자들에겐 천사로 보였을지도 모르는 사람이야."

"천사는 무슨. 그냥 미친놈이죠."

"암튼, 학생은 그렇게 알고 얼른 집에나 가. 세상엔 원래 이해 못할 사람들 천지니까."

##

자기도 모르게 풀어져버린 오지랖을 탓하며 보미는 경찰서에서 투덜투덜 나왔다. 학원을 가기엔 너무 늦은 시간이었고, 그냥 집으로 가자니 엄마의 불호령이 두려웠다. 이럴 땐 그냥 복수전자로 향하는 게 최선이었다. 요셉을 볼 생각을 하니 보미는 다시 기분이 좋아졌다. 그러고 보니 이상한 피의자 기성우도 요셉과 비슷한 또래로 보였다. 근데 그 사람은 어쩌다 저렇게 된 걸까? 아무리 아버지에 대한 원한이 크더라도 저렇게까지 무식한 복수를 하다니. 대부분의 사람들은 자신의 아버지가 세상 사람들에게 손가락질 받는 부도덕한 일을 저질렀다 하더라도 아버지라는 이유로 그 사실 자체를 외면하거나 어떻게든 합리화시키려고 노력한다. 오히려 어떤 이들은 그런 아버지에게 손가락질 하는 사람들을 비난하기도 한다. 부와 권력을 가진 아버지 덕분에 아들로서 받을 수 있는 혜택이 어마어마할수록. 그럼에도 불구하고 그런 아버지의 부도덕함을 참을 수 없다면 그냥 아버지를 외면하고 떠나버리면 그만이다. 도대체 원한이 어느 정도면 범죄자가 될지도 모르는 상황까지 자신을 내몰면서 아버지에게 엿을 먹이고 싶을까? 기성우는 진짜 미친놈일지도 모른다는 생각에 다다랐을 무렵, 누군가 보미의 어깨를 조용히 두드렸다.

"여기서 또 보네요?"

이상한 피의자 기성우였다. 보미는 다시 입이 벌어졌다. 그는 마치 아주 반가운 사람을 만난 것처럼 한쪽 손까지 살랑살랑 흔들며 보미에게 인사하고 있었다. 보미는 입을 벌린 채 그냥 멍하니 기성우를 쳐다봤다. 도대체 이 괴상한 남자가 왜 내 앞에 다시 나타난 걸까? 덕분에 보미는 때마침 정류장에 도착한 버스를 그냥 보낼 수밖에 없었다.

"그냥 지나가려다가 학생한테 왠지 미안해서요."

"저한테 뭐가 미안한데요?"

"괜히 나 때문에 시간 낭비하게 만든 거 같아서."

"그렇긴 하죠. 덕분에 오늘 학원 수업 하나 날렸으니까."

"미안해서 어쩌죠?"

"그렇게 미안하시면 햄버거라도 쏘시든가."

"아, 그래도 될까요? 마침 나도 배가 고팠는데."

"근데, 아저씨 같은 사람들도 햄버거 먹어요?"

"그럼요. 근데 저 같은 사람이 왜요? 햄버거 싫어하게 생겼어요?"

"아뇨, 햄버거 따위는 먹어본 적 없을 것같이 생겨서요."

##

햄버거 세트 두 개를 테이블 위에 올려놓고 보미는 이상한 피의자 기성우를 꽤 오래 노려보고 있었다. 기성우는 좀처럼 나이를 가늠할 수 없는 얼굴을 가지고 있었다. 얼핏 보면 20대 청년으로 보였지만, 한쪽 눈을 감고 보면 세상 풍파 다 겪어낸 40대 초반 남자로도 보였다. 쌍꺼풀 없이 크게 파인 눈매는 깊었고, 눈꼬리가 자연스럽게 처져 있어 선하지만 비밀스러운 사연이 있는 사람처럼 보였다. 일자로 길게 다물어진 입술은 단정하지만 단호해 보여 생각 없이 경거망동하는 스타일로는 보이지 않았다. 전체적으로 단정한 인상과 달리 기성우의 옷매무새는 단정하지 못했다. 머리카락은 짧은 편이었지만 어디로 뻗어야 할지 몰라 온갖 방향으로 흩어져 있었고, 어디서나

볼 수 있는 회색 라운드 티셔츠는 너무 낡아서 원래부터 회색이었는지 아니면 하얀 옷이 회색으로 변한 것인지 모를 정도였다. 작업복 바지처럼 생긴 베이지색 면바지 무릎은 곧 구멍이 뚫릴 것처럼 허옇게 변해 있었고, 바지 끝단은 해질 대로 해져서 할아버지 수염 같은 실밥들이 다리를 움직일 때마다 자기들끼리 파도타기를 하고 있었다. 파도 타는 실밥들 사이로 보이는 미색 운동화 역시 흰색 운동화가 누렇게 변한 건지 원래부터 미색이었는지 모를 정도로 낡고 가벼워 보여서 누군가 만지면 잿더미처럼 바로 사그라질 것 같았다. 머리부터 발끝까지 세련되거나 깔끔한 구석은 하나도 없었지만, 그 모든 조화가 마치 처음부터 그랬던 것처럼 너무도 자연스러워서 호감을 가진 사람이 보면 빈티지라는 말을 형상화한 사람처럼 보이기도 했다. 목구멍이 따끔거릴 정도로 빨대로 콜라를 깊게 빨아 마시며 보미는 생각했다. 여러 가지 측면에서 기이한 피의자 기성우는 요셉과 많이 닮은 것 같다고.

"뭘 그렇게 뚫어져라 쳐다봐요? 사람 민망하게."

"궁금해서요."

"왜 이런 짓을 하고 다니는지?"

"네, 뭐 솔직히."

"차 순경님한테 어디까지 들으셨는지 모르겠지만, 별거 아니에요. 좀 대단한 아버지를 두다 보면 이렇게 살아지기도 하는 거니까."

아무렇지도 않은 듯 쉽게 말했지만, 기성우의 눈빛은 그리 쉬워 보이지 않았다. 보미는 깊어질 대로 깊어진 그의 눈동자를 바라보며 잠시 고민했다. 물어볼까? 말까? 고민하는 사이 기성우는 어느새 햄버거 한 입을 크게 베어 물고 우물우물 씹으며 물었다.

"햄버거 맛있는데 왜 안 먹어요?"

"아버지한테 복수를 하고 싶은 거예요? 아니면, 자학을 하고 싶은 거예요?"

햄버거를 먹느라 터져버릴 것 같은 양 볼을 자랑하던 기성우가 볼 움직임을 멈추고 보미를 쳐다봤다. 보미는 기성우의 눈빛에서 아까 봤던 섬뜩한 광기가 아주 잠시 스치는 것을 놓치지 않았다. 보미가 다시 빨대를 깊게 빨자 눈치 없는 빨대는 요란한 소리를 내며 콜라가 없음을 고지식하게 사방에 알렸다. 그제야 기성우는 두 볼을 다시 움직이며 되물었다.

"왜요? 내가 그렇게 이상해 보여요?"

"처음엔 이상했는데, 지금은 좀 불쌍해 보여서."

"뭐가 불쌍한데요?"

"부모님을 증오하는 게 얼마나 힘든 일인지 어느 정도 짐작은 하거든요. 제 주변에 그런 분들이 꽤 있어서. 그런 부모한테 복수까지 하려면 저렇게 미쳐야 되나 싶기도 하고."

"보미 학생은 엄청 착한 사람인가 보네."

"아뇨. 그런 건 또 아니고."

"그럼, 내 방식이 맘에 안 드는 건가?"

"눈치는 좀 있으시네."

"너무 무모해 보여서?"

"네, 아주 많이. 좀 멍청해 보일 정도로?"

"그 정도로?"

"제가 좋아하는 오빠가 그랬거든요. 복수는 뜨겁게 하는 게 아니라 차갑게 하는 거라고. 근데 아저씨 복수는 뜨겁지도 차갑지도 않고 미지근해서 질척거리는 느낌이 든다고 해야 하나? 쉽게 말해서 그냥 무식해 보여요."

"우와, 듣다 보니 자존심이 엄청 상하네."

기분이 상했다면서 이상하게 웃고 있는 기성우를 앞에 두고 보미는 가방을 뒤적거렸다. 기성우가 호기심 어린 표정으로 쳐다보자, 보미는 티켓머신에서 자동으로 튀어나오는 1회용 지하철 티켓처럼 명함 하나를 불쑥 내밀었다.

"이게 뭔데요?"

"이건 아주 특별한 경우에만 쓰는 건데, 아저씨가 너무 불쌍해 보여서 드리는 거예요."

"전자제품 수리, 중고품 판매? 불쌍해 보이는데 왜 이런 전파사 명함을?"

"필요하실 거 같아서."

"제가요?"

"네."

"병든 마음을 전파사에 가서 수리해라 뭐 그런 철학적인 얘긴가?"

"그렇게 생각이 짧으시면 어쩔 수 없고. 어쨌든 오늘 콜라 잘 마셨어요. 전 그럼 이만."

"햄버거는 먹지도 않고?"

"사실 전 햄버거 별로 안 좋아해요."

"그런데, 왜 여길?"

"제가 좋아하는 오빠가 좋아하거든요. 이거 가져가도 되죠?"

기성우는 반사적으로 고개를 끄덕였다. 보미는 만족스러운 표정을 지으며 햄버거를 덥석 집어 들고 일어섰다. 한 손에 햄버거를 쥐고 보미가 씩씩하게 햄버거 가게를 나가는 사이 기성우는 보미가 건네준 명함에 적힌 이름을 보고 피식 웃었다.

복. 수. 전. 자.

이름 참. 기성우는 복수전자라는 이름을 비웃다가 이상한 점을 발견했다. 명함이라 하면 꼭 있어야 하는 연락처가 보이지 않았다. 그 대신 전파사 명함과는 어울리지 않는 QR코드(Quick Response Code)만 덩그러니 그려져 있었다. 이게 뭘까? 기성우는 휴대폰을 꺼내 QR코드를 스캔했다. 초점이 맞지 않아 몇 번 방황하던 카메라는 QR코드를 잽싸게 낚아채더니 '복수전자'라는 모바일게임 설치 페이지로 넘어갔다. 이거였군. 그제야 웃음이 났다. 기성우는 게임 설치 버튼을 누르고 남은 콜라를 빨아 마셨다. 콜라가 요란한 소리를 내며 바닥을 보일 때쯤 설치가 완료되었다. 게임을 실행시키려다가 잠시 망설였다. 마치 새로운 모험을 앞두고 소심해지는 초짜 모험가처럼. 성우는 머뭇거리다가 바지 뒷주머니에 복수전자 명함과 휴대폰을 고이 끼워 넣고 자리에서 일어섰다. 끼익. 의자 밀리는 소리를 내며 일어서다가 탁자에 부딪힌 자신의 정강이를 부여잡고 기성우는 다시 주저앉았다. 김밥집에서 보미에게 걷어차인 그 정강이였다. 비명 대신 웃음이 헛헛하게 올라왔다. 정강이가 지금쯤 검붉은색으로 변해 있을 거란 생각이 들자 성우는 이상하게 웃음을 멈출 수 없었다.

##

제대로 자리를 잡고 앉아 기성우는 Play스토어에 적혀 있는 복수전자 게임 상세 설명을 진지하게 읽었다. 주저리주저리 설명이 많았지만, 한마디로 요약하면 레벨에 따라 나뉜 50단계의 복수를 성공하면 마스터할 수 있는 게임이었다. 생각보다 너무 단순했다. 흥미로운 것은 대개 복수라는 주제는 거대한 서사를 기반으로 한 RPG게임에서 하나의 테마로 이용되거나 격투게임에서 동기부여를 하기 위해 부수적으로 사용하는 것이 일반적인데, 복수전자 게임은 당돌하게도 복수 자체를 직접적인 목표로 하고 있었다. 그렇게 비장한 게임인 데 반해 그래픽이나 구성은 또 어딘가 모르게 촌스러워서 선뜻 하고 싶은 기분이 들지 않았다. 이런 이상한 게임을 하는 사람이 얼마나 있을까? 혼자 반문하다가 성우는 깜짝 놀랐다. 다운로드 수가 생각보다 많았기 때문이다. 게임에 대한 평점 역시 이상하게 높았다. 자연스럽게 게임에 대한 리뷰들도 살피게 되었다. 재미없다는 말이나 게임에 대한 문제점을 지적하는 리뷰는 거의 찾아볼 수 없었고, 좀 더 손쉽게 레벨을 올릴 수 있는 방법을 공유해달라는 요청이 대부분이었다. 그 정도로 재미있는 게임인 걸까? 아니면 게임을 마스터했을 때 주어지는 보상이 어마어마한 걸까? 궁금했지만, 이 게임을 마스터했다는 리뷰는 좀처럼 찾아보기 힘들었다. 결과를 알고 싶은 오기가 생겨 리뷰들을 더 꼼꼼하게 살피다가 성우는 한 리뷰에서 스크롤을 멈췄다.

ID : avenger321

복수는 차갑게 해야 제맛!*

복수는 차갑게. 아까 보미가 햄버거 가게에서 했던 말과 비슷했다. 흔하게 쓰는 말은 아니었는데 오늘 벌써 두 번이나 듣게 된 것이다. 문득 성우는 어렸을 적 PC에서 즐겨 했던 버블게임이 생각났다. 밤을 새우며 하고 싶을 만큼 재밌는 게임은 아니었지만, 최종 레벨이 되었을 때 나오는 문구가 기막히다는 소문을 듣고 그 게임을 시작한 적이 있었다. 반전이 있는 영화나 소설에 대해서는 그렇게 스포일러들이 넘쳐 나면서, 이상하게 그 게임을 마스터한 사람들은 목숨을 걸고 비밀을 지키려는 독립투사처럼 마지막 문구에 대한 정보를 발설하지 않았다. 호기심에 어쩔 수 없이 성우는 이를 악물고 게

* 스티븐 파인먼, 『복수의 심리학』(반니, 2018), p. 9. "복수는 차게 대접해야 제맛인 요리다"는 속담에서 따왔다.

임을 마스터했고 그 마지막 문구를 두 눈으로 확인할 수 있었다.

"○○버블게임 마스터하신 것을 축하합니다! 이제 컴퓨터를 끄고 오락실로 가세요!"

게임을 마스터한 사람들은 아마도 이런 허탈감을 자기 혼자서만 당할 수 없어 스포일러가 되지 않기로 결심했을지도 모르겠다. 복수전자 게임을 하는 사람들도 그런 심정이었을까? 성우는 더 이상 고민하고 싶지 않아 복수전자 게임을 바로 시작해보기로 마음먹었다.

의뢰자 255. 기성우

아버지를 처음 만났을 때 나는 일곱 살이었다. 일곱 살의 나는 엄마를 잃었고, 엄마를 잃었다는 슬픔보다 혼자 남아 고아원에 보내질 거란 두려움에 휩싸여 있었다. 울지도 못하고 나를 위로하던 몇 안 되는 사람들을 경계의 눈빛으로 죽어라 노려보기만 했다. 엄마 잃은 일곱 살 아이의 공포란 그런 것이다. 눈이 빠질 것처럼 사람들을 노려보던 그때, 갑자기 양복 입은 남자들이 나타났다. 그게 화장터였는지 장례식장이었는지는 정확히 기억나지 않는다. 그저 나는 그들이 나를 고아원으로 데려갈 사람들이란 생각에 어떻게든 달아날 궁리만 하고 있었다. 다행히 그들은 나를 고아원으로 데려가지 않았다. 그들이 데려간 곳은 TV에서만 봤던, 멋진 정원을 한참 지나야만 모습을 드러내는 으리으리한 2층 저택이었다. 아마도 일곱 살이었던 내가 봤던 집들 중에 가장 크고 멋진 집이었을 것이다. 그 집에는 양복 입은 아저씨들보다 몇 배는 더 무서워 보이는 아저씨가 살고 있었다. 하얀 칼라에 검은 원피스를 입은 한 아주머니가 멍하니 서 있는 내게 다가오더니 그 아저씨가 바로 내 아버지라고 말해주었다. 아버지. 엄마는 분명 아버지가 죽었다고 했는데! 거짓말이었던 걸까? 거짓말이라고 해도 상관없었다. 나는 그때 누구보다 절박했고, 고아원이 아닌 곳에서 살 수만 있다면 언제든 그 무서운 아저씨에게 달려가 안길 준비가 되어 있었다. 아버지! 순간 튀어나온 내 목소리에 나도 놀랐다. 아버지도 그 말에 놀랐는지 나를 힐끔 쳐다보며 말했다.

"이 아이, 목욕 좀 시키세요."

그게 아버지가 내게 던진 첫말이었다. 엄밀히는 내게 한 말도 아니었지만. 어쨌든 그때 나는 그 말을 듣고 발꿈치가 엄청 아팠다. 어린 시절부터 나는 이상하게 마음이 아플 때면 발꿈치가 움찔움찔 아팠다. 그날도 나는 발을 디디기 어려울 정도로 발꿈치가 심하게 욱신거렸다. 그게 슬픔이었는지 분노였는지는 모르겠다. 어쩌면 극한의 공포에서 살아 돌아왔다는 안도감 같은 것이었을까? 어쨌든 나는 엄마를 잃어버리고 나서야, 아버지라는 존재를 얻게 되었다. 고아원 대신 상상도 못 할 멋진 집에서 살게도 되었다. 그땐 그게 얼마나 엄청난 일이었는지조차 실감하지 못했다.

처음부터 아버지를 미워하지는 않았다. 아버지라는 사람이 좋은 사람 같아 보이진 않았지만, 나는 그냥 아버지라는 사람이 있다는 자체가 좋았으니까. 물론 아버지에게는 실제보다 훨씬 더 나이가 들어 보이는 부인이 있었고, 그 부인이 낳은 딸도 있었다. 그러니까 일곱 살이었던 내게 새어머니와 누나가 생겼던 것이다. 물론 그들은 내 존재를 환영하지 않았다. 그렇다고 나를 미워하거나 괴롭히지도 않았다. 그저 서로가 서로를 투명 인간처럼 여기며 자신의 자리를 지키고 살았을 뿐이다. 살갑지는 않았지만 최선을 다해 보살펴주는 유모가 있어 사실 크게 불편한 점도 없었다. 무엇보다 아버지는 굉장한 부자였다. 대대로 유명한 사학재단을 운영하던 집안이었기 때문에 아버지는 누구나 이름만 대면 알 수 있는 학교 이사장직을 맡고 있었다. 덕분에 나는 초등학생 때부터 상주 가정교사에게 특별한 과외를 받으며 최상의 환경에서 공부할 수 있었다. 갑자기 나타난 아버지가 모든 것을 해줄 수 있는 부자라는 사실은 참 신기한 일이었지만, 그렇다고 해서 내가 하고 싶은 걸 다 할 수 있다는 뜻은 아니었다. 가진 것이 많아질수록 할 수 있는 것보다 해야 하는 일이 더 많아지는 법이니까.

"누구도 믿지 마라. 가까운 사람일수록 더."

실제로 아버지는 그 누구도 믿지 않는 사람이었다. 자신의 가족도 친구도 모두 협상이 필요한 존재로 여겼다. 그런 아버지의 가르침은 내 인생의 많은 것들을 차단시켰다. 때문에 나를 보살펴준 유모에게도, 가정교사들에게도 어리광을 부리거나 친밀감을 표시할 수 없었다. 친구를 사귀는 것도 마찬가지였다. 안타까운 것은 내가 그들을 경계하기 전에, 그들이 먼저 나를 그런 존재로 만들었다는 것이다.

그런 내게도 처음으로 친구라고 부를 수 있는 존재가 생겼다. 아버지가 운영하던 초등학교에 다녔던 나는 그때도 항상 전교 1등을 놓치면 안 되는 아이였다. 누가 시킨 것도 강요한 것도 아니었지만, 암묵적으로 나는 반드시 그래야만 했다. 다행히 나는 그 사명을 어렵지 않게 해낼 수 있는 아이였다. 5학년 1학기가 어느 정도 지났을 무렵, 한 아이가 전학을 왔다. 이름은 이현민. 현민이는 전학을 온 지 2주 만에 치른 시험에서 보기 좋게 나를 제치고 전교 1등을 차지했다. 처음으로 1등 자리를 빼앗겼지만, 나는 이상하게 기분이 나쁘지 않았다. 아니 오히려 현민이라는 친구가 무척 궁금해졌고, 어떻게든 친해지고 싶었다. 내 바람대로 현민이와 나는 얼마 가지 않아 둘도 없는 친구가 되었고, 1, 2등을 주고받는 사이가 되었다. 내게 친구라는 존재를 허락하지 않았던 아버지도 현민이라는 라이벌이 내 학구열에 좋은 자극제가 된다고 생각했는지 그때만큼은 제지하지 않았다. 물론, 현민이 아버지가 고등학교 수학 선생님이라는 이유도 어느 정도 작용을 했을 것이다. 그렇게 나는 처음으로 친구를 만들었고, 그 친구와 함께 꽤 만족스러운 학창 시절을 보낼 수 있었다.

초등학교에서 중학교를 거치는 동안 항상 같은 반이었던 우리는 고등학교 역시 같은 학교 같은 반이 될 수 있었다. 그때까지만 해도 나는 세상 부러울 것이 없는 사람이었다. 친구였고, 형제였던 현민이와 그렇게 평생을 함께할 거라 믿어 의심치 않았다. 그러나 안타깝게도 고등학교 첫 시험을 치르고 난 뒤 우리의 관계는 완전히 바뀌어버렸다. 직접적이고 표면적인 이유는 고등학교 입학 후 처음 치른 시험에서 현민이가 나를 가볍게 제치고 전교 1등을 차지했기 때문이었다. 그때의 나는 현민이에게 아낌없는 축하를 보냈지만, 아버지는 그러지 못했다. 처음엔 현민이가 나의 경쟁자로 쓸 만하다 생각했지만, 고등학생이 되면서 아버지에게 현민이는 눈엣가시가 된 것이다. 아니 어쩌면 학교 이사장 아들이 고등학교 수학 교사의 아들에게 1등 자리를 빼앗겼다는 것이 제일 참을 수 없었는지도 모르겠다. 결국 아버지는 귀찮은 벌레를 치워버리듯 현민이 아버지 이수영 선생님에게 아들을 다른 학교로 전학시키라는 명령을 내렸다. 누구보다 강직하고 바른 교사가 되고자 노력했던 이수영 선생님은 독선적인 이사장의 어이없고 비상식적인 명령을 따를 수 없었다. 더군다나 이수영 선생님은 몇몇 교사들과 함께 이사장이 저지른 사학 비리를 밝히기 위해 노력하던 의식 있는 교사였다. 이번 일을 계기로 이수영 선생님의 의지는 더욱 확고해졌고, 재단의 비합리적인 정책을 본격적으로 비판하기 시작했다. 물론, 아버지는 그런 일로 눈 하나 깜짝할 사람이 아니었다. 이참에 현민이 아버지 이수영 선생님과 함께 눈엣가시였던 선생들을 해직시키면 그만이었으니까.

현민이 아버지가 해직되자마자 현민이 역시 학교에 나오지 않았다. 그 당시 이런 내막을 몰랐던 나는 학교에 나오지 않는 현민이가 걱정되어 계속 전화를 걸었지만, 현민이는 받지 않았다. 그다음 날도, 또 그다음 날도 현민이는 세상에서 완전히 사라진 사람처럼 아무런 대답이 없었다. 답답한 마음에 담임에게 찾아가 현민이 행방을 물었다. 담임은 현민이가 갑자기 전학을 가게 되었다는 말을 하며 내 어깨를 툭툭 두들길 뿐이었다. 말도 없이 전학이라니! 그날 저녁 나는 바로 현민이네 집으로 찾아갔다. 하지만 현민이를 만나지 못했다. 이미 이사를 가버린 후였다. 그러고 얼마 지나지 않아 나는 남의 얘기 좋아하는 사람들의 값싼 입을 통해 현민이와 현민이 아버지, 그리고 우리 아버지에 대한 이야기를 듣게 되었다. 믿을 수도 없었지만, 믿고 싶지 않았다. 아버지가 존경할 만한 사람은 아니라고 생각했지만, 이렇게까지 가혹하고 잔인한 사람인지는 예상치 못했기 때문이다. 결국 나는 친구를 위해, 아니 어쩌면 나를 위해 처음으로 아버지에게 찾아가 현민이와 현민이 아버지 일에 대한 부당함을 토로했다. 물론 어리석은 짓이었다. 아버지는 오히려 그런 나를 한심한 녀석이라며 외출 금지 명령을 내렸다. 그제야 어렴풋이 깨달았다. 아버지가 내게 만들어준 세상이 무언가 단단히 잘못되어 있다는 것을.

가만히 있을 수 없었다. 어떻게든 아버지가, 아버지가 만든 세상이 잘못되었다는 것을 아버지에게 알려주고 싶었다. 열일곱의 나는 그만큼 순수하고 순진했다. 살가운 아버지는 아니었지만, 나의 반항이 아버지의 잘못된 생각을 되돌려놓을 수 있을 거라 믿었으니까. 결국 나는 가출이라는 카드를 선택했다. 그것이 그때 내가 아버지에게 할 수 있는 최선의 반항이라고 생각했다. 안타깝게도 아버지는 내가 무슨 짓을 해도 바뀔 사람이 아니었다. 그저 나의 반항은 아버지라는 사람이 어떤 사람인지 더 확실하게 증명해줄 뿐이었다. 그렇게 나는 열일곱에 하나밖에 없는 우정을 잃었고, 안락한 집을 잃었고, 아버지에 대한 믿음을 잃었다.

어머니를 잃고 혼자 남겨졌던 일곱 살 꼬마는 열일곱이 되어 다시 혼자가 되었다. 덕분에 그동안 내가 얼마나 편안하고 아늑한 온실 속에서 살아왔는지 깨달을 수 있었다. 집을 나온 뒤 처음엔 찜질방을 전전했다. 가지고 나온 현금이 얼마 되지 않아 24시간 운영하는 햄버거 가게에서 쪽잠을 자기도 했다. 말 그대로 나는 열일곱에 노숙자가 되어버렸다. 그럼에도 불구하고 나는 내 의지와 가출 청소년으로서의 명예를 내던지고 얻는 것 하나 없이 그냥 비굴하게 집으로 돌아갈 수가 없었다. 아르바이트라도 해보고 싶었지만 온실 속에서 자란 열일곱 청소년이 할 수 있는 일은 그리 많지 않았다. 용기를 내어 일자리를 구하려 할 때마다 어이없이 거절을 당하기도 했다. 나중에 안 사실이지만, 아버지는 미리 사람을 보내 내가 일자리를 구하지 못하도록 손을 써놓았다. 눈치를 보며 쪽잠을 자던 24시간 햄버거 가게에서조차 쫓겨났을 때는 모든 것을 포기하고 집으로 돌아가고 싶었다. 그 순간 정말 거짓말처럼 배터리가 얼마 남지 않은 내 휴대폰이 울렸다. 현민이였다. 현민이가 전화를 걸어주었다는 것도 믿어지지 않았는데, 현민이는 내게 어디냐고 물었다. 현민이의 말에 나는 참았던 울음을 터뜨렸다. 우느라 내가 어디 있다고 말도 제대로 못 한 것 같은데, 서러운 내 울음이 겨우 잦아들었을 무렵, 현민이가 내 앞에 서 있었다. 현민이에게 누구보다 먼저 미안하단 말을 하고 싶었지만, 이상하게 그 말이 입 밖으로 나오지 않았다. 그런 내 마음을 알았는지, 현민이는 내 어깨를 두드리며 말했다.

"일단, 우리 집으로 가자."

현민이의 그 말 한마디가 얼마나 고마웠는지 모른다. 얼마나 안도가 되었는지 모른다. 하지만 나는 그런 현민이의 말을 마냥 고마워할 수가 없는 사람이었다. 이유 같지 않은 이유로 해직시킨 사람의 아들을 현민이 아버지가 과연 받아들일 수 있을까? 상식적으로 받아들이기 어려운 일이었다. 그럼에도 불구하고 나는 그날 그 순간, 어렵게 내민 현민이의 손을 외면할 수 없었다. 아니 놓치고 싶지 않았다. 결국 나는 현민이의 손에 이끌려 돌아온 탕아처럼 비루한 몸과 마음으로 현민이 집으로 들어갈 수밖에 없었다.

"현민이한테도 말했지만, 너랑은 상관이 없는 일이다. 그러니 다시는 그런 말 하지 말거라. 그런데 정말 집에 들어갈 생각이 없는 거니?"

"죄송합니다. 지금 이 상태로는 돌아가고 싶지 않습니다."

"네가 이런다고 변하는 건 아무것도 없을 거야."

"이렇게라도 하지 않으면 제가 견딜 수 없을 것 같아서요. 면목없지만, 제가 방을 구할 돈을 벌 동안만이라도 여기 있게 해주시면……."

"흠, 어떻게 해야 할지 나도 판단이 서질 않는구나."

결국 현민이 아버지는 내가 현민이네 집에 머무는 것을 허락했다. 그날 이후 나는 현민이와 같은 방을 쓰게 되었다. 현민이와 함께 한다는 것은 좋았지만, 여러 가지 면에서 쉬운 일은 아니었다. 아침이 되면 현민이는 학교에 가야 했고, 현민이 어머님은 아버지 대신 일을 나가셔야 했기 때문에 언제나 집 안에는 현민이 아버지와 나만 남았다. 현민이 아버지는 집을 나왔다 하더라도 학교는 다녀야 한다고 말씀하셨지만, 당장은 그럴 수가 없었다. 가출을 한 후 아버지는 내 동의 없이 휴학 신청을 해놓은 상태였기 때문이다. 여러 가지로 눈치가 보이고 불편한 상황이었지만, 그런 아버지가 있는 집으로 아무 다짐도 받지 못한 채 돌아갈 순 없었다. 무어라도 해야겠다는 생각에 시작한 것은 새벽 신문 배달과 우유 배달이었다. 그렇게라도 나는 몸을 움직이며 정신을 바로잡아야 했다. 새벽일을 겨우 끝내고 돌아와 잠시 눈을 붙이고 일어나면, 서재로 변해버린 거실에서 현민이 아버지가 책을 읽으시거나 문서 작업을 하고 계셨다. 간간이 옛 동료들로 보이는 분들이 찾아와 무거운 분위기로 회의를 할 때면 나는 거실에 나오지 못하고 현민이 방에 틀어박혀 있어야 했다. 아무도 그러라고 말하지 않았지만, 손님들 앞에 나서는 것이 부끄러웠다. 어쩌면 내가 기승만이라는 사람의 아들이란 사실이 부끄러웠는지도 모르겠다. 그러던 어느 날 새벽 배달을 마치고 집으로 들어오는데 현관 앞에 현민이 아버지가 우두커니 서 계셨다. 깜짝 놀라 꾸벅 인사를 했는데, 현민이 아버지가 불쑥 무언가를 내밀었다. 검정고시 응시 원서와 몇 권의 문제집이었다.

"허송세월 보내지 말고 이거라도 해보렴."

고마웠다. 현민이 식구들에게 나는 뻔뻔하고 불편한 사람임이 분명했지만, 현민이 아버지는 그런 나를 오히려 걱정해주고 있었다. 덕분에 모든 것을 포기했던 나는 다시 어떤 희망 같은 것을 품을 수 있었다. 다른 무엇보다 아버지가 만든 절망적인 세상으로 다시 돌아가지 않아도 당당하게 살아갈 수 있는 방법을 찾은 것 같았다. 그렇게 한 달이 지났고, 배달 일로 받은 첫 월급으로 나는 독서실을 끊었다. 본격적으로 검정고시를 준비하기 위해서였지만, 그렇게라도 해야 현민이 식구들에게 덜 미안할 것 같았다.

##

"기승만 이사장 이건 뭐 끝이 없네요. 파면 팔수록 쓰레기 같은 일들만……."

"이쯤에서 변호사의 도움이라도 받아야겠어요. 우리가 커버할 수 있는 범위를 벗어나는 부분이 점점 많아지네요."

집에 두고 온 참고서를 가지러 왔다가 나는 현민이 아버지와 손님들이 나누는 대화를 우연히 엿들었다. 그제야 현민이 아버지를 찾아오던 손님들이 현민이 아버지처럼 부당하게 해고된 교사들이었고, 현민이네 집은 그런 해직 교사들의 아지트였다는 사실을 알게 되었다. 미안함과 부끄러움에 그들 앞에 나설 용기가 나지 않았지만, 이를 악물고 나는 그들 앞에 섰다. 용서를 빌고 싶었지만, 그럴 용기조차 나질 않아 그저 하염없이 울기만 했다. 내 울음소리와 함께 어디선가 내가 믿었던 세상이 다시 한 번 처참하게 무너지는 소리를 들었다.

그날 저녁, 나는 현민이로부터 내 아버지가 만든 세상에 대해 좀 더 구체적인 이야기를 들을 수 있었다. 담담하게 말하는 현민이와 눈을 맞추는 것조차 힘들었지만, 나는 현민이의 길고 긴 이야기를 끝까지 다 들었다. 아버지에게 학교라는 것은 교육의 산실이 아니라 자신의 욕망을 채우기 위한 사업 수단일 뿐이었다. 아버지가 원하는 사업을 하기 위해서 재단의 기금을 사용하는 것은 아무렇지도 않은 일이었다. 간혹 재단기금 횡령 사실이 발각되기라도 하면 말단 직원에게 횡령죄를 뒤집어씌워서 아버지 대신 그 직원이 감방에 가기도 했다. 어느 직원은 횡령 사실을 부인하다가 갑자기 실종이 되기도 했다. 잘못된 학교 운영과 재정 문제에 이의를 제기하는 교사들을 부당하게 해고하고 그 자리에 돈을 주고 선생이 되려는 사람들을 채워 넣기도 했다. 아버지는 자신의 목적을 위해서는 무슨 일이든 하는 사람이었다. 하고자 하는 일에 방해가 되거나 자신의 잘못을 바로잡고자 하는 사람들의 사회적 생명을 가차 없이 끊어버리는 것도 어렵지 않은 사람이었다. 그저 단순하게 아들에 대한 잘못된 사랑으로 이수영 선생을 부당하게 해고한 아버지가 아니었던 것이다. 자신이 가진 명예와 부를 지키기 위해 추악하고 더러운 일들을 눈 하나 깜짝하지 않고 해버릴 수 있는 사람, 그 사람이 바로 내 아버지였다. 믿고 싶지도 믿을 수도 없는 아버지의 추한 얼굴을 그저 모른 척하고 싶은 마음도 잠시 들었다. 하지만 그런다고 그런 사람이 내 아버지라는 사실이 달라지지는 않았다.

"괜찮니?"

"괜찮지 않아. 특히 너한텐 정말 미안해서 고개를 들 수가 없어."

"그럴 필요 없어. 그렇게 따지면 너희 아버지를 고소하려고 했던 우리 아버지 때문에 나도 너한테 용서를 구해야 해."

"아냐 그건. 우리 아버지가 자초한 일이잖아."

"그래, 그러니까 내 말은 우리가 서로 미안해하지 말자는 거야. 아버지도 말씀하셨지만, 이건 아버지들의 일이고, 아버지들의 싸움이야. 우린 우리대로의 삶이 있는 거니까."

그럼에도 불구하고 나는 현민이의 말처럼 쉽게 미안한 마음을 거두기 힘들었다. 아버지 대신 현민이 가족들에게 할 수 있는 최선이 무엇인가에 대해 깊은 고민에 빠져 있던 어느 날, 현민이가 내게 뉴스 기사를 하나 보여줬다. 아버지가 국회의원에 출마한다는 소식이었다. 기가 막혔다. 아니 나보다 더 기가 막힌 것은 현민이 아버지와 해직 교사들이었다. 아버지의 파격적인 행보 때문에 그들은 그동안 준비해온 계획을 수정해야 했다. 기승만을 고소하고 자신들의 정당한 복직을 이루는 것보다 기승만이 국회의원이 되는 것을 막는 것이 우선이라 판단한 것이다. 나 역시 가만히 있을 수 없었다. 아버지처럼 살지 않아도 제대로 살 수 있다는 것을 아버지에게 보여주고 싶었고, 그래야만 아버지가 언젠가는 자신의 잘못을 되돌아볼 수 있다고 믿었지만, 그런 일련의 과정을 아버지에게 보여주기엔 역시나 시간이 부족했다. 아버지의 끝이 보이지 않는 질주를 지금 막지 못하면, 영영 기회가 없을지도 모른다는 생각도 들었다. 때문에 나는 칼을 품고 적장에게 향하는 무사처럼 비장한 결심을 품고 아버지가 살고 있는 집으로 다시 돌아갔다.

##

"그래서, 내가 얻을 수 있는 게 뭐지?"

"아버지 뜻대로 사는 아들을 얻게 되시는 겁니다."

"네가 가진 패가 너무 보잘것없다는 건 알고 있는 거냐?"

"저는 제 인생을 걸고 드린 말씀입니다."

"인생은 그렇게 함부로 거는 게 아니다. 어쨌든, 생각은 해보지."

"생각해보라고 말씀드린 게 아닙니다!"

"좋아. 그렇다면 먼저 그 집에서 당장 나와!"

아버지가 원하는 아들이 되어드릴 테니 국회의원 출마를 재고해보라고 아버지에게 제안했다. 물론, 그 제안을 아버지가 선선히 들어주리라 생각하진 않았다. 다시 집으로 들어가 아버지와 가장 가까운 곳에서 아버지의 무모한 질주를 어떻게든 막아보고 싶었다. 하지만, 내 바람은 동화책에서도 이루어질 수 없는 것이었다. 내 아버지 기승만은 생각했던 것보다 훨씬 더 악랄하고 무시무시한 사람이었다.

화양동 주택가 화재사건 발생

한밤 갑작스러운 화재로 일가족 3명 사망

일가족 사망 화재사건 원인은 오리무중

믿을 수가 없었다. 아니, 믿고 싶지 않았는지도 모르겠다. 화재의 원인도 범인도 찾아내지 못했지만, 화재의 발원지가 현민이 아버지의 서재이자 거실이라는 것만 추측할 뿐이다. 그곳은 현민이 아버지와 해직 교사들이 모이는 장소이자 아버지의 비리 관련 문서들과 컴퓨터가 있던 곳이기도 했다. 거실에서 불이 났는데, 가족들은 아무도 방에서 나오지 못하고 그대로 누운 채 숨을 거두었다. 마치 한 번도 눈을 떠보지 못한 사람들처럼. 감쪽같이. 그리고 얼마 뒤, 아주 당연한 수순처럼 내 아버지는 국회의원에 당선되었다.

아버지가 국회의원으로 당선된 그날, 아버지 집에도 화재가 발생했다. 이번 화재는 원인도 범인도 바로 드러났다. 기승만의 아들인 내가 범인이었기 때문이다. 놀랍게도 방화로 인한 피해는 거의 없었고, 집 안에 아무도 없었기 때문에 사망자나 부상자 역시 없었다. 방화에 실패했지만 나는 스스로 방화범이란 사실을 세상에 알리고 싶었다. 내가 내 아버지 집에 불 지른 이유를 만천하에 공개해야만 했다. 하지만 결국 나는 기자는커녕 경찰서조차 가보지 못하고 바로 정신과병원으로 끌려갔다. 그리고 몇 년 동안 그곳에서 진짜 미친놈으로 살아야 했다. 그때 내 나이 겨우 열여덟이었다.

2. 파고들다

〈복수전자〉 모든 미션을 완료하셨습니다. 축하드립니다!

그럼에도 불구하고 분이 풀리지 않으셨다면 연락주세요.

070-XXX-XXXX 복수는 차가워야 제맛!

복수전자 게임 50단계까지 마치고 나서 성우가 보게 된 마지막 문구였다. 어느 정도 짐작은 했었지만, 실제로 보고 나니 기가 찼다. 누군가 복수심을 가지고 이 게임을 시작했다 하더라도 게임을 하는 동안 웬만한 복수심은 사라질 정도로 지루한 게임이었다. 그만큼 복수는 부질없고 한심한 짓이라는 걸 말해주는 거라고 착각할 만큼. 마지막 화면에 적혀 있는 전화번호가 진짜 연락처일지 의심스럽기도 했다. 성우는 보미가 명함 같지 않은 명함을 건넸을 때 표정을 가만히 떠올려보았다. 거짓말 같지는 않았다. 속는 셈치고 전화를 걸어

보려다가, 성우는 자리에서 벌떡 일어나 모자를 눌러썼다. 모자챙에 가려 눈이 보이지 않는 것을 확인하고 나서야 집을 나섰다.

##

손에 닿을 듯 부서지는 햇살이 심장까지 파고들어 적당한 아드레날린을 뿜어내는 5월이었다. 덕분에 모자를 눌러쓴 성우는 인적이 드문 어느 골목길에 들어서고 나서야 고개를 들 수 있었다. 여기 어디쯤인 것 같은데. 레고블록처럼 나지막한 상가건물들이 개성 없이 늘어서 있어 어디가 어딘지 구분하기 어려웠다. 성우가 서 있는 이곳은 약 10여 년 전까지만 해도 빈집이 보일 정도로 인적이 드문 수도권 외곽 빈민촌이었다. 그 빈민촌이 어느 날 갑자기 서울외곽순환도로 예정지로 편입되면서 황량하던 이곳에 대규모 신도시 아파트 단지가 들어서기 시작했다. 사람들의 발길조차 닿지 않았던 이곳은 땅값이 미친 듯이 오르더니 어느 순간 부동산 투기 과다 지역이 되어버렸다. 덕분에 이 지역에 땅을 가지고 있던 사람들은 엄청난 부자가 되었다는 소문이 자자했다. 성우가 지금 거닐고 있는 이곳은 그 대단한 신도시 아파트 단지 바로 옆에 위치한 상업지구 골목이었다. 신도시 풍경은 언뜻 번듯해 보이지만 자세히 보면 어딘가 어색하고 어설픈 게 사실이다. 어설픈 골목 주변을 두리번거리다가 성우는 가장 이질감이 느껴지는 건물 하나를 발견했다. 차도와 맞닿아 있는 건물이었는데 대로 앞에서 보면 1층엔 커다란 카센터가,

2~3층에는 세무사, 법률사무소, 변리사 사무소가 차곡차곡 쌓여 있는 흔한 상가건물이었다. 문제는 건물 뒤편이었다. 카센터를 끼고 뒤쪽 좁은 골목으로 들어서면 시대를 초월한 것처럼 보이는, 외롭지만 웃기고, 이상하지만 친숙한 가게 하나가 보였다.

복. 수. 전. 자.

요즘 많이 사라지고 있지만, 사람들은 그런 가게를 전파사라고 불렀다. 성우는 새삼스레 기가 막혔다. 이런 곳에, 이런 건물에, 전파사라니! 그보다 전파사가 뭘 하는 곳이었더라? 어렴풋이 짐작은 되지만, 성우는 한 번도 가본 적이 없어 전파사가 구체적으로 무엇을 하는 곳인지 궁금했다. 호기심에 이끌려 어두컴컴한 뒤편 복수전자 골목에 들어섰지만, 성우는 선뜻 문을 열고 들어갈 용기가 나지 않았다. 더군다나 복수전자는 가게 안을 들여다볼 수 없도록 유리문에 온통 시트지 같은 것을 붙여놓았다. 그나마 다행인 것은 그 시트지 문구들이 전파사가 무슨 일을 하는 곳인지 꽤 친절하게 설명해주고 있다는 점이다.

가전제품 수리. 컴퓨터 수리. 장난감 수리. 핸드폰 수리. CCTV 설치/보수. 각종 전기공사

궁금증이 어느 정도 해소되자 성우는 두리번거리다가 가게 오른

편 박스에 붕어빵 만드는 기계가 아무렇지도 않게 놓여 있는 것을 발견했다. '붕어빵 천원에 5마리. 전파사 이용하시면 붕어빵은 서비스' 전파상에서 붕어빵을? 성우는 이 생소한 조합이 이젠 별로 놀랍지도 않았다. 그보다 더 신기한 조합이 바로 옆에 보였기 때문이다. 붕어빵 기계 옆, 차고처럼 보이는 공간에는 간판도 없이 각종 철물들이 철기시대 유물처럼 가득 쌓여 있었다. 이건 뭐지? 언제 가져다 놓은 지도 모를 나무 판때기 간판에 성의 없는 글씨로 이렇게 적혀 있었다.

고물, 철물 삽니다. 복수전자로 문의주세요!

전파상. 붕어빵. 고물상? 만약 이 오묘한 조합을 셜록 홈스가 보았다면 어떤 결과를 도출해냈을까? 들어가고 싶어도 함부로 들어갈 수 없는 분위기를 뿜어내는 복수전자 앞에서 성우는 꽤 오랫동안 망설였다. 저 문을 열고 들어가면 다시는 예전으로 돌아갈 수 없을 것 같은 이상한 느낌도 들었다. 마치 다른 차원으로 통하는 나무 옷장을 발견한 어느 판타지 소설의 주인공처럼.

##

띠링!

사람이 아니라 문 위에 달린 작은 방울이 성우를 제일 먼저 반겼다. 문이 닫힌 후에도 방울 소리는 꽤 오랫동안 쩌렁쩌렁 울렸다. 달달한 붕어빵 냄새와 먼지 냄새, 그리고 녹슨 고철 냄새가 어우러져 한 번도 맡아본 적 없는 이상한 냄새가 났다. 성우는 그 낯선 냄새에 익숙해지기 위해 숨을 최대한 참고 가게 안을 조용히 스캔했다. 헌책방처럼 오래된 책들이 한쪽 벽면을 꽉 채우고 있었고, 반대쪽 벽면에는 천장까지 각종 가전제품과 컴퓨터 본체가 틈새 없이 차곡차곡 쌓여 있었다. 가게 중앙에는 손님이 앉으면 바로 주저앉을 것 같은 불친절한 의자 몇 개가 놓여 있었고, 그 앞에는 은행 창구처럼 생긴 넓은 탁자가 ㄴ자 모양으로 놓여 있어 손님들의 진입을 원천 봉쇄하고 있었다. 넓은 탁자에는 커다란 모니터 세 개와 키보드가 놓여 있어 마음만 먹으면 가게 주인은 손님들에게 자신의 얼굴을 완벽하게 가릴 수도 있었다. 한마디로 전파사라고 불리는 복수전자는 아주 잘 만들어진 요새 같았다. 더 흥미로운 것은 성우가 가게 안 풍경을 거의 파악할 때까지 아무도 성우 앞에 나타나지 않았다는 것이다. 아무도 없는 건가? 그때 요새 같았던 탁자 아래서 어떤 남자의 머리가 불쑥 올라왔다. 마치 두더지게임기에서 머리를 내미는 두더지처럼. 성우는 깜짝 놀랐지만, 남자는 한눈에도 그리 똑똑해 보이지 않는 얼굴로 성우를 멍하니 쳐다볼 뿐이었다. 그렇게 몇 초의 시간이 흐르고 남자는 생각보다 빠릿빠릿한 말투로 성우에게 물었다.

"혹시, 붕어빵 사러 왔어요?"

"네? 그게 그러니까……."

"그렇다면 운이 나쁘시네. 마침 팥이 똑 떨어졌거든요. 인터넷으로 팥을 주문해야 하는데 지금 컴퓨터가 다운돼서 바로 주문도 못 하는 형편이고, 컴퓨터 부팅을 하고 주문한다고 해도 빨라야 내일 저녁때나 올 것이고, 온다고 해도 붕어빵 속에 들어갈 앙금 만들려면 또 하루는 꼬박 걸려야 하거든요. 그게 또 내 맘대로 할 수 있는 게 아니라 팥을 삶을 때 우리 집 비법이 있는데, 그 비법을 제가 외우기는 기가 막히게 잘하는데 응용력이 좀 떨어져서 팥의 양이 그때그때 달라지면 삶는 시간이나 설탕 분량 조절이 잘 안 되거든요. 어쩔 수 없이 그런 건 또 요셉이 계산을 해줘야 하는데 어제오늘 너무 바빠서 해줄지도 모르겠고. 어쨌든 이래저래 따져보면 내일모레까진 제가 붕어빵 못 만들어요. 미리미리 재료 파악을 했어야 했는데, 저도 요즘 다른 일로 좀 정신이 없어서 신경을 못 썼더니 그렇게 됐네요. 어떡하죠? 헛걸음하셔서."

"아뇨. 저는 붕어빵을 사러 온 게 아니에요."

"엥? 나는 손에 아무것도 안 들고 있어서 뭐 고치러 온 사람은 아니라고 생각했는데. 역시 나 같은 사람은 뭔가 추리를 하면 안 되나 봐요. 보고 외우는 건 진짜 기가 막히게 하는데 뭔가 응용하고 추측하는 건 탁 막힌단 말이죠. 그래도 기억력이라도 좋아서 다행이라고 생각해요. 아직까진 여기저기 써먹을 일이 꽤 있거든요. 지금도 이 밑에 컴퓨터 선이 하나 빠져서 이놈 하나가 작동이 안 됐거든요? 그래서 밑을 봤는데 내가 컴퓨터는 하나도 몰라도 여기 선이 어떻게 연결되어 있었는지 사진처럼 이 머리에 딱 찍어놨기 때문에 어떤 선이 빠졌는지 금세 찾아냈다니까요. 하하. 근데, 왜 오신 거라고 했죠?"

"복수는 차가워야 제맛!"

"어? 그거 어떻게 아셨어요?"

"복수 게임 마스터했고, 복수전자로 연락해보라고 해서 왔습니다."

"이상하네. 오늘은 전화 접수된 거 없다고 들었는데. 혹시 전화하셨나요?"

"꼭 전화를 먼저 해야 하는 건가요?"

"그럼요. 근데 전화 안 하고 여기를 어떻게 찾아왔지? 쉽게 찾을 수 있는 곳이 아닌데."

"실은 게임하기 전에 이 명함을 제가 먼저 받았거든요."

"혹시 발길질 잘하는 여학생이 준 건가요?"

암막 커튼이 쳐진 테이블 안쪽에서 또 다른 남자가 불쑥 튀어나오며 물었다. 성우는 그 남자를 보자마자 그가 누구인지 알 것 같았다. 보미가 여러 번 언급하고 지금 혼자 수다를 떨고 있는 사람이 언급했던 이름, 요셉.

"네, 맞아요. 보미 학생! 혹시, 그쪽이 요셉?"

"내 이름은 어떻게 알았죠?"

"햄버거 사줬는데 안 먹고 그쪽한테 가져다준다고 했거든요."

"지난번에 그렇게 혼이 나고도 또 오지랖을. 근데 보미는 어쩌다가 만난 거죠?"

"그러니까 김밥집에서…… 아니 경찰서에서?"

경찰서에서라는 말에 요셉이 안경을 살짝 들어 올렸다. 뭔가 알겠다는 듯 한숨을 쉬며 요셉은 모니터 앞에 앉아 컴퓨터를 켰다. 햇볕

한 번 보지 못한 것 같은 창백한 얼굴로 모니터 앞에 앉은 요셉은 누가 봐도 전형적인 은둔형 외톨이로 보였다. 멋대로 자라게 놔둔 요셉의 머리카락은 파마머리가 아니라 곱슬머리였고, 꽤 두꺼워 보이는 안경은 태어나면서부터 요셉의 얼굴에 장착되어 있었던 것처럼 보였다. 성우는 문득 궁금했다. 요셉이 그때 보미가 가져간 그 햄버거를 먹었을까?

"아이디가 뭐죠?"

"네?"

"게임 마스터하셨다면서요. 확인해봐야죠."

"아, avenger18181818."

"꽤 기네요."

"avenger181818까지 아이디가 등록되어 있어서."

요셉은 그런 아이디를 수도 없이 들었다는 듯 덤덤해 보였지만, 기억력이 좋다고 자랑하던 남자는 성우의 아이디를 듣고 피식 웃었다. 성우는 남자의 웃음이 별로 기분 나쁘지 않았다. 기억력이 좋다고 자랑하던 남자가 모든 면에서 단순 명료한 사람이라는 것을 알아차렸기 때문이다. 동시에 무심하게 자판을 두들기는 요셉의 손놀림을 보며 성우는 막연하게 그가 복수전자 게임을 만든 장본인일 거라고 추측했다.

"흠, 진짜 마스터하셨네. 근데 왜 전화를 안 하고 이렇게 직접 찾아온 거죠?"

"전화하는 걸 별로 좋아하지 않아서."

"여기 물어보지 않고는 찾아오기 힘들 텐데. 혹시 경찰들이랑 친해요?"

"뭐 자주 얼굴을 보는 편이긴 하죠."

"댁이 보기에 우리가 하는 일이 우스워 보일지 모르지만 우리한테도 절차라는 게 분명 있어요. 댁은 지금 그 절차를 처음부터 어긴 거구요. 그러니 오늘은 그냥 돌아가시고, 내일 정식으로 전화주세요. 제 말은 저희가 정해놓은 절차대로 따라달라는 겁니다."

"저는 명함을 받은 사람이라 바로 되는 줄 알고."

"그 명함은 그냥 게임 홍보용 명함일 뿐이에요. 보미가 좀 있어 보이려고 그걸 아무한테나 막 돌리고 다녀서 문제지만."

"근데, 그 게임 본인이 직접 만드신 건가요?"

"왜요? 재미없어요?"

"그보다 그래픽이 너무 구려서. 디자이너 없이 혼자서 다 하신 건가?"

"겉 포장을 중요시하는 타입이 아니라서."

"어쩐지 그런 거 같더라니."

"저기요. 근데 말이 이상하게 짧아지네? 우리 초면이지 않나?"

"그건 그쪽도 마찬가지 아닌가?"

분위기가 급속도로 차가워지면서 냉랭한 바람이 눅눅한 가게 안을 긴장감으로 팽팽하게 만들고 있을 때, 경쾌한 방울 소리를 내며 보미가 가게 안으로 들어왔다.

"와우, 보미 타이밍 죽이는데?"

"왜요? 무슨 일…… 어? 그때 그 또라이 아저씨?"

"야, 윤보미! 내가 분명히 명함 함부로 돌리고 다니지 말라고 했지?"

"오빠, 이 아저씨가 바로 그 또라이 아저씨야."

"보미 학생, 내가 또라이는 맞는데 또 아저씨라고 부를 만큼 그렇게 나이가 많은 사람은 아니지 않나?"

"몇 살인데요?"

"스물넷. 만으로는 스물셋."

"어쩐지. 요셉 오빠랑 아저씨랑 동갑 같더라니."

"근데 동갑이라면서 왜 이쪽은 오빠고 나는 아저씨지?"

"저한테 오빠는 요셉 오빠밖에 없거든요."

"avenger18181818님! 그러니까 오늘은 그만 돌아가시죠!"

아무리 생각해도 고집불통 은둔형 외톨이에겐 유려한 인간관계에서 보이는 융통성이 먹힐 거 같지 않다고 판단한 성우는 쓸쓸한 등짝을 보이며 가게를 나섰다. 성우가 가게를 나서자, 보미는 문 앞까지 따라 나가 유리문 시트지 사이로 성우가 골목을 완전히 빠져나가는 것을 끝까지 지켜보았다. 성우가 시야에서 완전히 사라지고 나서야 보미는 흥미진진한 얼굴로 폴짝폴짝 요셉에게 다가왔다.

"오빠, 근데 저 아저씨 왜 그냥 돌려보낸 거야? 게임도 마스터한 거 같은데."

"전화 안 하고 그냥 찾아왔어."

"엥? 전화도 안 했는데 어떻게 여길 찾았대?"

"경찰이랑 친하다던데?"

"아, 맞다. 그런 거 같긴 하더라. 그래도 저 아저씨 좀 심각해 보이던데. 얘기라도 좀 들어주지."

"난 원칙대로 하는 사람이야."

"근데 저 아저씨 완전 간절하긴 한가 보다. 며칠 만에 게임을 다 마스터하고."

"윤보미! 오늘 학원 갔다 온 거 맞아? 왜 이리 일찍 왔어?"

"오늘 학원 휴강이거든요? 엄마가 또 이것저것 싸주셔서 가지고 심부름 왔지. 신부님은 안에 계시지?"

"신부님 방해하지 말고 부엌에 조용히 두고 가!"

"오빠는 오늘 할 일 다 끝난 거야?"

"어."

"그럼 우리 영화 보러 갈까?"

"그럴 시간 없으니까 집에 가서 공부나 해."

요셉의 면박에도 보미는 전혀 싫은 기색을 보이지 않았다. 보미는 요셉이 그 어떤 짓을 한다고 해도 모든 것을 용서할 사람으로 보였다.

##

보미는 가방에서 반찬통을 꺼내 냉장고에 넣을 것과 실온에 둘 것을 능숙하게 분리한 다음, 냉장고에 넣을 것은 넣고 나머지는 찬

장에 차곡차곡 채워 넣었다. 모든 반찬통을 제자리에 넣고 싱크대 위쪽을 힐끗 보니, 깨끗하게 씻어 뽀송뽀송하게 말려둔 빈 반찬통들이 보미가 가져온 것만큼이나 정갈하게 놓여 있다. 보미는 가방에 빈 반찬통을 다시 차곡차곡 넣었다. 덜그럭거리는 가방을 가볍게 들고 부엌을 나오다가, 보미는 갑자기 발뒤꿈치를 가뿐하게 들고 조용히 걷기 시작했다. 그렇게 까치발을 하고 살금살금 부엌을 빠져나가 긴 복도를 지난 뒤 좁고 어두운 계단을 한참 올랐다. 보미는 이 좁고 어두운 계단을 오를 때마다 자신이 동화 속에 나오는 라푼젤이 된 것 같은 기분이 들었다. 물론 이곳에 갇혀 사는 사람은 보미가 아니었지만.

"보미 왔니?"

"앗, 어떻게 아셨어요? 이번엔 걸음걸이를 좀 다르게 해봤는데."

"걸음걸이가 문제가 아니라 이 시간에 올라오는 사람은 너밖에 없어서야."

"아하, 다음엔 시간대를 바꿔봐야겠네요."

"어머니에겐 항상 감사 인사 전해주고 있는 거지?"

"그럼요. 그리고 엄마가 좋아서 하는 건데요, 뭐."

"그래도."

"참, 좀 전에 그 사람 왔었어요."

"누구?"

"왜, 저번에 말씀드렸던 그 이상한 아저씨 말이에요."

"아, 그래?"

"근데, 요셉 오빠가 그냥 돌려보냈어요. 매정하게."

"절차대로 하라고?"

"아시잖아요. 앞뒤로 꽉꽉 막혀 가지고."

"곧 전화 오겠네, 그럼."

"근데, 그 아저씨 진짜 이상해요. 소문에는 정신과병원에서 나온 지 얼마 안 돼서 그렇다고도 하고."

"요셉이 질투했나 보네."

"네?"

"보미가 그 사람 신경을 많이 쓰니까 요셉이 골 부리는 것 같다고."

"그죠? 신부님도 그렇게 생각하시죠? 제 생각도 그래요. 사람 꿰뚫어 보시는 신부님이 인정하시는 건데 왜 오빠는 자꾸 맘에도 없는 소리만 하는지 모르겠어요."

"요셉은 감정 표현이 자유롭지 못한 사람이라 그래."

"알아요. 그래서 전 요셉 오빠가 좋아요."

"근데, 보미야!"

"네?"

"신부님이라고 부르지 말아달라는 부탁은 언제쯤 들어줄래?"

"앗, 그게 저도 모르게 그냥 막 튀어나오는 거라서. 그리고 딱히 뭐라고 불러야 할지도 모르겠고. 사장님? 건물주님? 아저씨?"

"듣고 보니 이상하긴 하네. 그지?"

"헤헤. 그럼 전 이만 갈게요."

싱긋 웃으며 나풀나풀 계단을 내려가는 보미를 바라보며 테오 역시 희미하게 웃었다. 남자 셋이 사는 집에 보미가 드나드는 것이 걱정되긴 했지만, 그래도 테오는 이 집에 보미가 있어 다행이라 생각했다. 보미가 없었으면 이 황량하고 무미건조한 집에 시시덕거리며 웃을 일이 거의 없을 테니까. 어디까지 읽었더라? 사방이 고요해지자 테오는 책을 다시 읽기 시작했다. 요즘 테오는 판타지 소설에 푹 빠져 있었다. 사실 판타지 소설은 테오에겐 조금 부담스러운 장르였지만, 요즘은 허무맹랑해 보이던 그 판타지가 현실 같고 현실이 잔혹한 판타지 같은 느낌이 들었다. 그래서 테오는 머리가 복잡해질 때마다 판타지 소설을 읽었다. 밑도 끝도 없이 그 세계에 빠져 있다 보면 몇 걸음 떨어져 있는 자기 자신을 무심하게 들여다볼 수 있었다. 한 걸음 떨어져 자신을 바라보는 일. 테오는 그 시간이 무척 소중한 사람이었다.

##

테오는 사제 서품을 받고 신부가 되었지만, 연쇄살인범 아버지를 두었다는 이유로 사회에서도 교구에서도 완전히 격리될 뻔했던 사람이었다. 그럼에도 불구하고 사제라는 자신의 보직을 지키기 위해 테오는 사람들의 밑도 끝도 없는 비난과 편견 어린 시선에 맞서 열심히 싸웠다. 그렇게 테오는 사제의 길이 자신의 길임을 믿어 의심치 않았지만, 안타깝게도 신은 그런 테오에게 계속해서 가혹한 질문을 던졌다. 결국 테오는 자신의 심장 같았던 친구 베드로를 잃고 나서야 깨달았다. 자신은 이제 더 이상 신이 순종하길 바라는 사람이 아니라는 것을. 테오는 어쩔 수 없이 사제라는 보직을 스스로 내려놓을 수밖에 없었다. 손가락질을 하던 사람들은 역시나 예상대로 테오가 신을 버렸다고 수군거렸지만, 테오는 신을 버린 것이 아니라 신이 자신을 버렸다고 생각했다. 그렇게 테오는 자신이 의지했던 모든 것을 잃고 처음으로 방황이란 것을 시작했다. 살인마였던 아버지에게 어머니를 잃고 자신의 목숨까지 잃을 뻔했던 테오였지만, 테오는 한 번도 세상을 원망하지 않았다. 살인마의 아들이란 이유만으로 자신이 살인 용의자로 의심받았을 때도 마찬가지였다. 태어난 그 순간부터 살아남기 위해 온갖 신경을 곤두세우며 살았던 테오에게 그런 시련들은 그저 낯설지 않은 일상이었다. 하지만, 베드로의 죽음은 테오의 모든 가치관과 믿음을 송두리째 뒤집어버린 충격적인 사건이었다. 누구보다 가혹한 인생을 살았던 테오에게 베드로는 마지막으로 지키고 싶은 그 무엇이었다. 테오는 베드로를 통해 세상을 배웠고, 베드로를 통해 사람들과 함께 살아가는 방법을 배웠다. 베드로가 있어 테오는 그래도 세상은 살 만한 곳이라고 믿었다. 어쩌면 테오에게 베드로는 모든 것이었고, 신의 다른 모습이었는지도 모른다. 그런 베드로를 죽게 만든 가혹한 운명을, 아니 자기 자신을 테오는 도저히 용서할 수 없었다.

목숨처럼 지키려고 했던 사제라는 보직에서 스스로 물러난 뒤, 테오는 자신이 아무것도 아닌 쓸모없는 존재가 된 것 같았다. 실제로 테오에게 남은 것은 연쇄살인범의 아들이란 굴레뿐이었다. 더군다나 가톨릭 교구라는 울타리에서 떨어져 나온 테오는 이제 갈 곳도 머무를 곳도 없었다. 어쩔 수 없이 테오는 연쇄살인범이었던 아버지와 살았던 흉가로 돌아갈 수밖에 없었다. 어린 시절 테오가 아버지에게 온갖 학대를 당하며 머물렀던 그곳은 아버지가 수십 명의 피해자들을 감금하고 살해했던 끔찍한 장소이기도 했다. 기가 막힌 일이었지만 테오가 머물 곳은 이제 그곳밖에 없었다. 그런 곳에서 테오는 어떻게든 살아야만 했다. 그 당시 테오는 아버지를 잃은 요셉까지 책임져야 하는 상황이었기 때문이다. 사람이 살 수 있을 정도로 수리하기는 했지만, 그 집에 누워 잠을 잘 때마다 테오는 악몽을 꾸었다. 악몽의 주인공은 아버지도 아니었고, 그 집에서 죽어간 피해자들의 영혼도 아니었다. 해맑게 웃던 베드로, 언제나 자신의 곁을 지켜주던 베드로의 고통스러운 얼굴이었다. 그렇게 베드로의 환영에 시달리면서도 테오는 의지할 곳 없는 어린 요셉을 지켜내기 위해 하루하루 힘겹게 버텼다. 그랬던 테오에게 어느 날 갑자기 뜻밖의 소식이 날아들었다. 아버지가 남긴 집과 황무지와도 같은 땅이 신도시로 개발된다는 소식이었다. 꿈에서도 마주치고 싶지 않던 살인마 아버지에게서 테오는 생각지도 못한 유산을 받게 된 것이다. 아이러니한 상황 속에서 테오는 언제인지 모를 어느 순간에 커다란 심경의 변화가 있었고, 그 변화를 계기로 평범한 사람들은 하기 힘든 결심을 하게 되었다. 그것이 무엇을 위한 결심이었는지는 확실하지 않았지만, 어쨌든 테오는 지금까지와는 많이 다른 인생을 살기로 마음먹은 것이다. 테오의 색다른 시작과 함께 신도시 개발도 하나씩 진척되었다. 덕분에 테오는 신도시 아파트 분양권과 보상금을 바탕으로 지금의 복수전자가 있는 상가건물을 지었고, 누구도 상상하기 힘든 일들을 복수전자에서 할 수 있게 된 것이다. 테오는 지금도 문득문득 생각했다. 어쩌면 처음부터 자신은 이런 가혹한 일을 하기 위해 태어난 사람일지도 모른다고.

##

테오가 판타지 소설에 빠져 현실의 끈을 꽤 오래 놓아버리고 있을 때, 뽀얀 먼지를 여름 이불처럼 덮고 있던 전화기가 먼지를 털어내듯 울렸다. 테오는 능숙하게 먼지를 닦아내고 최대한 천천히 전화를 받았다. 수화기 너머에서 불편하고 불안한 목소리가 들려왔다.

"여보세요?"

"네."

"이리로 전화를 하라고 해서."

"네, 말씀하시죠."

"전화 받는 분은 누구시죠?"

"복수전자 직원입니다."

"아까 만났던 분은 아닌 거 같은데……."

"네, 다른 사람입니다."

"그런데 제가 누구인지 따로 확인을 하지 않아도 되나요?"

"네. 발신자 정보로 확인했습니다."

"저는 그럼 이제 뭘 어떻게 하면 되죠?"

"먼저 복수하고자 하는 대상과의 관계, 그리고 복수하려는 이유를 설명해주시죠."

"저는 제 아버지에게 복수하고 싶습니다."

"이유가 뭐죠?"

성우는 잠시 숨을 멈췄다. 복수 대상자가 아버지라고 했는데 아무런 망설임 없이 바로 이유를 물었다. 당황스러웠지만, 그런 마음을 들키지 않기 위해 성우는 감정을 최대한 꾹꾹 눌러 담으며 대답했다.

"아버지는 자신의 부와 명예를 지키기 위해 제 친구의 가족을 모두 죽인 사람입니다."

"명확한 증거가 있습니까?"

"그 일을 수습하기 위해 아버지가 아들인 저를 정신과병원에 보내버렸다면 증거가 되겠습니까?"

"알겠습니다. 원래는 더 많은 사항을 체크해야 하는데, 명함을 직접 받은 분이라 오늘은 여기까지 하고 바로 의뢰자 판독용 설문지를 보내드리겠습니다. 잠시 후에 게임 완료 화면에 다시 접속하시면 문서 다운로드 버튼이 하나 보일 겁니다. 클릭하셔서 해당 질문에 성심성의껏 답변해주시면 됩니다."

"끝입니까?"

"설문 답변 결과를 보고 다시 연락을 드리겠습니다."

테오는 성우의 대답을 듣지 않고 전화를 끊어버렸다. 마음이 편하지 않았다. 가족에게, 특히 부모에게 복수하는 일이 얼마나 까다롭고 불편한 일인지 테오는 누구보다 잘 알고 있었다. 잠시 생각에 잠겼다가 테오는 전화기 단축키 하나를 눌렀다.

"요셉, 오늘 방문했던 분에게 설문지 보내드리렴."

"괜찮을까요? 그 사람 왠지 좀 이상한 느낌 들던데."

테오는 이번에도 대답을 하지 않고 전화를 끊었다. 잠시 멍하니 전화기를 바라보다가 테오는 다시 읽고 있던 판타지 소설의 세계로 도망치듯 빠져들었다.

##

전화를 끊고 성우는 혼자 가슴을 쓸어내렸다. 통화했던 사람의 목소리가 시리도록 차갑기도 했지만, 목소리만으로도 마치 자신의 속을 온통 헤집고 다니는 느낌을 받았기 때문이다. 얼굴을 본 적도 없는 사람인데 전화기 목소리만으로 그런 느낌이 들다니. 도대체 어떤 사람일까? 좀 전에 만났던 요셉은 분명 아니었다. 지나치게 말이 많았던 그 기억력 좋은 남자도 아닐 것이다. 성우는 아주 오랜만에 자신의 심장이 긍정적으로 뛰는 것을 느꼈다. 두려운 마음도 없지는 않았지만, 그 목소리의 주인공을 빨리 만나보고 싶었다. 조바심인지 설렘인지 모를 마음으로 성우는 게임 완료 화면을 끊임없이 새로고침하고 있었다.

##

"설문 결과가 꽤 흥미롭게 나왔습니다."

"어떤 점이요?"

"설문지는 여러 가지 측면에서 의뢰자의 심리 상태를 점검하고 확인하기 위한 과정 중 하나입니다. 흥미로운 것은 의뢰자분의 복수심 수치가 기존 의뢰자들 중에서 가장 높게 나왔다는 겁니다."

"복수심 수치가 높으면 무슨 문제가 되나요?"

"크게 문제가 될 건 없습니다. 어차피 복수를 의뢰하시는 분들은 복수심이 높게 나오는 게 정상이죠. 오히려 복수심 수치가 낮으면 문제가 될 겁니다. 저희는 그걸로 의뢰자의 진심을 판단하거든요."

"다행이군요. 문제가 될 게 없다니."

"크게 문제가 될 것은 없지만, 조심은 하셔야 될 거 같습니다."

"뭘요?"

"대개 복수하고자 하는 마음은 분노보다 욕망에서 비롯되는 경우가 많습니다."

"재밌네요. 제가 욕망이 넘치는 사람으로 보였다니."

"그렇게 받아들이셔서 다행이네요. 대부분의 의뢰자들은 아주 불쾌하게 생각하시던데."

"저도 질문 하나 해도 될까요?"

"의뢰 건과 관련된 것이라면 가능합니다."

"지난번 전화도 그렇고, 오늘도 그렇고. 자신은 드러내지 않으면서 사람 속 들여다보는 걸 즐기시는 편인가요?"

"그러고 싶지 않아도 그렇게 되는 경우라면 믿으실까요?"

기가 막혀서 무어라도 쳐다보고 싶었지만, 성우는 딱히 어딘가를 쳐다볼 곳이 없어 답답했다. 고해성사 하는 천주교 신자처럼 지금 성우는 어두운 방에 홀로 앉아 누군지 알 수 없는 사람과 이야기를 나누고 있었다. 전화 목소리만으로도 간담을 서늘하게 만들던 그 이상한 사람을 오늘 드디어 만나볼 수 있다는 생각에 성우는 약간 흥분된 상태로 복수전자를 다시 방문했다. 여전히 자신을 못마땅하게 여기는 요셉과 실랑이 끝에 어둡고 미로 같은 복도와 계단을 따라 이상한 이 방까지 안내를 받은 순간까지도 성우는 가슴이 미친 듯이 뛰었다. 그런데 방 안에 들어와 보니, 보고 싶었던 목소리의 주인공을 마주할 수 없었다. 아직 상대방이 오지 않은 거라고 애써 믿고 싶었지만, 성우는 의자 하나가 닫혀 있는 작은 창문 앞에 우두커니 놓인 것을 보았다. 혹시나 하는 마음에 닫혀 있는 창문이라도 열어보려고 다가서는 순간, 창문 너머에서 그 목소리가 들렸다. 의자에 앉으시죠. 놀란 나머지 성우는 창문 앞에 놓여 있는 의자에 털썩 주저앉고 말았다. 그리고 지금까지 이렇게 닫힌 창문을 가운데 두고 이상한 대화를 나누고 있는 것이다.

"그럼 저는 언제 의뢰자가 될 수 있는 건가요?"

"오늘 면담이 끝나고 나서 확정이 될 것 같습니다."

"그러니까 의뢰자한테는 아직 아무런 결정권이 없다?"

"이미 복수를 하겠다고 선택을 하셨으니 그다음 선택은 저희 몫

이죠. 의뢰자의 진심을 파악하는 것도 중요하지만, 저희 입장에선 합리적인 복수가 가능한 상황인지도 확인해야 합니다."

"알겠습니다. 그럼 계속 진행하시죠!"

"얘기 듣기로는 지금까지 나름의 방법으로 이미 복수를 하고 있었다고 들었는데, 왜 복수전자를 찾아온 거죠?"

"그건 복수가 아니라 아버지 때문에 피해를 입은 분들에게 사죄를 하기 위해 시작한 일이었으니까요."

"그래서 이제 용서를 받은 것 같나요?"

"글쎄요. 원래 용서라는 건 용서받는 사람의 마음이 아니라 용서하는 사람의 마음을 따르는 거 아닌가요? 용서했다고 해도 어떻게든 살면서 계속 마음으로 갚아야 하는 거고."

테오는 잠시 대화를 멈추고 닫힌 창문을 쳐다봤다. 성우가 한 말이 왠지 낯설지 않아서였다. 성우는 그 생각의 틈을 놓치지 않고 과감하게 질문으로 파고들었다.

"그런데 왜 이런 일을 하고 있는 거죠?"

창문 너머 반응이 어떻게 나올지 사뭇 기대가 되기도 했지만, 성우는 진심으로 궁금했다. 조금 신비롭게 포장을 하기는 했지만, 남의 복수를 부탁 받고 대신 해준다는 것이 얼마나 이상한 일인가? 어떻게 보면 돈을 받고 일을 해결해주는 흥신소와 별반 다르지 않은 것이었다. 물론 복수전자 사람들은 아무리 봐도 돈을 벌기 위해 이런 일을 하고 있는 것 같지는 않았다. 그럼 도대체 무엇을 위해 이런 일을 하는 걸까?

"설마 악의 구렁텅이에 빠진 세상을 내가 구한다. 뭐 그런 영웅 세계관 같은 게 있으신 건가?"

"그렇게 이해하셔도 나쁠 건 없죠."

"복수도 충분히 정의로울 수 있다고 믿는 건가요? 세상 다른 구석에서 보면 여기가 더 악의 구렁텅이처럼 보일 수도 있을 텐데."

"물론 복수전자에서 하는 일이 절대적인 선이라고 생각하지 않습니다. 일단 세상을 선과 악으로 단순하게 구분하는 것 자체가 모순이고 유치한 발상이죠. 선과 악의 기준 자체가 사람마다 다르고 어느 편에 서느냐에 따라 달라지니까요. 사실 우리는 그렇게 거창한 신념을 가지고 일하지 않습니다. 사실 복수라는 개념은 유치한 발상으로 보이기 쉽고 또 다른 형태의 범죄가 되기도 하죠. 하지만, 복수라는 것이 또 다른 피해자가 발생하는 것을 막을 수 있다면 해볼 만하지 않을까요? 그래서 우리는 복수심으로 인생을 망칠 수 있는 사람들을 대신해서 복수를 해주고 있는 겁니다. 비교적 영리하게."

"그러니까 제 말은 왜 그런 일을 여기서 하고 있냐는 거죠. 어떤 이익이나 특별한 목적도 없이. 의뢰자는 당신들과는 아무런 상관도 없는 사람들이잖아요?"

"재밌잖아요."

"재미로 한다?"

"왜요? 복수를 주제로 한 드라마나 영화는 그렇게 재밌게 보면서 실제로 하면 안 되는 건가요?"

기가 막혔지만, 틀린 말은 아니었다. 덕분에 성우는 테오를 추궁

할 동력을 잃어버렸다. 사실 사람들은 아무런 이득도 없고, 상관도 없는 일에 지나치게 몰두할 때가 종종 있다. 이유도 없이. 목적도 없이. 그냥 느낌적인 느낌으로. 살아야 할 이유가 있어서 사는 게 아니라 살아가다 보니 그냥 살아지는 것처럼. 숨 쉬듯 자연스럽게. 그런 면에서 인간의 행동에는 반드시 이유가 있다는 말은 진짜 인간을 모르는 사람의 괴변일지도 모른다. 그런 의미에서 재미로 복수를 한다는 사람을 비웃을 이유도 없는 것이다.

"그럼 계속 진행을 해도 될까요?"

"네, 그러시죠."

"그 사죄라는 거 아버지에 대한 복수를 위해서 시작한 건가요? 아니면 양심의 가책 때문에 시작한 건가요?"

"사죄하고 싶어도 할 수 없는 사람들을 위해 시작했습니다."

성우의 목소리 톤이 조금 전과 달라진 것을 성우 자신도 느꼈다. 머릿속에 현민이 생각이 떠오를 때면 성우는 항상 그랬다. 삐딱하게 어깃장을 놓던 성우는 어느새 테오 앞에서 자신의 뿌리 깊은 복수심에 대해 조심스럽게 꺼내놓기 시작했다. 테오는 서늘한 날이 그대로 살아 있지만 왠지 모르게 슬픈 성우의 목소리를 들으며 생각했다. 어쩌면 성우는 자신을, 아니 아버지를 용서하고 싶어서 복수를 선택했는지도 모르겠다고.

##

성우가 돌아가고 테오는 꽤 오랜 시간 동안 자신의 어린 시절을 떠올렸다. 테오의 어린 시절에 등장했던 인물은 하나같이 테오를 고통스럽게 만들었지만, 이제 테오는 그 기억들로 인해 고통을 받지 않았다. 어쩌면 그렇기 때문에 테오는 살아야 할 이유를 찾기 힘들었는지도 모른다. 모든 것에서 둔감해지고 무기력해진 테오에게 어느 날 갑자기 아버지의 더러운 유산이 주어졌다. 테오는 그 의미를 어떻게 해석하고 받아들여야 할지 몰라 꽤 오랜 시간 고민했다. 무기력해진 테오에게 고민거리가 생긴 것이다. 그러다 테오는 자신이 해내지 못한 것들을 제대로 해보고 싶다는 생각이 들었다. 그 작은 의지 하나가 지금의 복수전자를 만들게 한 것이다. 테오는 아무런 잘못 없이 일방적으로 피해자가 될 수밖에 없었던 사람들에게 복수는 무언가로부터 자신을 지킬 수단이 될 수도 있다는 것을 알려주고 싶었다. 기득권자들은 자신의 권력을 지키기 위해 법을 만들어냈고, 복수를 터부시하고 비도덕적인 행위라고 폄하하기 시작했다. 그러는 사이 그들이 만들어낸 법이라는 도구를 이용해 자신들의 힘을 더 견고하게 만들었고, 그 도구를 이용해 자신들의 이익만을 챙겼다. 사회질서를 위해 정의로운 법을 만들어냈다고 그럴싸한 포장은 하고 있었지만, 법은 결정적인 순간에는 언제나 제 기능을 잃고 힘이 없는 사람에게만 가혹하게 적용되어왔다. 그러다 보니 사람들은 법적인 복수에 의지하지 못하고 스스로 무너지거나 그 일과 아무런 상관도 없는 또 다른 피해자를 만들어냈다. 자기 자신은 물론, 세상 모든 사람들을 파멸의 길로 이끌게 된 것이다. 이런 악순환을 막기 위해 테오는 현명하고 영리한 복수가 필요하다고 판단했다. 억울한 약자가 될 수밖에 없는 개인의 복수를 어떻게든 사회적인 복수, 그러니까 사회적 방어 시스템으로 대치시키는 일을 하고 싶었던 것이다. 설혹 그것이 누군가에게는 가혹한 일이 될지라도.

"아직도 여기 계셨어요?"

"응."

"저기, 궁금한 게 있어서요."

"응?"

"기성우, 의뢰자로 받아주실 건가요?"

"그래야 할 것 같아."

"그렇다는 게 아니라 그래야 할 것 같다고요?"

"우리 도움이 필요한 사람인 건 분명하니까. 왜, 무슨 문제라도 있니?"

"전에도 말씀드렸지만, 그 사람 좀 꺼림칙해요. 뭔가 숨기는 것도 같고."

"보미 때문은 아니고?"

"아, 신부님! 진짜 자꾸 왜 그러세요?"

"아니라면, 일단 해보자. 여러모로 흥미로운 부분이 많은 일이니까."

의뢰자 254. 옥선정

결국 정직 3개월 통보를 받았다. 아니 어쩌면 1년을 꽉 채울지도 모르겠다. 철없는 동생은 이참에 여행이라도 다녀오라고 속 편하게 말했지만, 이건 그렇게 간단한 문제가 아니었다. 내가 왜? 무엇 때문에? 이렇게 방구석에 누워 천장만 바라보고 있어야 하는 거지? 내가 무슨 잘못을 했다고? 아무리 생각해도 나는 아무것도 잘못한 게 없었다. 화병이라는 게 어떤 병인지 모르겠지만, 화병이라는 게 있다면 이런 심리 상태를 말하는 것 같았다. 몇 년의 시간을 온전히 투자해 모두가 부러워하는 9급 공무원이 되어, 시설 서기보로 일을 시작했던 나는 꽤 유능한 공무원이었다. 덕분에 남들보다 일찍 서기로 진급했고, 얼마 전까지만 하더라도 주사보로 승진을 눈앞에 두고 있던 상황이었다. 그런 상황에서 나는 부당한 청탁을 거절했다는 이유로 3개월 정직 통보를 받았다.

##

"옥 서기님? 나 좀 잠깐 볼까?"

이 합당치 않은 일의 시작은 허부영 사무관의 호출에서 시작되었다. 허부영 사무관은 평소 소문이 별로 좋지 않은 편이었다. 명품 옷과 명품 시계를 즐겨 하던 그에게 모두가 웃으며 친절히 대했지만, 뒤돌아서면 그의 불성실하고 부도덕한 면을 비난하기 바빴다. 그는 사실 조직에서 암적인 존재였다. 자신의 자리를 이용해 사적인 이득을 취하는 데 능했고, 평소 불성실함으로 실수를 저질러도 자신이 사적으로 쌓아놓은 인맥을 통해 모든 문제를 해결하는 타입이었다. 그의 얼굴엔 언제나 개기름이 번지르르 흘렀고, 입꼬리는 웃고 있지만 눈은 웃지 않는 가식적인 얼굴로 사람들을 평가하고 관찰하며 자신의 이익과 부합되지 않는 사람은 철저히 무시했다. 그랬던 그가 평소 말 한마디 섞을 필요 없었던 내게 다가와 먼저 말을 걸었다.

"옥 서기님 일 시작한 지 얼마나 됐지?"

"3년 정도 된 것 같습니다."

"이야, 아직 그것밖에 안 됐나? 난 워낙에 실력이 좋아서 10년 차는 된 줄 알았는데."

"하실 말씀이……."

"이번에 복지관 건설 입찰 건 옥 서기님이 맡았지?"

"네."

"내가 지난번 함께 일한 업체가 있는데, 진성건설이라고."

"네, 후보 업체 중에 있는 걸로 알고 있습니다."

"업체 선정은 끝났나?"

"네, 내일 결재를 올릴 예정입니다."

"이건 옥 서기님한테만 말해주는 건데, 진성건설, 서기관님이 추천한 회사야."

손으로 입을 가리는 시늉을 하며 속삭이듯 말하는 허 사무관의 얼굴을 말갛게 쳐다봤다. 하와에게 선악과를 따 먹으라고 유혹하는 뱀의 모습이 저랬을까? 내가 말귀를 못 알아들었다고 생각했는지 사무관은 다시 뱀의 미소를 입꼬리에 올리며 말했다.

"서기님 머리 좋으니까 알아들었을 거야, 그지?"

벌떡 일어나 무슨 소리냐고 외치고 싶었지만 조직의 시스템에서 자유롭지 못한 나는 그러지 못했다. 치솟는 화를 꾸역꾸역 가라앉히고 그 자리를 일단 빠져나왔다. 조직에서 누구보다 실력을 인정받고 싶었고 높은 자리까지 올라가고 싶은 욕심이 있는 사람이었지만, 부당한 방법으로 그것을 이루고 싶을 만큼 자존심이 없지는 않았다. 물론 진지하게 고민은 했다. 어떻게 해야 할까? 진성건설은 사실 하자가 많고 하청업체 관리를 못해 부실 공사가 많기로 유명한 기업이었다. 사장이 조폭이라는 소문도 있었고, 함께 일을 진행할 때마다 문제가 발생해 모두가 기피하는 기업이기도 했다. 그런 기업을 추천했다는 것은 분명히 추천한 사람과 기업 사이에 남들이 모르는 뒷돈이 오갔다는 말이었다. 때문에 이런 불미스러운 냄새가 나는 일에 끼어들고 싶지 않았다. 그렇다고 허 사무관의 말을 무시하기도 어려웠다. 어찌 되었든 그는 나의 상사였고, 나는 그의 말 한마디에 어디든 처박힐 수 있는 존재였다. 고민 없이 그냥 진성건설을 선정하는 게 가장 쉬운 선택일지도 모른다. 문제는 그다음이었다. 추천한 사람은 서기관이었지만, 프로젝트 진행 과정에서 문제가 발생할 경우 그 책임을 져야 하는 사람은 온전히 나였다. 쉬운 일엔 항상 그렇게 그 쉬움을 책임질 일들이 존재하고 그 책임은 결코 쉽지 않았다. 그래서 세상엔 쉬운 일이 없는 것이다. 얼마 전 다른 부서에서 공금횡령 사건이 발생했을 때도 그랬다. 분명 윗대가리들끼리 돈을 나누다가 발각된 일이었는데, 그 책임은 공무원이 된 지 6개월도 되지 않은 신입이 모두 뒤집어쓰고 직위해제까지 당했다. 또 하나 마음에 걸리는 것은 서기관님이 추천을 했다고 말했지만, 사실상 서기관은 그런 기업이 있다는 것조차 모를 확률이 컸다. 한마디로 서기관의 추천이 아니라 허 사무관의 추천인 것이다. 사실 나는 엊그제 은행에 볼일이 있어 점심시간을 이용해 시내에 갔다가 은행 근처 식당에서 진성건설 담당자와 허 사무관이 함께 있는 것을 목격했었다. 한마디로 이 일의 주동자는 허 사무관일 확률이 99퍼센트라는 소리였다. 무엇보다 허 사무관은 아무런 이득 없이 서기관님의 뜻을 내게 전달해줄 만큼 순수한 사람이 아니었다.

"옥선정 씨, 생각했던 것보다 진짜 센스가 없네."

정직 통보를 받고 나서는 길, 허 사무관이 내게 마지막으로 던진 말이었다. 틀린 말이었다. 나는 센스가 없는 게 아니라 인내심이 없는 사람이었다. 꼴좋다는 듯 비아냥거리는 허 사무관의 턱주가리를 한 대 치고 싶은 것을 참아내느라 얼마나 힘들었는지 모른다. 좋은 게 좋은 거라고 말하는 사람들에게는 내 선택이 무척 어리석은 것으로 보였을 것이다. 하지만 나는 최선을 다해 고민하고 숙고한 것이었다. 양심과 자존심을 잠시 접어두고 그의 뜻대로 일을 처리할 수도 있었지만, 분명 이 일은 여기서 끝나지 않을 터였다. 이번 일을 무사히 처리하고 나면 허 사무관은 앞으로도 계속 비슷한 일들을 만들어 내가 힘겹게 쌓아놓은 신뢰를 이용해 먹을 확률이 컸다. 한 번 편하자고 내 미래까지 양아치 같은 놈이 좌지우지하게 만들고 싶지 않았다. 내 자존심 또한 시한부 평안으로 채우고 싶지 않았다. 어쨌든 자신의 뜻대로 움직이지 않았다는 이유로 허 사무관은 내게 양아치 근성을 제대로 보여주었다. 조직을 정비하여 효율을 높인다는 이유로 갑자기 조직원을 평가하겠다고 설레발을 치더니 타 부서와의 협조가 잘되지 않아 생긴 손실에 대한 책임을 내게 물었다. 콩가루보다 미미하던 그 책임을 뻥튀기처럼 부풀리더니 결국 허 사무관의 재량과 그동안 쌓아놓은 인맥을 십분 활용해 내게 3개월 정직 처분을 내린 것이다. 정직 1개월도 아니고 3개월에 보수 삭감까지. 승진 누락이나 감봉 정도로 마무리될 거란 예상을 깨고 더 큰 빅 엿을 날린 허 사무관 덕분에 나는 지금 이렇게 침대 위에 누워 치욕적인 시간을 보내고 있는 것이다.

##

겨우 하루가 지났지만, 마치 수백 년을 이렇게 살아온 사람처럼 나는 아무것도 하지 못하고 그대로 누워 있기만 했다. 잠이 오지 않았다. 잠을 잘 수도 없었다. 어떻게든 이 치욕을 갚아주고 싶었다. 복수. 한 번도 생각해본 적 없는 단어를 곱씹어본다. 복수. 막장 드라마나 할리우드 액션영화에서나 나올 법한 단어. 그 단어를 내가 이렇게 깊이 생각해볼 줄은 몰랐다. 생각은 예민해지고 신체감각은 무뎌진 상황들이 지속되는 순간에도 언제나 내 손에는 스마트폰이 들려 있었다. 쉬지 않고 같은 단어를 검색했다. 복수. 반복해서 보다 보니 복수의 의미가 저절로 머리에 새겨진다. 복수. /둘 이상의 수/ 복수. /배 속에 장액성 액체가 괴는 병증/ 복수. /원수를 갚음/ '복수'라는 단어가 이렇게 여러 가지 의미로 쓰이는지 몰랐다. 물론 내가 곱씹고 있는 복수의 의미는 '원수를 갚음'이다. 유의어로는 설욕, 보복, 앙갚음. 단어의 의미를 곱씹다 보니 어감까지 마음에 든다. 단어의 유희를 즐기는 사이 어느새 나는 복수라는 해시태그를 달고 있는 게임 하나를 다운받고 있었다. 머리보다 손이 먼저 움직이는 상태였다. 복수전자? 말 그대로 복수하는 게임. 복수라는 단어로 시작되었던 내 무의식의 흐름은 복수전자 게임으로 이어져 나를 진짜 복수전자라는 가게까지 오게 만들었다. 참으로 단순하고 정직한 흐름이었다.

"근데, 정말 여기서 복수를 대신 해주는 건가요?"

"네. 그런데 왜 자꾸 물으시죠?"

"그냥 믿기지도 않고, 이런 일을 왜 하시는지 궁금하기도 하고. 사실 저한테는 중요한 일이지만, 다른 사람이 볼 땐 좀 사소해 보일 수도 있을 것 같고."

"아시다시피 의뢰를 해주시면 저희 나름대로 심의라는 것을 꽤 철저하게 하는 편입니다. 때문에 일의 크고 작음이 판단의 기준이 되지 않습니다. 무엇보다 저희는 개인적인 복수보다 사회적인 복수를 지향하는 편인데, 의뢰자님의 복수는 저희의 의도와 부합하는 점이 많습니다."

"사회적인 복수라…… 어쨌든 다행이네요. 그럼 이제 저는 어떻게 하면 되죠?"

"혹시 본인이 생각해두신 복수 방법이 있으신가요?"

"글쎄요. 복수를 하고 싶다는 생각은 많이 했지만, 그 방법을 구체적으로 생각해본 적은 없는 거 같아요."

"구체적인 방법은 몰라도 어떻게 했으면 좋겠다는 생각은 해보셨을 거 같은데……."

"음, 뭐 사과 받는 건 필요 없어요. 근데 쓰레기 같은 인간이 조직에서 여전히 떵떵거리며 살고 있다는 생각만 해도 미칠 것 같아요. 무엇보다 복직을 하고 나서 다시 그 인간의 얼굴을 봐야 한다는 게…… 제일 참을 수가 없네요."

"참고하도록 하겠습니다. 하지만, 그런 사람이 눈앞에서 사라진다 해도 비슷한 부류의 사람들로 또 어떻게든 채워지기 마련입니다. 그래서 그런 상황이 반복되지 않도록 좋은 선례를 만들거나 방어 시스템을 구축하는 것이 중요합니다. 저희가 이런 일을 하는 이유도 그 때문이죠."

"저도 그러길 누구보다 바라지만, 그게 잘될까요? 공무원 사회라는 게 워낙에 고루하고 고지식한 조직이라서."

"완벽하게 바꾸기는 쉽지 않겠지만, 그 시작이 될 수 있는 최선의 방법을 연구해보겠습니다. 그 전에 한 가지 확인해둘 사항이 있습니다. 아까도 의뢰자분이 잠시 궁금해하셨지만, 대부분의 의뢰자분들이 심의를 통과하는 기준이 무엇인지 궁금해하십니다. 그래서 설계에 들어가기 전에 저희가 이 일을 하면서 꼭 지키고자 하는 열 가지 원칙에 대해 알려드리고 있습니다. 그래야 저희가 어떤 기준으로 의뢰자분들을 선정하고 복수 방법을 설계하는지 아실 테고, 그걸 아셔야 저희와의 계약이 가능하거든요. 한번 읽어보시고 저희들의 원칙에 동의하지 않으신다면, 이 일은 더 이상 진행할 수 없습니다. 물론 그럴 경우라도 지금까지의 일은 모두 비밀로 해주셔야 한다는 각서도 작성해주셔야 합니다."

곱슬머리에 꽤 두꺼운 안경을 눌러쓴 남자가 내게 의미심장한 종이 한 장을 내밀었다.

〈복수전자 열 가지 원칙〉

하나, 복수 대상자에게 심각한 신체적 상해를 입히는 일은 없어야 한다.

둘, 첫 번째 목적은 의뢰자의 심리적 안정이다.

셋, 두 번째 목적은 또 다른 피해자를 만들지 않도록 사회적 방어막을 만드는 것이다.

넷, 복수를 위한 복수를 하지 않는다.

다섯, 복수는 때때로 의뢰자에게 직접 혹은 간접적인 피해를 줄 수도 있다.

여섯, 복수로 인해 제삼자에게 피해가 있을 경우 바로 중단할 수 있다.

일곱, 의뢰자 보호를 위해 복수 진행 시 의뢰자 정체가 드러나지 않도록 한다.

여덟, 의뢰자에게 불순한 의도가 있음을 뒤늦게 확인하거나 대상자 선정이 잘못되었을 경우 협의 없이 모든 작업이 중단될 수 있으며, 의뢰자의 불순한 의도로 발생한 책임은 의뢰자가 져야 한다.

아홉, 복수전자에서 일어나는 모든 일은 비밀이 보장되어야 한다.

(* 별도의 비밀유지각서 서명 필요)

열, 복수가 종결된 후, 복수 대상자에게 또 다른 복수를 해서는 안 된다.

모든 항목을 완벽하게 이해하진 못했지만, 어느 정도 그들이 바라는 의도를 이해했고 동의할 수 있는 수준이라고 판단했다. 사실 복수만 할 수 있다면 아무래도 상관없었다. 거침없이 서명을 하고 나니 곱슬머리 남자가 이번에는 또 다른 문서를 내밀었다.

"이건 계약서입니다. 조금 전 문서보다 더 꼼꼼히 읽어보시고, 동의하신다면 서명해주세요. 이해가 되지 않는 부분은 따로 질문해주시면 됩니다."

"얼핏 보기에는 그냥 일반 거래 계약서랑 비슷하네요."

"네, 최대한 그렇게 보이려고 노력했습니다."

"그런데 계약금이 진짜 만 원인가요?"

"네, 어차피 계약금은 형식적인 거니까요."

"계약금은 만 원이고, 잔금은 결과의 만족도에 따라 지불을 해도 되고 안 해도 된다?"

"네. 맞습니다."

"이러면 나중에 잔금 안 치르고 그냥 입 닦는 경우가 대부분일 텐데, 괜찮으신가요?"

"네, 뭐 그럴 수도 있겠지만, 저희는 다른 형태로 도움을 많이 받습니다. 여기 보시면 잔금 대신 나중에 저희가 언제라도 도움을 요청할 수 있다는 내용이 포함되어 있을 겁니다. 일종의 재능 기부 같은 걸 해주셔도 된다는 겁니다."

"아, 그래요? 그런 분들이 꽤 있나 보군요?"

"네, 그런 분들 덕분에 저희 일이 예전보다 많이 수월해지고 있습니다."

"그럼, 제 경우도 그런 분들의 도움을 받을 수 있는 건가요?"

"설계를 어떻게 하느냐에 따라 다르지만, 아무래도 그렇게 될 확률이 높습니다."

"제 일이 잘 끝나면 저도 누군가에게 어떻게든 도움이 될 수 있으면 좋겠네요."

"분명 그렇게 되실 겁니다. 그럼, 계약서 꼼꼼히 검토 부탁드립니다. 제가 앞에 계속 앉아 있으면 아무래도 불편하실 테니 잠시 밖에 나가 있겠습니다. 혹시 질문 사항 있으시면 불러주시고요."

##

"아니, 이게 그 사람이 받는 벌이라고요?"

"저희는 벌을 주는 사람이 아닙니다."

"그래요, 벌이 아니라 복수! 근데 이게 무슨 복수냐고요! 오히려 이 사람한테 날개를 달아주는 꼴이 되었잖아요."

이해가 되지 않았다. 콩밥을 먹게 해줘도 분이 풀릴 것 같지 않은 상황이었는데, 오히려 이 사람들은 이번 진성건설 입찰에 관여해 진성건설이 사업을 제대로 마칠 수 있도록 하청업체 선정에 도움을 주고 있었다. 무언가 단단히 잘못되고 있는 것이다. 비리로 얼룩진 사업 자체를 만천하에 까발려도 모자랄 판에 도대체 뭐 하는 사람들이지? 혹시 이 사람들도 허 사무관과 같은 편인 건가? 처음에 가졌던 의심의 싹이 다시 꿈틀되기 시작했다.

"이건 결과가 아니라 과정일 뿐입니다. 조금만 더 지켜봐주시면 곧 전체적인 그림을 이해하실 수 있을 겁니다."

과정이라 해도 이건 잘못된 과정이었다. 왜? 무엇 때문에? 바보가 된 기분이었다. 혼자 침대에 누워 있을 때보다 더 큰 절망감이 밀려왔다. 내가 지금 이 사람들과 도대체 무슨 짓을 하고 있는 걸까?

##

어두운 터널 같던 시간들이 지났다. 기분이 이상했다. 지금 나는 허 사무관이 구속되었다는 뉴스를 배경음악으로 들으며 출근 준비를 하고 있었다. 그랬다. 나는 다시 복직되었고, 허 사무관은 구속되면서 직위해제가 아니라 파면을 당했다. 개인적으로 너무도 완벽하고 깔끔한 복수였다. 내 손에 피 한 방울 묻히지 않고 씻길 것 같지 않았던 치욕과 분노를 깔끔하게 털어내다니! 입꼬리가 자꾸만 씰룩거렸다. 무엇보다 출근했을 때 허 사무관의 얼굴을 보지 않아도 된다는 생각을 하니 춤이라도 추고 싶어졌다.

"그동안 맘고생 많이 하셨어요!"

나와 눈이 마주치는 사람마다 그렇게 인사하고 있었다. 모두가 알고 있었지만, 그때는 하지 못했던 말들을 사람들은 부끄러운 줄도 모르고 자꾸만 쏟아냈다. 안타까웠다. 허 사무관의 추락이 그들에게 어떤 의미가 있는지 아무도 모르는 것 같아서.

##

허 사무관이 날개를 달 수 있도록 도와준 복수전자 사람들에게 화를 퍼부으며 모든 계획을 취소하겠다고 선언했다. 곱슬머리 남자는 난감한 표정을 지을 뿐, 무어라 가타부타 말을 해주지 않아 더 화가 난 것이다. 그때 갑자기 노크 소리가 들렸다. 곱슬머리 남자가 자리에서 일어나더니 바로 문을 열어주었다. 누군가가 들어왔고, 곱슬머리 남자는 그길로 방을 나가버렸다. 머리끝까지 차올랐던 분노는 어느새 사라지고, 공포라는 감정이 바퀴벌레처럼 기어들었다. 뭐지? 이 사람들 정말 허 사무관과 관련이 있는 사람들인가? 어두운 조명 때문인지 얼굴이 제대로 보이지 않아 더 겁이 났다. 내가 너무 무모한 짓을 저지른 걸까? 이 사람들이 어떤 사람인지도 모르고 복수를 해준다는 말만 믿고 이렇게 되도 않는 일을 벌이고 있었다니. 방에 들어온 그 누군가는 어둠 속에 서서 나를 빤히 내려다보는 것 같았다. 소리라도 치고 싶었지만, 입이 얼어붙어 아무 말도 할 수가 없었다. 나도 모르게 살려달라는 말이 목구멍 바로 아래까지 도착했지만, 차마 내 목구멍을 넘지 못했다. 그때 어둠 속에 서 있던 남자의 목소리가 들렸다.

"죄송합니다, 저희가 친절하게 설명을 못 드린 거 같아서."

남자의 목소리가 생소하지 않았다. 어디선가 분명 들어본 목소리였다. 처음 복수전자 게임을 마스터하고 전화를 걸었을 때 들었던 그 목소리였다. 감정이 전혀 느껴지지 않았지만, 냉랭함은 고스란히 전달되었던 묘한 목소리. 그 목소리의 실체가 스탠드가 놓인 탁자 앞으로 다가오더니 곱슬머리 남자가 앉았던 그 자리에 얼굴을 드러냈다. 그제야 그 목소리의 실체가 보였다. 주름 하나 없이 말끔한 조각상처럼 보이는 얼굴을 가지고 있었지만, 마치 천 년은 우습게 여기며 살아온 고목처럼 남자는 아무런 뜻도 감정도 없는 사람으로 보였다. 어둠 속에 그 모습을 감추고 있을 때보다 더 겁이 났다. 내가 무언가 잘못한 것이 없나 되돌아보게 되는 그런 얼굴이랄까?

"이 일은 의뢰자님에게 상세히 알려드리지 않는 편이 좋을 것 같다고 판단했습니다. 의뢰자님이 이 사실을 알고 있었다는 것 자체가 나중에 위험 요소로 작용할 수 있는 상황이었습니다. 그런데 오늘 대화를 지켜보니 그럴 필요가 없다고 생각되네요. 다만, 차후에 발생할 수 있는 위험에 대해서 의뢰자님이 감당해주셔야 할 부분이 있다는 것만 알아주시면 됩니다."

그의 말에 나도 모르게 고개를 끄덕였다. 내가 고개를 끄덕이자 남자는 일정한 톤으로 내가 의심하던 부분에 대해 하나하나 설명하기 시작했다. 스프링을 달아놓은 인형처럼 이야기를 듣는 동안 내 고개는 자꾸만 끄덕거렸다.

"질문을 하나 드리겠습니다. 복수 대상자가 가장 힘들어 하는 부분이 무엇일까요?"

"글쎄요. 그런 것까지 생각해보진 않아서……."

"진짜 복수를 하기 위해선 그 사람이 가장 두려워하는 것을 찾아낼 수 있어야 합니다. 의뢰자님이 생각하는 복수는 지금 당장 억울한 누명을 벗기 위해 비리를 밝히는 것이겠지만, 그건 의뢰자님의 생각일 뿐 복수 대상자에게는 별것 아닌 일이 될 수도 있습니다. 워낙에 인맥과 줄타기에 달인인 사람이라 진실이 밝혀진다고 해도 그 사람은 고작 몇 개월 직위해제 정도로 다시 컴백할 수 있는 사람이니까요. 그럼 이쯤에서 생각해봅시다. 20년 가까이 공무원 생활을 했던 복수 대상자가 가장 두려워하는 게 뭘까요? 제 판단으로는 복수 대상자가 공들여 만들어놓은 인맥과 줄타기 능력을 써먹을 수 없는 상황이 되는 거라고 생각합니다. 그런 의미로 볼 때 공무원 징계 체계에서 가장 중징계에 해당하는 파면이 복수 대상자에게는 가장 두려운 일이 되겠죠. 파면이 될 경우 다시 공직에 임용될 수도 없고 연금도 전부 혹은 일부 받을 수 없게 될 테니까요. 무엇보다 파면에까지 이르게 되면 복수 대상자가 쌓아놓은 인맥과 라인들로부터 냉정하게 외면당하는 상황이 발생할 겁니다."

"그런데 지금 왜 그 사람에게 도움이 되는 일을 하고 있는 거죠?"

"무언가를 제대로 추락시키고 싶다면 더 높이 띄워야 하지 않을까요?"

나도 모르게 한숨 같은 감탄사가 흘러나왔지만, 앞에 앉은 남자 얼굴을 보는 순간 다시 얼어붙었다. 그의 얼굴에 섬뜩한 무언가가 잠시 스쳐 지나가는 것을 보았기 때문이다.

##

실제로 복수전자 사람들이 진성건설의 입찰 건을 조용히 도와준 덕분에 허 사무관은 성공적으로 프로젝트를 마무리할 수 있었다. 덕분에 평소 인맥은 넓지만 실적은 별로라는 평가를 받았던 허 사무관은 처음으로 좋은 평가를 받게 되었다. 허 사무관 입장에서는 진성건설에서 상납도 받고, 업무적인 능력까지 인정받았으니 그보다 더 좋을 수 없는 결과였다. 허 사무관의 자신감이 하늘 높은 줄 모르고 올라가 있을 무렵, 화문건설이란 기업 담당자가 허 사무관을 찾아왔다.

"내년도에 시행될 신도시 보건소 입찰 건으로 인사드리러 왔습니다."

평소의 허 사무관 같았으면 이리저리 재보고 의심의 눈초리를 거두지 않았겠지만, 진성건설의 소개로 왔다는 말에 경계를 풀고 그들의 제안을 기쁜 맘으로 받아들였다. 물론, 화문건설은 복수전자에서 만든 유령 기업이었으며 대표 또한 가상의 인물이었다. 복수전자 사람들과 그들에게 복수를 의뢰했던 익명 집단의 도움이 있었기에 가능한 일이었다. 그들의 시스템이 어떻게 되어 있는지 아무도 모르지만, 그들은 마치 유기체처럼 자연스럽게 움직였고 아주 오랫동안 손발을 맞춰온 사람들 같았다. 어쨌든 비밀스러운 복수전자 사람들의 노력으로 허 사무관은 진성건설보다 훨씬 더 판이 커진 비리 프로젝트를 완성시키기 위해 열정을 보이기 시작했다. 지난번 진성건설 때보다 일의 규모가 커지기도 했지만, 화문건설 사람들은 고위 공직자들도 함께 이 일에 참여하기를 원했기 때문이다. 허 사무관은 자신의 인맥에게 어필할 수 있는 좋은 기회라는 생각에 예상했던 것보다 더 적극적으로 움직였다.

허 사무관이 시설 부문 서기관과 이사관들을 동참시키려 동분서주하는 동안 복수전자에서는 또 다른 일을 진행하고 있었다. 공무원 감찰 부서에 건설 입찰 비리에 관한 민원과 신고를 조용히 넣고 있었던 것이다. 물론 이 또한 내부 사정을 잘 아는 누군가의 노력이 컸다. 그 누군가가 언젠가 내 모습이 될지도 모른다는 생각에 잠시 짜릿한 기분도 들었다. 어쨌든 모든 흐름이 허 사무관에게 향하고 있었다. 그렇게 모든 흐름이 허 사무관에게 모여들 무렵, 사건은 어느 날 갑자기 수면 위로 불쑥 튀어 올라왔다.

시설 사무관, 유령 회사를 앞세워 입찰 비리 저질러

화문건설은 시설 사무관이 만든 유령 회사

한곳에 모여든 흐름은 어느새 파도가 되어 허 사무관에게 몰아치기 시작했다. 사실 화문건설이라는 유령 회사를 최대한 활용할 거라 예상은 했었지만, 화문건설 대표를 허 사무관으로 만들어놓을 거라고는 상상하지 못했다. 덕분에 서기관과 고위 공직자들은 화들짝 놀라 바로 꼬리를 자르기 시작했다. 큰 지진을 앞두고 떼를 지어 움직이는 벌레들처럼. 오히려 복수전자가 미처 준비하지 못한 증거들을 수사가 시작도 되기 전에 투척하는 무리들도 있었다. 언제나 그렇듯 서로의 이득을 위해 만들어진 관계는 그렇게 얄팍하고 가벼울 수밖에 없는 것이다. 자신의 위치를 이용해 맺었던 수많은 이익 관계가 한순간에 끊어지고 모두가 자신의 목을 조르려고 달려드는 것을 지켜보는 허 사무관의 심정은 어떨까? 나는 그의 얼굴을 보고 싶었지만, 또 보고 싶지 않았다. 그에게 암묵적으로 동조하다가 바퀴벌레처럼 어디론가 숨어버린 사람들의 비열한 얼굴을 지켜보는 것만으로도 충분했기 때문이다.

"이번 일에 도움 주신 분들 중에 공무원분이 있었던 것 같은데, 혹시 어떤 분인지 알 수 있을까요?"

"모르시는 게 좋을 겁니다. 모두를 위해서."

"신기하네요. 서로 모르는 사람들끼리 이런 일을 한다는 게. 앞에 앉아 계신 분 성함도 사실 모르잖아요, 저는."

"그래야 더 마음 놓고 이런 일을 할 수 있지 않을까요?"

"그렇겠군요. 어쨌든 저도 누군가에게 도움이 되었으면 좋겠네요."

"아마 의뢰자님도 곧 그렇게 되실 겁니다."

3. 마주하다

254번째 의뢰자를 배웅하고 돌아온 요셉의 얼굴에는 알아채기 힘들 정도로 옅은 미소가 잠시 머물렀다가 사라졌다. 무사히 일을 끝냈다는 안도감 때문일까? 요셉은 언제나처럼 도팔에게 254번째 의뢰자 작업에 대한 백업을 맡기고 잠시 멍하니 앉아 있었다. 마침 붕어빵 굽는 일이 지겨웠던 도팔은 이제야 할 일이 생겼다는 듯 뿌듯한 얼굴로 모든 데이터와 흔적들을 머릿속에 의미 없이 입력하기 시작했다. 도팔은 기억력이 정말 비상했다. 마치 사진을 찍듯이 모든 정보들을 머리에 담을 줄 알았다. 하지만 스스로 그 데이터를 조합하고 이해하는 능력은 부족했다. 때문에 도팔은 복수전자에서 해킹하기 어려운 데이터 저장소 역할을 했다. 도팔 머릿속에 있는 수많은 데이터들을 불러내고 활용하는 방법을 아는 사람은 요셉과 테오밖에 없었기 때문이다. 덕분에 복수전자에서 진행되는 비밀스러운 일들은 대부분 흔적을 남기지 않고 도팔에게 백업되었고, 의뢰자들에 대한 정보가 지금까지 안전하게 지켜질 수 있었다.

도팔이 데이터 백업을 마쳤다는 신호를 보내자 요셉은 254번째 의뢰자의 모든 데이터를 삭제했다. 데이터를 지우고 오랜만에 찾아온 여유가 어색했던 요셉은 저울놀이를 시작했다. 요셉의 책상 한편에는 항상 접시저울과 아주 다양한 무게의 저울추들이 체스판 위의 체스들처럼 꼼꼼하게 놓여 있었다. 요셉은 자신의 휴대폰을 한쪽 접시에 올려놓고, 휴대폰 때문에 위로 치켜 올라간 반대편 접시 위에 저울추를 하나씩 올리기 시작했다. 저울추 하나를 올려놓을 때마다 요셉은 온전히 정신을 집중했다. 저울추를 접시 위에 올릴 때마다 저울의 균형이 미세하게 요동치기 때문에 숨죽여 작업에 몰두해야만 했다.

"도팔 아저씨! 오늘 요셉 오빠 무슨 일 있었어요?"

학교를 마치고 복수전자로 들어서던 보미가 저울놀이를 하고 있는 요셉을 보고 도팔에게 물었다. 도팔은 힐끔 요셉을 보더니 도통 모르겠다는 얼굴로 말했다.

"별일 없었는데. 좀 전에 일도 아주 깔끔하게 마무리했고. 내 보기엔 기분 완전 좋아 보이는데?"

"진짜 무슨 일 있었나 보네. 도팔 아저씨가 저렇게 말하는 거 보면."

도팔은 신기할 정도로 기억력이 뛰어났지만, 대인관계가 불편할 정도로 눈치가 없기도 했다. 특히 상황에 따라 달라지는 대화 속에 내포된 말의 의미나 기분을 전혀 파악하지 못했다. 덕분에 도팔은 삶의 굴곡이 많은 사람이었지만, 불행한 사람은 아니었다. 오히려 남의 눈치 볼 일이 없기 때문에 자기 자신이 불행한지 행복한지 판단하기조차 어려웠다. 도팔은 눈치 없는 사람이었지만, 그런 눈치 없음 덕분에 테오를 만났고 지금은 복수전자에서 비상한 기억 능력을 발휘하며 비교적 평온하게 살고 있는 것이다.

보미는 걱정스러운 표정으로 책상 앞에 쭈그리고 앉아 저울놀이를 하고 있는 요셉을 쳐다봤다. 요셉이 조심스럽게 제일 작은 추를 올려놓는 순간, 저울접시가 미세하게 울렁이더니 기어코 균형을 맞추며 평형을 이루었다.

"195그램."

"그건 왜 재보는 건데?"

"그냥 궁금해서."

"저기 소수점 두 자리까지 무게 잴 수 있는 저울들이 사방에 깔렸는데, 왜 할아버지처럼 그런 저울에다 무게를 재는 건데?"

"저울추 올려놓을 때마다 쪼이는 맛이 있거든."

"무슨 일이 있는 거지? 오빠는 마음 심란할 때마다 그러잖아."

요셉이 무어라 대답을 하기도 전에 가게 문이 열렸다. 성우가 집주인처럼 당당하게 가게 안으로 들어왔다. 요셉은 성우를 기다렸다는 듯이 자리에서 벌떡 일어섰다. 동시에 저울접시에 올려두었던 저울추를 한쪽으로 밀어버렸다. 요란한 소리를 내며 저울추가 책상 위로 떨어지자, 평형을 유지하던 두 개의 저울접시는 요동을 치다가 휴대폰을 올려둔 쪽으로 극심하게 기울었다.

"안쪽으로 들어가시죠."

말은 반듯하게 했지만, 요셉의 표정은 한쪽으로 치우친 저울처럼 삐딱했다. 무언가 못마땅한 요셉이 기울어진 접시 위에 놓여 있던 휴대폰을 집어 들고 안으로 들어가자, 휴대폰을 잃어버린 저울접시는 다시 요동을 쳤다. 성우는 그런 저울접시를 힐끗 보더니 요셉을 따라 안으로 들어갔다. 보미는 따라 들어가고 싶은 마음을 감추지 못하고 문 앞까지 갔다가 멈췄다. 저울접시는 안절부절못하는 보미처럼 그때까지 계속해서 부들부들 떨고 있었다.

##

"제가 몇 번째인가요?"

"255번째 의뢰인이시네요. 혹시 저희 원칙에 동의하지 않으시면 지금이라도 돌아가셔도 됩니다."

"아뇨. 동의합니다. 누구보다 간절하게."

"그럼 서명하시죠."

"근데 의뢰자를 최종적으로 결정하는 사람은 누군가요?"

"개인의 판단이 아니라 조금 전에 보여드린 원칙을 바탕으로 결정되는 겁니다."

"일을 아주 객관적으로 하시나 보네요? 제 앞에 앉아 계신 분은 저를 못마땅해하는 것처럼 보이는데 제가 심사에 통과한 걸 보니."

"네, 개인적인 감정은 판단 기준에 영향을 미치지 못합니다."

"제가 맘에 안 드는 것 같은데, 다른 분과 계약을 진행할 수 없나요?"

"네, 없습니다."

"전 그분과 진행하고 싶어요. 작은 창문 뒤에 숨어서 사람을 판단하시던 그분."

"저희 원칙에 동의하지 않는다는 건가요?"

"여기 원칙에는 그런 부분이 없는 걸로 아는데요."

"저희가 진행하는 방식이 마음에 안 드시면 지금 그만두는 게 좋다는 얘깁니다."

요셉의 말이 끝나기도 전에 갑자기 성우가 자리에서 일어나더니 요셉에게 다가갔다. 요셉이 당황하는 사이, 성우는 요셉 뒤로 가 단번에 작은 창문을 열었다. 성우조차 창문이 단번에 열렸다는 사실에 깜짝 놀랐지만, 아쉽게도 창문 너머에는 아무도 보이지 않았다.

"이런 식으로 돌발 행동 계속할 거면 그만 돌아가시죠."

"혹시나 했는데 아니었군요. 그럼, 그분은 저 카메라로 저를 지켜보고 있는 건가요?"

"이런 상황이 불편하면 그만두라고 말씀드렸습니다."

"이 일을 진행하는 동안 그분 얼굴은 전혀 볼 수 없는 건가요?"

"누구를 말씀하시는지 모르겠지만, 이번 일은 제가 계속 진행할 겁니다."

"왜죠?"

"그걸 우리가 당신한테 설명할 이유는 없는 거 같은데요?"

"난 솔직히 당신을 못 믿겠어요."

"뭐라고요?"

"그러니까 나는 그분과 직접 만나서 일을 진행하고 싶다고요."

요셉은 더 이상 말을 할 필요가 없다는 듯 자리에서 벌떡 일어나 밖으로 나가버렸다. 성우는 어두운 방에 홀로 앉아 반짝거리는 카메라 렌즈에서 눈을 떼지 못했다.

##

며칠 후 성우는 다시 복수전자를 찾았다. 합의점을 도출하지 못할 것 같았던 요셉과 성우의 협상이 결국은 이루어졌기 때문이다. 테오를 직접 만나고 싶었던 성우는 계약서 내용에 복수 의뢰자와 함께 복수 설계를 해야 한다는 항목을 넣자고 주장했다. 이에 요셉은 기 성우의 의뢰를 전면 취소하겠다는 의사를 밝히기도 했다. 그렇게 두 사람은 팽팽하게 맞섰지만, 어쨌든 이 협상의 키는 테오가 쥐고 있었다. 테오가 의뢰자들과의 불필요한 접촉을 꺼린다는 것을 알고 있는 요셉으로서는 성우의 주장이 절대 관철되지 않을 거라 생각했다. 하지만, 요셉의 짐작과 달리 테오는 성우의 억지 주장을 받아들였고, 결국 성우는 오늘 테오를 직접 만나기 위해 또다시 복수전자를 찾은 것이다.

세 번째 복수전자에 방문한 성우를 제일 먼저 반긴 것은 테오가 아닌 기억력 좋은 남자, 아니 그 남자가 구운 붕어빵 냄새였다. 바로 만들어진 붕어빵 냄새는 생각보다 좋았고, 겉모양도 꽤 먹음직스러워 보였다. 성우는 벌써 세 번째 보는 그 남자에게 인사를 해야 할지 말아야 할지 몰라 엉거주춤 망설였다. 다행히 어쩔 줄 몰라 하는 성우에게 기억력 좋은 남자가 먼저 웃으며 인사를 건넸다.

"붕어빵 한번 먹어볼래요?"

성우는 얼떨결에 붕어빵을 받았다. 손에 쥐기만 했는데 따뜻하면서도 바삭거리는 붕어빵의 식감이 느껴지는 듯했다. 호호 불며 한 입 베어 무니 바삭 소리가 나면서 안쪽에 고여 있던 단팥이 입안으로 사르르 녹아내렸다. 성우가 맛있다는 뜻으로 깜짝 놀란 표정을 짓자, 남자가 어깨를 으쓱거리며 이 붕어빵의 식재료를 어떻게 구하고 팥을 어떻게 삶는지에 대해 설명하기 시작했다. 팥의 빛깔부터 설탕의 정확한 양과 비율, 팥을 삶는 가장 최적의 온도 등등 외울 필요도 알고 싶지도 않은 자질구레한 숫자 정보까지 도팔은 마치 보고 읽는 사람처럼 줄줄 늘어놓았다. 성우는 그의 밑도 끝도 없는 이야기를 끊고 싶었지만 방법을 알지 못했다. 그저 붕어빵을 빨리 먹어야겠다는 생각에 붕어빵 옆에 자리 잡고 있는 철물점, 아니 고물상이라고 해도 어색하지 않을 창고를 쳐다보다가 성우는 흉물스럽지만 반가운 무언가를 발견했다. 화려한 색감의 페인트가 곳곳에 벗겨지고 녹슬어 있었지만, 어릴 적 모래로 가득했던 놀이터에서 제왕처럼 자리 잡고 있던 시소가 기품 있는 자태로 나른하게 누워 있었다. 언제부터인가 모래가 사라지고 인공 잔디 같은 녹색 고무 카펫으로 변해버린 요즘 아이들 놀이터에선 좀처럼 찾아볼 수 없는 시소였다. 그러고 보니 이상했다. 그네나 미끄럼틀은 아직도 건재한 것 같은데, 왜 시소는 새롭게 단장한 놀이터로 다시 돌아오지 못했을까? 혼자서는 절대 탈 수 없는 놀이기구라서 그런 걸까? 실제로 그랬다. 요즘 아이들은 함께 노는 것보다 혼자 노는 것에 익숙해져 있어서 상대방의 무게가 있어야 움직이는 시소 따위는 거들떠보지 않을지도 모르겠다. 그러다 문득 요셉이 가지고 놀던 접시저울이 떠올랐다. 저울과 시소, 그리고 복수. 일맥상통하는 부분이 있는 걸까?

"완전 맛있게 먹어주니까 보기 좋네. 이거 하나 더 드실래요?"

"도팔 아저씨! 아직 하나도 다 못 먹은 사람한테 왜 자꾸 권해요? 눈치 없게."

"보미 왔구나? 근데 그건 뭐야?"

"붕어빵이요."

"너무하는 거 아냐? 여기 이렇게 맛있는 붕어빵이 있는데."

"요 앞 시장 입구에 붕어빵 가게가 새로 생겼더라고요. 벤치마킹 차원에서 한번 사봤는데, 완전 맛있어요! 사람들이 막 줄 서서 받아 가더라고요."

"그, 그래? 나도 하나 줘봐봐."

도팔은 서운한 맘인지 호기심인지 모를 표정으로 보미에게 붕어빵을 받아 들고 한 입 물었다. 그러고는 전문가처럼 골똘히 생각할 여유도 없이 바로 물었다.

"우와, 이거 견과류를 넣은 건가?"

"완전 맛있죠? 달지도 않고."

"그러네. 근데 이건 얼마야?"

"여기보단 비싸죠. 천 원에 두 개."

"그렇게 비싼데 줄을 서서 먹는다고?"

"붕어빵 맛도 맛인데 그 아저씨가 마케팅을 할 줄 알더라고요. 붕어빵에 통아몬드를 랜덤하게 넣고 통아몬드 들어 있는 붕어빵 고른 사람한테 공짜로 타로점을 봐주거든요. 나중에 저도 한번 도전해보려고요."

"그건 좀 상도덕에서 벗어나는 일 아닌가? 붕어빵 장수면 붕어빵으로 승부를 봐야지."

"어쨌든 붕어빵도 맛나잖아요. 그러니까 도팔 아저씨도 뭔가 새로운 걸 시도해보세요. 맨날 똑같은 것만 만들지 마시고."

갑자기 나타나 화제를 전환시킨 보미 덕분에 성우는 도팔의 끝없는 독백에서 벗어날 수 있었다. 붕어빵 이야기에 푹 빠진 두 사람을 뒤로하고 성우는 가게 안으로 스며들듯 들어갔다. 가게 안에 요셉이 없는 것을 보자 괜스레 마음이 초조해졌다. 오늘도 역시 테오 대신 요셉이 그 어두운 방 안에 앉아 있을까봐.

##

"저를 보고 싶어 한다고 얘기 들었습니다."

"약속대로 나와주실지 몰랐는데. 약간 감동이네요."

"이유를 물어봐도 될까요?"

"처음 통화를 했을 때 이상한 느낌을 받았거든요."

성우는 잠시 말을 멈추고 그림자로 굴곡진 테오의 얼굴을 살폈다. 창문이 없는 방이었기 때문에 원래부터 방 안은 어두웠지만 지난번과 조명 자체가 달랐다. 모든 조명이 꺼지고 책상 위의 스탠드 하나만 켜져 있어서 성우가 바라본 테오의 얼굴엔 빛과 그림자가 만들어낸 깊은 굴곡들이 더 선명하게 보였다. 이 사람이 살아온 인생 역시 이렇게 굴곡진 인생이었다고 말해주는 것처럼. 분명 이런 조명 아래서도 알 수 있을 만큼 반듯하고 잘생긴 얼굴이었지만, 테오의 얼굴엔 1밀리그램의 영혼도 느껴지지 않았다. 아니 더 정확히 말하면 아무것도 짐작되지 않는 얼굴이었다. 심지어 나이조차도. 성우는 테오를 보고 있었지만, 테오가 어떤 사람인지 더 궁금해졌다. 아주 먼 미래에 출현할 인공지능이 인간의 형상으로 구현된다면 이런 얼굴을 하지 않을까?

"왜 그렇게 의뢰자들의 마음 구석구석까지 들춰내려고 하는 거죠?"

"저희 입장에선 의뢰자들의 진심을 파악해야 하니까요."

"간혹 이런 일을 악용하는 사람이 있나 봐요?"

"생각보다 많이."

"저는 어떤가요?"

"문제가 있다고 해도 저희가 직접적으로 말씀드리진 않습니다."

"그래도 악용하는 사람은 아니라고 판단하셨으니 저를 부르셨겠죠?"

"살짝 우려되는 부분이 있기는 합니다."

"뭐죠?"

"복수 대상자가 가족이면 복수 자체가 성립되기 어려운 경우가 많거든요."

"어려운 경우는 시도조차 하지 않는 건가요?"

"어설픈 복수는 오히려 독이 되는 경우가 많습니다."

"그런 사례가 있었나요?"

테오는 대답 대신 물끄러미 성우를 쳐다봤다. 그런 테오의 얼굴이 화가 난 것인지, 슬픈 것인지, 귀찮은 것인지 성우는 구분할 수 없었다. 어쩌면 무언가 궁금한 얼굴일까?

"있었다면 뭔가 달라지나요?"

"그냥 궁금해서."

"그럼 본론으로 돌아가도 되겠네요. 왜 저희를 찾아오셨나요?"

"당연히 복수하고 싶어서 찾아온 거죠."

"본인이 아버지에게 당한 일 때문에 복수를 하는 건지, 아버지 때문에 죽었다고 믿는 친구분을 위한 복수인지를 묻고 있는 겁니다."

"질문하시는 분은 어느 쪽으로 판단하시는데요?"

"여기서 중요한 건 제 의견이 아니죠."

"아마도 둘 다?"

"좋습니다. 그럼 아버지에게 어떤 복수를 하고 싶은 거죠? 단순히 아버지의 사회적 몰락을 원하시나요? 아니면 아버지에게 피해 입은 사람들에 대한 진심 어린 사과를 원하시나요?"

"아버지가 모두에게 진심으로 사과하고 그 죗값을 달게 받는 거. 둘 다 가능한가요?"

"당연히 불가능합니다. 기승만 씨는 무슨 일이 있어도 누군가에게 사죄를 할 분이 아니죠. 아닌가요?"

"제대로 파악하셨네요."

"좀 더 솔직해지셨으면 좋겠네요. 나중에 후회하는 일 없도록."

"아버지가 아끼는 것들을 하나씩 그리고 천천히 빼앗고 싶어요. 그게 무엇이든. 그래서 내가 느꼈던 절대적인 절망, 분노, 후회 같은 것들을 아버지도 똑같이 느꼈으면 좋겠어요. 그래야 아버지도 조금은 인간적인 사람이 되지 않을까요?"

"혹시 생각해두신 구체적인 방법이 있나요?"

"그런 게 있었다면 여기에 찾아오지 않았겠죠."

"그렇다면 저희 설계대로 무조건 따르겠다고 약속해주실 수 있나요?"

"그럼 제겐 그 설계를 거부할 권한이 없는 건가요?"

"설계가 맘에 들지 않는다면 그때 의뢰를 취소하시면 됩니다."

"좋아요. 그럼 그 설계에 대해서 지금 들어볼 수 있을까요?"

##

요셉은 모니터 화면에 뜬 성우와 테오를 뚫어지게 쳐다보고 있었다. 화면 속에는 팔짱을 끼고 앉아 있는 건방진 성우와 석고상 같은 테오의 뒤통수가 보였다. 얼핏 보면 가만히 앉아 있는 것 같지만 요셉은 무슨 일이라도 생기면 당장이라도 달려갈 기세로 겨우겨우 엉덩이를 붙이고 있었다. 첫인상부터 마음에 들지 않았던 성우를 한 톨의 의심도 없이 받아준 건 테오였다. 요셉은 그 사실이 무엇보다 맘에 들지 않았다. 원리 원칙에서 조금이라도 벗어나면 가차 없이 뒤돌아서던 테오가 억지를 부리며 도발하는 성우에게는 지나치게 관대했다. 원수보다 나을 것 없는 아버지를 둔 사람들끼리 가지게 된 동질감 때문일까? 그렇다 해도 지나친 면이 없지 않았다. 아니 어떤 이유를 가져다 붙여도 요셉에겐 궁색하게 느껴졌다. 요셉 역시 그 못지않은 아버지를 두었었고, 아버지를 증오한 대가를 누구보다 혹독하게 치렀다. 분명 테오는 평소답지 않았고, 성우에게 특별대우를 해주고 있었다. 지금 저 자리에 테오가 앉아 있다는 것만으로도 그 이유는 충분했다. 언제나 예상 밖의 행동으로 사람들을 놀라게 하는 테오였지만, 이번에는 요셉조차도 그 의도를 짐작할 수 없었다. 사실 그래서 요셉은 불안했다. 테오가 예상을 심하게 벗어날 때마다 그 후폭풍이 만만치 않았기 때문이다. 그때, 모니터 영상 안에서 팔짱을 끼고 꼿꼿하게 앉아 있던 성우가 갑자기 자리에서 벌떡 일어났다. 요셉 역시 자리에서 벌떡 일어나 상담실로 달려갔다.

##

"말도 안 돼!"

"지금으로선 그게 최선입니다."

"그 인간과 똑같은 인간이 되어야만 가능한 복수라면 그게 무슨 의미가 있죠?"

"그럼 의뢰자님이 생각했던 복수는 뭔가요?"

"아까 말했잖아요. 내가 느낀 고통을 고스란히 그 사람도 느끼게 해주는 거라고."

"남도 아닌 핏줄에게 하는 복수가 그렇게 달콤하고 통쾌할 거라 생각했던 건가요?"

"그럼 당신이 생각하는 복수는 뭔데요?"

"복수를 한다고 이에는 이, 눈에는 눈 이렇게 하는 것만큼 어리석은 일은 없죠. 사람마다 성격이 다르듯 고통의 통점도 다른 법이니까. 내겐 고통이지만 상대방에겐 그게 행복일 수도 있다는 겁니다. 진짜 복수를 하고 싶다면, 그 사람의 심장에 흐르는 피가 몇 도인지 알 정도로 그 사람에 대해 모르는 게 없어야 합니다. 그래야 그가 두려워하는 게 무엇인지 그가 고통스러워하는 것이 무엇인지 정확하게 알 수 있습니다. 진짜 복수는 내가 아닌 그 사람이 가장 끔찍하게 여기는 무언가를 던져주는 겁니다. 그게 당신한테는 달콤한 꿀처럼 여겨지더라도."

성우는 바람 빠진 풍선처럼 자리에 주저앉았다. 그제야 성우는 자신이 왜 지금까지 아버지에게 질 수밖에 없었는지 알 것 같았다. 성우가 주저앉음과 동시에 요셉이 뛰어 들어왔다. 흥분한 것 같은 요셉에게 테오는 말 대신 손을 들어 괜찮다는 표시를 했다. 요셉은 무어라 말하려다가 입을 꾹 다물고 엉거주춤 문을 닫았다.

"그래서 제가 기어코 그 인간 입에 혀처럼 구는 아들로 살아야 한다는 건가요?"

"그 사람에 대해 제대로 알려면 그 방법밖에 없습니다."

"당신은 도대체 어떤 사람이죠?"

도대체 어떤 인생을 살아왔기에 이 사람은 이런 생각을 하고, 이런 방법을 알고, 이런 일을 하며 살고 있는 걸까? 성우는 눈빛으로도 여러 번 물었지만, 테오의 인공지능 로봇처럼 말간 얼굴은 성우에게 아무것도 설명해주지 않을 거라고 말하고 있었다.

"좋아요. 당신 말대로 한번 해보죠. 근데 한 가지 조건이 있어요."

"조건을 좋아하시는군요."

"이렇게 되면 제 케이스는 단기간에 해결될 거 같지 않은데. 맞나요?"

"네, 생각하신 것보다 훨씬 더 많은 시간이 필요할지도 모릅니다."

"그럼 그동안 제 일은 뒤로 밀리거나 흐지부지될 수도 있겠네요?"

"흐지부지되지는 않겠지만, 조금씩 미루어질 수는 있겠죠."

"그러지 않도록 복수가 끝날 때까지 제가 이곳에 자주 드나들어도 될까요? 비교적 자유롭게."

"자유롭게?"

"뭐, 내 집처럼 편안하지는 않더라도."

"저희를 감시하고 싶다는 뜻인가요?"

"꼭 그런 건 아니고. 그냥 재능 기부? 아니 일종의 인턴? 인턴 생활이라고 하는 것도 좋겠네요."

"글쎄요, 다른 분들 의견이 어떨지."

"그 정도 결정권도 없으신 건가요? 여기 대장님 같던데."

"제게 그런 결정권은 없으니 원한다면 본인이 직접 다른 분들의 동의를 얻어보시죠."

##

진짜 복수는 내가 아닌 그 사람이 가장 끔찍하게 여기는 무언가를 던져주는 겁니다. 그게 당신한테는 달콤한 꿀처럼 여겨지더라도. 성우는 테오의 그 말이 자꾸 머릿속에서 맴돌았다. 실제로 그동안 기승만에게 보여주었던 성우의 기행들은 기승만에게 작은 스크래치조차 만들어내지 못했다. 오히려 성우의 기행들을 이용해 기승만은 더 끔찍한 일들을 더 손쉽게 저질렀고 그 죗값은 고스란히 성우 혼자 짊어져야 했다. 성우는 이 악순환의 고리를 끊기 위해서라도 복수를 멈출 수 없는 것이다.

"여기 어딘가에 제 자리를 만든다면 어디가 좋을까요?"

성우의 말에 요셉은 눈을 부릅떴다. 평소 긴 앞머리와 안경으로 제대로 보이지 않았던 요셉의 커다란 눈이 이제야 존재감을 발휘하고 있었다. 요셉이 예민한 반응을 보이자 보미가 대신 나섰다.

"아저씨 자리를 여기에 왜 만들어요?"

"오늘부로 내가 복수전자 인턴이거든."

"복수전자에 그런 게 있었나?"

"나 때문에 만들어진 거라고 보면 돼."

"설마 신부님이 허락하신 거예요?"

"신부님? 신부님이 누구…… 아, 그 대장님 같은 분?"

요셉이 이번에는 보미에게 눈을 부릅떴다. 보미가 그제야 자신의 입을 틀어막았다. 무언가 알려지면 안 되는 비밀을 발설한 사람처럼. 성우는 테오가 신부였다는 사실보다 그게 더 흥미로웠다.

"이야, 엄청 흥미진진하네. 신부님이셨던 분이 도대체 왜 이런 곳에서 어둠의 자식들이나 하는 짓을 하고 계신 걸까?"

"말조심하세요!"

"아니, 그렇잖아. 신부님이라면 모든 것을 용서하고 포용해야 하는 사람 아닌가? 암튼 여기는 처음에 왔을 때부터 뭔가 이상하더니 여기 대장님 자체가 그런 분이었네."

"그렇게 이상한 곳에 넌 왜 와 있는 건데?"

"나요? 나도 뭐 그 비슷한 사람이니까? 아, 여기가 좋겠네. 전원도 가까운 곳에 있고. 노트북 연결도 쉽고."

성우의 얄미운 설레발에 요셉은 부릅뜬 눈을 안경 너머로 다시 감추고 어디론가 사라졌다. 그런 요셉을 바라보며 보미는 계속 발을 동동 굴렀지만, 눈치 없는 도팔은 성우에게 더 좋은 자리를 추천해주며 그 자리가 좋은 이유를 끝도 없이 설명하기 시작했다.

##

복수전자에서 돌아온 그날 저녁, 성우는 바로 본가로 들어갔다. 아무도 반기지 않았지만, 다행히 성우의 방은 예전 그대로 있었다. 재밌는 것은 성우가 집으로 돌아왔단 사실에 대해 그 누구도 아는 척하는 사람이 없었다는 것이다. 물론 본가 사람들은 예전에도 그랬다. 집 안에서 일어나는 일들에 대해 함부로 입 밖으로 내뱉었다가는 그날로 다시는 이 집 안에서 볼 수 없는 존재가 되기 때문이다. 덕분에 집 안에서 일하던 누군가가 보이지 않게 되더라도 남아 있는 사람들은 그 누구도 그의 안부를 묻지 않는 룰 아닌 룰이 생겨버렸다. 아마도 성우가 집을 나갔을 때도 마찬가지였을 것이다.

"어르신이 지금 뵙자고 하십니다."

누군가 차려준 거한 저녁을 오랜만에 배부르게 먹고 성우가 침대 위에 누워 배를 두들기고 있을 무렵, 누군가 문밖에서 문을 두드리며 말했다. 성우는 궁금했다. 집으로 돌아온 자신에게 아무도 아는 척하지 않았는데, 아버지는 어떻게 알고 불렀을까? 어쨌든 아버지가 자신을 찾는다는 말을 듣자마자 성우는 가슴 한쪽이 문을 세게 두드리는 것처럼 쿵쾅거렸다.

"돌아온 목적은?"

기승만과 눈이 마주치자 성우는 당황스러웠다. 6년 만이라고 해도 아버지의 얼굴은 여전히 낯설었다. 생각해보니 어쩌면 당연한 일인지도 모르겠다. 일곱 살 때 처음 이 집에 들어와 아버지를 가까이 대면한 후로 성우는 아버지와 눈을 맞추고 이야기를 나눈 적이 거의 없었다. 성우는 자기도 모르게 몸을 부르르 떨었다. 6년 만에 돌아온 자식에게 목적이 뭐냐고 묻는 아버지의 말이 서럽기도 했지만, 그런 아버지에게 아직도 자신이 무언가를 기대하고 있다는 사실에 화가 난 것이다. 설움인지 분노인지 모를 감정을 단단히 부여잡고 성우는 태연한 척 대답했다.

"제 자리를 다시 찾고 싶습니다."

"이 집에 네 자리가 있었던 적이 있었나?"

"이 집에서 제 자리를 만들기 위해 누구보다 열심히 노력했고, 어느 정도 성공했다고 믿었던 적은 있었죠."

"그렇다 치고, 왜 갑자기 마음이 변한 거지?"

"피해자분들과 어울리면서 몰랐던 사실을 하나 알게 되었습니다."

"이제야 네 현실을 깨달았다는 궁색한 변명이라면 집어치우고."

"이수영 선생과 제 친구였던 이현민이 아버지에게 복수하기 위해서 저를 이용하려고 했다는 사실을 알게 되었습니다."

복수전자에서 성우에게 제일 먼저 던져준 미션은 집으로 무사히 복귀하는 것이었다. 사실 원수처럼 척을 지고 살던 아버지가 버티고 있는 집으로 복귀하는 것이 성우에겐 가장 곤혹스러운 일이었다. 테오의 설계대로 기승만처럼 생각하고 기승만처럼 살아보기 위해 반드시 거쳐야 하는 첫 번째 관문이었기에 성우는 최선을 다할 수밖에 없었다. 그래서 의심이 많은 아버지가 납득할 만한 이유를 찾기 위해 누구보다 고심했고, 고민한 결과가 바로 이 방법이었다. 성우는 초조하게 기승만의 표정을 살폈다. 기승만 역시 그런 성우의 얼굴을 살폈다. 버티기 힘들 정도로 공격적인 기승만의 눈빛 때문에 성우는 뒷걸음질이라도 치고 싶었지만, 끝까지 버텨야 했다. 때려죽인다 해도 지금만큼은 절대 밀리면 안 되는 상황이었다.

"그래서 내가 얻는 건 뭐지?"

"적어도 제가 아버지 이름에 먹칠을 하는 일은 더 이상 없을 겁니다. 운이 좋으면, 제가 아버지에게 도움이 되는 사람이 될 수도 있겠죠."

"하! 대학도 졸업 못 한 백수 따위가 도움이 된다고?"

"복학도 하고 원하시던 대로 로스쿨 준비도 하겠습니다."

성우는 자신의 확고한 결심을 보여주기 위해 기승만을 정면으로 노려봤다. 기승만은 여전히 성우를 믿지 못하는 얼굴이었지만, 더 이상의 추궁은 하지 않았다. 숨 막히는 기 싸움을 겨우 끝내고 서재를 나서는 성우의 등골에는 솜털처럼 일어선 식은땀들이 모여들어 한숨처럼 뚝뚝 떨어졌다.

의뢰자 258. 윤두성

복수를 해준다고? 웃기는 소리라고 생각했다. 그런데 다시 생각해보니 어떤 면으론 꽤 괜찮은 거래였다. 동네 친구들에게 얻어맞고 집으로 돌아오니 덩치 큰 형님이 나 대신 동네 친구들을 두들겨 패주는 것과 다를 바 없으니까. 그렇게 편하게 생각하면 복수라는 근사한 핑계를 대며 평소 고까웠던 누군가에게 엿을 먹이기도 쉬웠다. 태어날 때부터 없는 놈이라 그런지 큰돈 들이지 않고 성가신 일을 해준다면 내 입장에선 고마운 일이기도 했다. 그래서 복수전자 게임을 시작했다. 그런데 막상 게임을 하다 보니 생각보다 만만치 않았다. 머리를 많이 써야 하는 미션들은 아니었지만 고된 노동과 집중력, 그리고 끈질긴 인내심이 있어야 가능한 게임이었다. 마치 웬만한 끈기 없이 복수는 꿈도 꾸지 말라는 것처럼. 중간중간 그만둘까 고민하기도 했다. 게임 미션 중반을 넘기고 나니 그동안 해왔던 게 아까워서라도 끝장을 봐야겠다는 생각이 들었다. 무엇보다 정체를 알 수 없는 그들이 누구인지, 어떻게 사람들의 복수를 해주는지 궁금해서 견딜 수가 없었다.

50단계나 되는 복수전자 게임을 겨우 마스터하고 마지막 문구에 나온 번호로 전화를 걸었다. 당장 만나자고 할 줄 알았는데, 50페이지가 넘는 문서를 보내주며 수없이 많은 질문에 답을 해보라고 했다. 기가 막혔다. 두 번째로 찾아온 고비였다. 웬만한 각오 가지고는 시작할 수 없는 일이었다. 깨알같이 적혀 있는 질문들을 읽고 체크

하고 또 체크했다. 헛구역질이 올라올 정도로 역겨운 질문 퍼레이드가 이어졌다. 아이큐 검사를 받는 기분도 들었다. 산 넘어 산이라고 객관식 체크를 끝내자, 이번엔 무시무시한 주관식 문제가 내 뒷목을 잡았다. 더 이상은 못해 먹겠다 싶을 때, 문득 그런 생각이 들었다. 도대체 이 인간들은 왜 이렇게까지 해서 복수를 해주겠다는 거지? 그저 돈을 벌겠다는 목적이었다면 이렇게 고객들을 힘들게 하면 안 될 텐데. 설마 다른 목적이 있는 걸까? 어쩌면 경찰들이 어떤 수사를 하기 위해 깔아놓은 밑밥 같은 걸까? 그럼에도 나는 포기하지 않았다. 궁금한 건 못 참는 이놈의 지랄 맞은 성격 때문이었다. 각각의 주관식 문항에 걸맞은 소설을 적어놓고 저장 버튼을 누르는 순간, 바로 기절하듯 곯아떨어졌다. 그렇게 열여덟 시간이나 잠을 자고 나서야 해당 문서를 보낼 수 있었다. 보내고 나니 궁금증이 하나 더 늘었다. 그들은 나를 어떻게 판단했을까? 내 진심을 알아차렸을까?

며칠 뒤 수상한 전화가 걸려왔다. 전화를 받으니 누구라고 밝히지도 않고 다짜고짜 복수전자라는 곳으로 오라고 했다. 웃음이 났다. 결국 그들은 내 감쪽같은 거짓말에 속아 넘어간 것이다. 기분이 좋았다. 내게 이런 소질이 있었다니. 그들이 준 암호 같은 정보들을 이용해 복수전자라는 가게를 겨우 찾아갔다. 전자제품 수리와 중고 제품을 판다고 적혀 있었지만, 정말 그런 일을 할까 싶은 이상한 가게였다. 가게 안으로 들어가니 뚱한 표정의 곱슬머리 사내가 나를 맞았다. 평생 컴퓨터 게임에만 빠져 살았을 것 같은 사내는 나를 데리고 길고 어두운 복도 끝으로 안내했다. 깊은 복도 끝에서 그 사내는 안경테를 한번 추어올리더니 내게 혼자 들어가라는 신호를 보냈다. 왠지 이 문을 열고 들어가면 다시는 못 나올 것 같은 기분이 들었다. 괜히 왔나? 괜히 이 일을 시작한 건가? 세 번째 고비가 찾아왔지만, 나는 용감하게 문을 열고 들어갔다. 다행히 방 안에는 별것 없이 의자 하나만 작은 창문 앞에 덩그러니 놓여 있었다. 의자에 엉거주춤 앉으니 닫힌 창문 너머에서 누군가의 목소리가 들렸다. 마치 신이 계시를 내리듯 창문 너머 저편 목소리는 내게 뜻 모를 질문을 해대기 시작했다. 무언가 꾸며대고 싶어도 꾸밀 수 없는 날것의 대답이 자꾸만 내 입에서 튀어나왔다. 소설가처럼 글로 구라를 칠 수는 있어도 말과 행동으로 구라를 쳐야 하는 배우는 되지 못했던 나는 그렇게 내 밑천을 금방 드러내고 말았다.

"아무래도 저희는 의뢰자님과 함께할 수 없을 것 같습니다."

"뭐, 뭐라고요?"

"죄송합니다."

"이제 와서? 아니, 그럼 왜 나를 여기까지 불렀지? 지금 장난하나?"

"장난은 윤두성 씨가 먼저 하셨죠."

"장난이라니. 내가 언제?"

"저희가 이 일을 하는 데 오랜 시간이 필요한 이유 중 하나는 당신처럼 복수를 이용해 누군가를 해코지하는 것을 막기 위함입니다. 저희가 조사한 바에 따르면 윤두성 씨는 억울함을 풀기 위해 복수를 하고 싶은 게 아니라, 자신의 잘못으로 피해를 입은 피해자와 증인에게 보복을 하고 싶은 거 아닙니까?"

"당신들 지금 내가 전과자라고 무시하는 거지?"

"무시하는 게 아니라, 사실을 얘기하는 겁니다. 당신을 전과자로 만든 건 당신이지 당신의 범행을 목격한 증인이 아닙니다. 설마 저희가 이런 일을 하면서 그 정도도 파악하지 못했을 거라 생각했습니까?"

"복수나 보복이나 다를 게 뭔데? 뭐 그리 대단한 일을 한다고 사람을 무시해? 흥신소에서도 하지 않는 일이나 하는 주제에."

"저희가 보내드린 질문지 첫 장에 보시면 개인 정보 활용 동의서가 있었을 겁니다. 윤두성 씨는 그 동의서에 동의하셨고, 덕분에 윤두성 씨에 대해 저희가 얻은 정보들은 언제든지 활용을 할 수 있는 것들입니다. 살펴보니 윤두성 씨가 다시 교도소로 들어갈 법한 일들도 제법 있더군요."

"그렇게 잘났으면 애초에 내가 여기까지 오게 하지 말았어야지!"

"뭔가 착각을 하고 계신 것 같은데 오늘 이 자리에 윤두성 씨를 부른 것은 일종의 경고를 하기 위해서입니다. 여기서 멈추고 새로운 삶을 살아가신다면, 저희도 윤두성 씨에 대한 개인적인 정보를 활용하는 일은 없을 겁니다."

창문 너머에서 들리는 목소리는 ARS 목소리처럼 영혼이 느껴지지 않았지만, 내 등골은 충분히 오싹하게 만들었다. 나보다 나에 대해 많은 것을 알고 있다는 말이 이렇게 무서운 것인 줄 몰랐다. 어쩐지 일이 너무 쉽게 풀린다 싶더니. 무어라 대꾸도 못 하고 나는 서둘러 그 이상한 방을 빠져나왔다. 괜한 자존심을 지킨다고 여기서 한 마디 더 했다가는 그들이 나를 어떻게 만들지 알 것 같았다. 지금은 이쯤에서 물러나야 한다. 꼬리 자르고 도망가는 도마뱀처럼 사라지려고 가게 문을 나서는데, 누군가가 내 소매를 덥석 붙잡았다. 소스라치게 놀라 뒤돌아보니 복수전자 앞에서 붕어빵을 팔던 남자였다. 이 새끼는 또 뭐지?

"이거 한번 드셔보시겠어요? 붕어빵은 뜨거울 때 먹어야 제맛이거든요."

4. 관여하다

기승만의 믿음을 얻기 위해 성우는 먼저 복학 신청을 했다. 만감이 교차했다. 열여덟에 정신과병원에 강제 입원되고 난 뒤, 성우는 2년이 지난 후에야 겨우 병원을 탈출할 수 있었다. 물론 병원에서 탈출하는 조건으로 성우는 그해에 시행되는 대학입시를 치르고 기승만이 지정한 대학에 진학해야 했다. 대학입시에 떨어질 경우 다시 정신과병원에 들어가야 한다는 조건으로 퇴원을 할 수 있었기 때문이다. 성우가 그 조건을 수락하지 않았다면 기승만은 성우를 평생 정신과병원에 가둬둘 수도 있는 사람이었다. 또한 성우는 퇴원하고 대학입시를 준비하는 기간에도 기승만 주변에 얼씬거리지 말아야 한다는 조건까지 수용해야 했다. 그 정도로 기승만은 자신의 명예와 권력에 해가 된다면 아들이라 할지라도 투명 인간 취급할 수 있는 사람이었다. 덕분에 성우는 기승만이 정해준 오피스텔 원룸에서 온갖 감시를 받으며 대학입시를 준비해야 했다. 몸과 마음은 망가질 대로 망가져 있었지만, 성우는 이를 악물고 공부했다. 조건을 만족시키지 못한다면 기승만은 충분히 자신을 정신과병원으로 돌려보낼 수 있는 사람이었으니까. 다행히 능력과 노력이 비상했던 성우는 기승만이 지정한 대학에 무사히 합격할 수 있었다.

사실 성우에게 공부 자체는 그리 문제되는 일이 아니었다. 성우에게 가장 큰 문제는 기승만에 대한 증오심이었다. 어쩌면 성우가 미치지 않고 기승만의 조건에 맞춰 대학에 들어갈 수 있었던 것 역시 그런 증오심 때문이었는지도 모른다. 그런 성우가 대학에 들어가게 되자 사방에서 옥죄던 기승만의 감시도 어느 정도 느슨해졌다. 때문에 성우는 가슴에 담아놓았던 증오심을 어떻게든 표출하고 싶어졌다. 하지만, 그런 분노를 표출하기에 기승만은 훨씬 더 무시무시한 상대가 되어 있었다. 국회의원으로서 정치적 권력까지 가지게 된 기승만이 쌓아올린 악의 철옹성은 갈수록 단단해졌고, 이제 그 누구도 그 철옹성을 무너뜨릴 수 없을 것처럼 보였다. 어쩔 수 없이 성우는 복수심으로 담금질한 예리한 칼날을 가슴에 품고 기승만이라는 괴물에게 희생당한 사람들을 찾아다니기 시작했다. 지금도 이해하기 힘든 것은 성우의 숨통을 조이기만 했던 기승만이 그런 성우의 기행을 강력하게 제지하지 않았다는 것이다. 성우 역시 그 사실이 항상 궁금했다. 국회의원에 당선되기 위해 자신의 멀쩡한 아들을 정신과병원에 감금까지 했던 사람이 왜 그 많은 합의금을 순순히 내어주며 성우의 기행을 눈감아준 걸까? 설마 기승만이라는 인간에게도 일말의 양심이 있는 걸까? 아니면 돈으로 사죄까지 대신할 수 있다는 것을 성우에게 보여주고 싶었던 걸까?

##

"아저씨, 진짜 서울대 다녀요?"

"왜, 난 서울대는 못 다닐 것 같아?"

"사실 아저씨가 좀 모자란 사람인 줄 알았거든요. 아, 아저씨가 공부를 너무 많이 해서 그렇게 된 건가?"

"됐고. 이제 좀 내 자리에서 비켜줄래?"

"저도 그러고 싶은데요, 요셉 오빠 눈치가 보여 가지고."

보미의 말에 성우는 기막히다는 표정을 지었다. 결국 성우는 요셉의 의자 바로 옆에 털썩 앉아버렸다. 보미가 거기는 안 된다고 손사래를 쳤지만, 성우는 들은 척도 하지 않고 가지고 온 노트북을 올려놓고 자리 세팅을 시작했다. 책상 세팅이 끝나자 성우는 이리저리 둘러보더니 좀 더 좋은 의자를 찾기 시작했다. 복수전자 물건들은 사실 어느 하나 멀쩡한 게 없었다. 결국 한쪽 구석에서 뽀얗게 먼지가 쌓인 의자를 꺼내 성우는 물휴지로 정성스레 닦았다. 겨우 먼지 옷을 벗기고 나니 그래도 꽤 쓸 만해 보였다. 성우가 깨끗하게 닦아낸 의자에 앉아 노트북을 켜는 사이, 언제 나타났는지 요셉이 성우 뒤통수를 뚫어지게 노려보고 있었다. 한참을 노려보던 요셉은 포기했다는 듯 커다란 헤드폰을 끼고 자신의 자리에 조용히 앉았다. 헤드폰에서 과격한 헤비메탈 사운드가 제법 크게 삐져나오자 성우는 요셉의 어깨를 톡톡 두드렸다.

"저기요. 음악 소리가 너무 커요. 조금만 줄여줘요."

"……"

"듣지 말라는 게 아니라 볼륨을 조금만 줄여달라고."

"듣기 싫은 사람이 나가면 되겠네!"

"뭐야? 다 듣고 있었잖아. 들리는 김에 하나만 물어보자."

"지금 음악 듣고 있잖아."

"너 카이스트 공대 나왔다며?"

"나왔으면 어쩔 건데?"

"아니, 카이스트 공대 나온 사람이 왜 이런 전파상에 앉아 있나 싶어서."

"서울대 다니시는 분도 마찬가지 아닌가?"

"이봐, 관심 없는 척하더니 아까 보미랑 얘기하는 거 다 들었구나?"

"잘난 척할 게 얼마나 없으면 학력 자랑이나 하겠어."

"보미 학생이 그쪽이 카이스트 나왔다고 어찌나 자랑을 하던지. 배알이 꼴려서 나도 가만히 있을 수가 없었다고."

성우와 요셉이 싸움 같지 않은 싸움으로 아옹다옹하고 있을 때, 낯선 이가 노트북을 품에 안고 가게 안으로 들어왔다. 성우는 새삼 놀랐다. 복수전자에서 처음 본 일반 손님이었고, 까칠한 요셉이 생각보다 친절하게 손님을 응대했기 때문이다. 손님은 노트북이 부팅이 안 되는데 무엇이 문제냐고 물었고, 이것저것 살펴보던 요셉은 노트북 하드디스크 오류 검사를 시작했다. 각종 검사를 마치고 요셉은 안경테를 살짝 들어 올리며 배드섹터가 문제라고 대답했다. 손님은 짧은 한숨을 쉬며 복구가 가능하냐고 물었다. 요셉은 안경을 다시 한 번 들어 올리더니 복구는 가능하나 100퍼센트 복구는 힘들 수도 있다며 그 이유에 대해 상세하고 친절하게 설명했다. 그런 요셉을 가만히 지켜보던 성우는 요셉이 카이스트를 나온 공대생이란 사실을 다시 한 번 떠올렸다. 사실 손님에게 요셉이 카이스트 공대를 나온 사람이라고 말하고 싶어서 입이 간질거렸지만, 성우는 유치한 욕망을 용케도 참아냈다. 노트북을 맡기고 손님이 돌아가고 난 뒤, 노트북을 살피던 요셉에게 다가가 성우는 다시 한 번 물었다.

"진짜로 궁금해서 그러는데 카이스트 나와서 왜 여기서 재능 낭비를 하고 있는 거야?"

"여기가 뭐 어때서?"

"아니, 더 거창한 일을 할 수도 있잖아? 너 정도면."

"세상 모든 것에는 균형이라는 게 있고, 고장이 났다는 건 어떤 물건에 드러나지 않는 균형이 깨졌다는 거야. 수리는 그렇게 깨져버린 균형을 맞추는 작업이고. 나는 깨진 균형을 맞추는 과정을 좋아할 뿐이야."

"아니, 내 말은 이 일 말고 그 일 말이야."

"그 일도 마찬가지야. 억울한 일을 당하거나 복수심을 가지게 됐다는 건 사회적 관계의 균형이 깨졌다는 거지. 우리는 그 균형을 맞추고 싶은 것뿐이야. 현명하고 슬기롭게."

"말만 들으면 대단한 어벤져스라도 되는 줄 알겠네. 왜 그렇게 거창해? 그냥 복수는 복수인 거지. 본능적이고 원초적인."

"그렇게 본능적이고 원초적인 일인데 왜 서울대 다니시는 분이 여기서 이러고 계실까?"

서로의 꼬리를 물려고 장난치는 강아지들처럼 두 사람의 대화는 유치해 보였지만, 그런 대화 속에서 성우는 복수전자 사람들이 추구하는 바가 무엇인지 어렴풋이 알게 되었다. 그럼에도 불구하고 성우는 여전히 납득하기 힘든 부분이 있었다. 현명한 복수를 통해 마음의 균형을 찾겠다는 사람들의 삶이 전혀 균형 있어 보이지 않았기 때문이다.

"그래도 두 분 오늘 진짜 많이 친해진 것 같네요. 서로 대학 어디 나왔는지도 알게 되고, 미래 걱정도 해주고."

"보미 네가 쓸데없는 소릴 해서 그런 거잖아."

"근데, 보미 학생은 어쩌다가 이런 곳에 드나들게 된 거야?"

"아저씨!"

"아저씨 아니라니까."

"아저씨가 왜 그렇게 힘들게 사는지 이제 좀 알겠어요."

"왜 그런 거 같은데?"

"쓸데없이 궁금한 게 너무 많아."

사실이었다. 성우는 실제로 궁금한 게 많았다. 복수전자에 모여 있는 사람들이 어떤 이유로 함께하게 되었는지. 특히 보미는 복수전자 사람들과 전혀 어울리지 않았다. 어쨌든 그들은 혈연으로 맺어진 것 같진 않았지만, 분명 보이지 않는 어떤 끈으로 정교하게 얽혀 있는 사람들이었다. 성우는 복수전자 사람들의 그 정교한 관계가 점점 더 궁금해지기 시작했다.

##

학교 수업이 없는 날이면 성우는 언제나 복수전자를 찾았다. 성우에게 복수전자는 냉랭한 쇠붙이 냄새와 달콤한 붕어빵 냄새가 공존하는 곳이었지만, 그런 복잡 미묘한 아이러니가 성우는 점점 편하게 느껴졌다. 복수전자는 평소 일반 손님이 많이 찾아오는 편은 아니었어도, 하루에 한두 명은 꼭 손님이 있었다. 보통은 노트북이나 휴대폰, 혹은 간단한 가전제품을 수리하러 오는 동네 사람들이 대부분이었고, 아주 가끔 정말 옛날 물건을 가지고 와 수리를 요청하는 사람도 있었다. 복수전자 옆에 창고처럼 만들어진 고물상 같은 철물점이 존재하는 이유 역시 그런 손님들 때문이었다. 신기한 것은 카이스트 공대를 수석으로 졸업할 정도로 능력 있고 최첨단 기술을 능수능란하게 다룰 줄 아는 요셉이 아주 오래된 고물들도 신통할 정도로 잘 다뤘다는 점이다. 요셉은 오래된 물건들을 능수능란하게 해체했고, 해체된 고물 조각들을 마치 퍼즐을 맞추듯이 하나하나 다시 맞춰 나갔다. 그러는 과정 속에서 요셉은 아귀가 맞지 않는 부분을 귀신같이 찾아냈다. 사실 요셉의 진짜 전공 분야는 소프트웨어 쪽이었다.

물론, 그런 요셉의 능력은 유능한 전파사 직원으로서만이 아니라 의뢰인들의 복수를 하는 일에 더 유용하게 쓰였다. 테오가 설계한 시나리오를 성공적으로 실행함에 있어 복수전자를 거쳐 간 수많은 의뢰인들의 재능 기부도 큰 역할을 했지만, 기본적으로 요셉의 뛰어난 기술력이 뒷받침되지 않았다면 복수전자의 일은 시도 자체가 불가능한 것이었다. 보미의 말대로 요셉은 그쪽 분야에서는 천재에 가까웠다. 하지만 그런 요셉에게도 메꿀 수 없는 구멍 하나가 있었다.

"너 진짜 바보냐? 아니 어떻게 매번 속아 매번! 그것도 똑같은 보이스 피싱에. 너 진짜 카이스트 나온 천재 해커 맞아?"

"아니, 지난번하고는 또 사정이 다르다고 해서……."

요셉은 일상생활에서는 누군가의 도움이 필요할 정도로 모자라고 어리숙한 점이 많은 사람이었다. 그런 요셉을 놀리거나 비난을 퍼붓는 사람은 대부분 성우였지만, 그런 요셉이 성우는 부럽기도 했다. 요셉은 눈앞에 하나의 문밖에 존재하지 않는 사람이었고, 언제 열릴지 모르는 수많은 문 때문에 망설이거나 불안해할 필요 없는 사람이었기 때문이다. 반면에 성우는 항상 복잡하고 불안했다. 열릴지, 언제 지나칠지 모를 수많은 문들을 가슴에 품고 있어 늘 고민이 많은 그런 사람.

"뭐 하는 거예요?"

"교수님이 자료조사를 요청하셔서."

"그러니까 숙제 같은 거?"

"네, 뭐 그런 거랑 비슷하죠."

"난 대학 근처도 못 가봐서. 이런 거 보면 굉장히 신기해요."

"공부 잘하셨을 거 같은데. 뭐든 잘 외우시잖아요?"

"그게 한 번 보면 그 이미지가 딱 머릿속에 박혀서 다 기억이 나는데, 그걸 내가 이해를 못 하겠어요. 그냥 디지털 카메라로 사진만 주구장창 찍는 것 같다고 할까? 그래서 혼자서는 뭘 할 수가 없나 봐요."

복수전자에서 가장 바쁜 사람은 단연 도팔이었다. 생각보다 붕어빵을 찾는 손님들의 발걸음도 많았고, 붕어빵을 만들어 파는 일 외에도 복수전자에서 몸으로 하는 일들은 대부분 도팔이 맡고 있었다. 평소에는 말이 별로 없어 보이지만, 도팔은 한번 입이 터지면 자신이 사진 찍었던 모든 장면들을 설명하기 위해 폭포수처럼 이야기를 쏟아냈다. 때문에 복수전자 사람들은 도팔에게 절대 먼저 말을 걸지 않았다. 잘못하다간 꼼짝없이 잡혀서 도팔의 끝도 없는 이야기를 다 들어줘야 하기 때문이다. 지칠 정도로 힘든 일이지만, 성우는 그런 도팔의 특성을 이용해 복수전자 사람들에 대해 많은 것을 알아낼 수 있었다.

"저번에 보미가 안에 계신 분을 신부님이라고 부르던데, 그분 진짜 신부님인가요?"

"신부님이셨지. 예전에. 근데 좀 안 좋은 일이 있어 가지고."

"그럼 아저씨도 그분이 신부님일 때 만나신 거예요?"

"음, 만난 건 그때 만났는데. 이렇게 같이 살게 된 건 신부님 그만두시고 나서지. 암튼 내가 신부님 처음 만났을 땐 진짜 연예인 빰치게 잘생기셨는데. 사람이 너무 엄청난 일을 겪고 나니까 얼굴도 변하는 거 같더라고."

"무슨 일이 있었는데요?"

"그게 내 입으로 말하기도 그런 게, 너무 비극적이라 입에 담기도 뭐하다고 해야 할까? 나같이 말하는 거 좋아하는 사람도 그럴 때가 있더라고."

도팔은 그런 말을 하며 괜히 창밖을 아련하게 쳐다봤다. 성우는 궁금해서 조바심이 났지만, 계속 캐물으면 거부감이 들 거 같아 잠시 화제를 돌려보기로 했다.

"근데 여기 복수전자 사람들은 뭐 먹고 살아요? 수익이 있긴 해요?"

"거의 없지. 이런 거 수리해서 돈을 얼마나 벌겠어. 오히려 붕어빵 수익이 더 많을걸? 더군다나 설계가 복잡하고 어려운 사건을 맡으면 돈을 엄청 쓰게 돼서 마이너스가 되기 십상이거든. 근데, 이 건물 주인이 신부님이잖아. 도로 앞쪽에 있는 카센터랑 사무실 임대료가 나오니까 그나마 먹고사는 거지."

"건물주분이셨구나. 그분이."

"그것도 생각해보면 참 요상한 운명이지. 그렇게 서로를 죽이지 못해 안달하던 아버지한테 물려받은 재산으로 이런 건물까지 짓게 된 거니까."

서로 죽이지 못해 안달하던 아버지? 성우는 그 말에 가슴이 철렁

내려앉았다. 그 검은 방에 앉아 있던 그 사람도 뱉을 수도 삼킬 수도 없는 아버지를 가졌단 말인가?

"에고, 내가 또 쓸데없는 얘길 했네."

"역시 예사롭지 않은 분이군요."

"평범한 사람은 아니지. 어떤 사람이라고 한마디로 말하기 어려운 사람이니까."

"근데 아저씨는 괜찮아요? 이런 일 하는 거."

"처음엔 이상했지. 먹고살기도 바쁜데 왜 이런 일을 한다고 할까. 근데, 나도 억울한 일을 당해서 감방에 가게 되었을 때 신부님이 도와줘서 풀려났거든. 그때 인연으로 여기까지 오게 된 거고. 그리고 사실 난 여기서 크게 하는 일도 없어. 그냥 닥치는 대로 외워야 하는 것만 외우고 붕어빵만 만들어 팔면 되니까."

"그럼 여기 계신 분들은 다들 그런 도움을 받고 합류를 하게 된 건가요?"

"뭐 그렇다고 할 수 있지."

"아저씨도 여기 사람들과 함께 사시는 거죠?"

"그게 함께 산다고 하기도 좀 그런데, 그냥 한 건물에 산다고 해야 하나?"

"세 분이 모두 4층에 사시지 않나요?"

"그게 그러니까 이 건물 구조가 워낙에 요상해서 한 층에 함께 사는데, 서로 마주치긴 힘든 구조로 되어 있어서."

"그러게요. 건물 앞에서 보면 평범한데 건물 뒤편 복수전자로 들어오면 완전 미로 같은 구조잖아요."

"건물 지하랑 4층만 좀 이상하고 건물 앞쪽이랑 2~3층은 그래도 멀쩡해. 그쪽은 처음부터 임대를 목적으로 만든 거니까."

"암튼 여기 진짜 이상한 곳이에요."

"근데, 나도 하나 좀 물어봐도 되나? 학생은 왜 자꾸 여길 오는 거야?"

"모든 게 이상하긴 한데, 이상하게 여기가 맘에 드네요."

"얘기 듣기로는 학생 일은 시간이 좀 걸려서 자기 일보다 다른 의뢰인들 도와주는 일을 하게 될지도 모르는데, 괜찮겠어?"

"상관없어요. 오히려 재밌을 거 같기도 하고. 근데 요즘은 도통 의뢰가 없나 봐요?"

"얼마 전에 한 건 있었는데, 순전히 구라였더라고. 죄짓고 감옥 들어갔다 나와서 앙갚음하려고 했는데, 신부님이 잘 걸러냈지."

"근데 그걸 어떻게 걸러내는 거예요?"

"그건 나도 잘 모르지만, 신부님이 좀……."

"도팔 아저씨!"

"에고, 깜짝이야!"

"신부님이 찾으세요!"

"아, 맞다. 심부름 시키셨는데. 내가 여기서 또 이러고 있었네."

도팔이 허둥지둥 가게 안으로 들어가자, 보미는 뾰로통한 얼굴로 성우를 쳐다봤다. 괜히 머쓱해진 성우가 헛기침을 하고 돌아앉자, 보미가 슬그머니 다가가 물었다.

"근데 가만 보면 아저씨는 우리 신부님한테 엄청 관심이 많은 거 같아요."

"좀 미스터리한 사람이잖아."

"그렇게 궁금하면 직접 물어보세요. 괜히 이 사람 저 사람한테 캐묻지 말고."

"직접 물어보면 대답해줄까?"

"그것도 직접 물어보면 알겠죠?"

"좋아. 그럼 너한테도 하나 물어보자. 넌 어쩌다가 여길 오게 된 건데?"

의뢰자 181. 윤보미

"학생, 그러니까 앞으론 몸을 쓰지 말고 머리를 쓰라고, 머리를!"

요셉 오빠가 경찰서에 잡혀 있던 내게 처음으로 건넨 말이었다. 얼핏 들으면 욕 같지만, 내 귀에는 그보다 달콤한 말이 없었다. 그날 이후 요셉 오빠는 내 마음의 주인이 되었다. 말은 못되게 하는 편이었지만, 마음만은 따뜻하고 다정한 요셉 오빠. 안타까운 것은 그런 요셉 오빠의 진심을 알아주는 사람이 나와 신부님 정도밖에 없다는 것이다.

평소 큰 고민이나 걱정거리가 별로 없던 나였지만, 그때 나는 누구보다 고민이 많고 힘든 시간들을 보내고 있었다. 선생님의 표현처럼 질풍노도와도 같은 시기라고 생각하기엔 너무도 살벌한 상황이었다. 같은 반 친구였던 영지가 죽었다. 그것도 자살이었다. 영지는 새로 지은 체육관 옥상에서 스스로 뛰어내렸다. 마치 자신의 죽음을 모두에게 알리고 싶은 것처럼. 영지의 교복 주머니에는 억울함이 밴 단출한 유서가 들어 있었다.

선혜영, 김우희, 권지수, 서진주, 황자영,
그리고 이 아이들의 악행을 외면했던 친구들과 선생님들이 저를 죽인 범인입니다.
저를 죽인 범인들이 반드시 그에 합당한 벌을 받기를 죽어서도 빕니다.

마지막으로 보미야 고마웠어. 그리고 미안해.

학교가 발칵 뒤집어졌다. 학폭위가 열렸고, 진상 조사를 위해 영지의 죽음과 관련된 아이들이 이리저리 불려 다녔다. 그 아이들 중에 물론 나도 포함되어 있었다.

영지가 지목한 아이들은 자신들이 가지고 놀아도 찍소리 못 할 먹잇감을 찾아내는 데 선수들이었다. 영지는 언제나 시선을 바닥으로 떨구고 다니던 내성적인 아이였다. 그 못된 아이들은 영지가 자신들의 표적이 되기에 더할 나위 없이 좋은 먹잇감이라는 것을 본능적으로 알아봤다. 때문에 영지는 학기가 시작되자마자 괴롭힘을 당하기 시작했다. 영지를 괴롭히던 아이들은 하나같이 돈은 많지만 개념과 양심이 없는 부모 밑에서 자란 한심한 아이들이었다. 자신들이 하는 행동이 그저 하나의 놀이일 뿐이라며 한 사람의 영혼을 재미로 짓밟았다. 나는 그 아이들을 통해 인간이 얼마나 사악한 존재가 될 수 있는지 깨달았다. 영지는 그런 아이들의 괴롭힘을 묵묵히 받아내는 것처럼 보였다. 영지가 우는 것조차 볼 수 없었기 때문이다. 오지랖이 넓은 나였지만, 그런 영지에게 다가가 선뜻 도움을 주기도 힘들었다. 어쩌면 나조차도 그 못된 아이들이 두려웠는지도 모르겠다. 그러던 어느 날 영지가 못된 아이들에게 머리카락을 잘리고 있는 것을 목격했다. 잠시 걸음을 멈추고 고민했다. 차마 나서지 못하고 선생님께 이 상황을 알려야겠다는 생각에 뒷걸음을 치려는데, 앞머리가 사선으로 잘린 영지와 눈이 딱 마주쳤다. 순간, 나도 모르게 불꽃같은 것이 튀었다. 정신을 차렸을 때는 내가 이미 가위를 들고 그 못된 아이들을 위협하고 있었다. 못된 아이들은 내 어이없는 광기에 질렸는지 슬금슬금 도망쳤고, 그제야 나는 그 자리에 주저앉았다. 뒤를 돌아보니 영지도 멍하니 주저앉아 있었다. 사방으로 영지의 잘린 머리카락이 땅바닥에 흩어져 있었다. 상황이 너무도 끔찍해서 얼른 영지의 머리카락을 치우려는데 어느새 일어난 영지가 내 어깨를 잡으며 말했다.

"괜한 짓 한 거야. 다신 그러지 마."

고맙다는 말을 할 줄 알았는데, 영지는 오히려 왜 자신을 도와주었냐고 핀잔을 주고 있었다. 서운했다. 그때의 나는 왜 영지가 그런 말을 했는지 이해할 수가 없었으니까.

다음 날 나는 학생주임 선생님에게 불려가 벌점을 받고 반성문을 썼다. 못된 아이들이 내가 영지를 괴롭히고 머리를 잘랐다며 억울한 누명을 씌웠기 때문이다. 내가 그런 것이 아니라 그 아이들이 한 짓이라고 당당하게 말했지만, 선생님은 코웃음을 치며 물었다.

"영지가 증언을 했는데도?"

충격이었다. 은혜를 원수로 갚은 영지가 괘씸해서가 아니라, 영지가 그렇게 말하게끔 만든 그 못된 아이들이 두려웠기 때문이다. 그때 왜 영지가 고맙다는 말 대신 괜한 짓을 한 거라 했는지 그제야 알 것 같았다. 영지의 말대로 나는 괜한 짓을 한 거였다. 아무것도 보호하지 못하고 오히려 나 자신까지 위험에 빠지게 만들었으니까. 다행히 그날 이후 못된 아이들이 나를 건드리진 않았다. 괘씸하지만 나 같은 종자를 건드려봤자 일만 더 시끄러워질 거라고 판단한 것이다. 대신 그 못된 아이들은 영지를 더 혹독하게 괴롭혔다. 그런 영지를 보면서 나는 죄책감에 시달렸다. 말 그대로 괜한 짓을 해서 영지를 더 괴롭힌 꼴이 되었기 때문이다. 결국 나는 그 못된 아이들이 눈치채지 못하는 선에서 영지를 돕기로 마음먹었다. 어려운 일이었지만, 그렇게라도 영지가 자신이 혼자가 아님을 알아주었으면 했다. 하지만 안타깝게도 그런 마음만으로는 영지의 고통을 조금도 덜어줄 수가 없었다.

결국 영지는 더 버티지 못하고, 죽음으로 복수하는 방법을 선택했다. 그러나 영지의 목숨을 건 복수는 실패했다. 아무런 증거도 없이 죽음으로 대신한 쪽지 한 장으로는 그 못된 아이들을 단죄할 수 없었다. 오히려 영지는 자신의 신세를 비관한 나머지 애먼 아이들의 인생까지 망치려 했던 인격 장애자가 되어버렸다. 그 못된 아이들과 부모들, 그리고 학교에서 불미스러운 일이 일어나는 것을 극도로 싫어하는 선생들의 강력한 의지가 만들어낸 최악의 결과물이었다. 눈물도 나지 않았다. 자신의 죽음으로도 증명하지 못한 영지의 억울함을 슬퍼할 여유가 내겐 없었다. 표적을 잃어버린 못된 아이들의 화살이 모두 내게 날아오기 시작했기 때문이다. 그날 이후, 못된 아이들은 나를 수시로 단톡방에 초대해 나 때문에 영지가 죽었다며 온갖 욕설을 퍼붓기 시작했다. 나가면 다시 초대하고 나가면 다시 초대했다. 메신저를 아예 지워버리자 아이들은 시간 예약을 걸어 매시간마다 '영지를 죽인 살인자'라는 문자를 보냈다. 만약 못된 아이들이 영지에게 하듯이 내게 직접적인 폭력을 가했다면 나는 분명 그에 걸맞은 대응을 했을 것이다. 영악하고 잔인한 아이들은 아무렇지도 않은 얼굴로 함께 수업을 받으면서 쉬는 시간마다 반 아이들까지 시켜 그런 문자 폭탄을 보냈다. 아이들이 가진 권력 아닌 권력을 이용해 반 아이들은 물론 다른 반 아이들에게도 그런 문자를 보내도록 만들었다. 결국 생각보다 몸이 앞섰던 나는 못된 아이들에게 오래 참았던 분노를 터뜨리고 말았다. 안타까운 것은 내 사무친 분노 표출이 그 못된 아이들이 바라던 일이었다는 것이다. 사악한 사냥꾼이 만들어 놓은 덫에 걸린 사슴처럼, 나는 그 아이들의 계획대로 경찰서에 잡혀갔다. 너무 기가 막혀서 말이 나오질 않았다. 얕은 수에 그냥 넘어가버린 내가 뒤늦게 원망스러웠다. 나는 그제야 영지의 고통을 진심으로 이해할 수 있었다.

무기력하게 경찰서 유치장에 멍하니 앉아 있다가 엄마의 서러운 울음소리를 듣고서야 나는 내가 무슨 짓을 저질렀는지 새삼 깨달았다. 엄마는 그 못된 아이들의 부모를 향해 울부짖고 있었다. 저 아이들이 내 딸을 저렇게 만든 거라고. 내 딸은 아무런 잘못이 없다고. 아무도 엄마의 말을 귀담아듣지 않았다. 나조차도. 아니 엄마조차도. 그때, 결정적인 영화의 한 장면처럼 엄마의 주장을 설득력 있게 만들어준 사람이 나타났다. 태어나 한 번도 머리를 빗어본 적 없는 것 같은 곱슬머리로 얼굴을 장식하고 고급스러운 안경을 걸친 이상한 남자였다.

"어머님 말씀이 맞습니다. 저 아이들 때문에 영지라는 친구가 죽었고, 그 증인이 될 수 있는 이 친구의 입을 막기 위해 일부러 도발을 했던 겁니다."

뜨악한 표정을 짓는 경찰에게 안경 쓴 남자는 휴대폰 하나를 내밀었다. 그러자 무리 중 한 아이가 갑자기 자리에서 벌떡 일어났다. 안경 쓴 남자는 자리에서 일어난 아이를 똑바로 쳐다보며, 저 아이가 휴대폰 수리를 자신에게 맡겼는데 수리를 하던 중 메신저에서 아이들이 작당 모의를 하며 영지와 나를 괴롭히는 정황을 보게 되었다고 말했다. 죽은 영지를 위해 기꺼이 증언할 수 있는 나를 처리하기 위해 일부러 문자로 괴롭혀 폭력을 행사하도록 만들었다는 내용까지 그 대화방에 고스란히 남아 있었다. 안경 쓴 남자는 전형적인 히키

코모리처럼 보였지만, 빈틈없는 말솜씨와 법률적인 상식을 가지고 단번에 못된 아이들의 부모와 경찰을 압도하기 시작했다. 눈치 빠른 부모들은 바로 꼬리를 내리며 태도를 바꾸기 시작했다. 그러자 안경을 쓴 남자는 그 타이밍을 놓치지 않고 적절한 합의를 유도해내며 모든 상황을 정리해 나갔다. 이름도 모르는 이상한 남자 덕분에 나는 그날 밤 경찰서에서 풀려날 수 있었다. 경찰서에서 풀려난 뒤에 멍하니 남자를 쳐다보고 있는데 그는 다짜고짜 내 무모한 행동을 나무라며 그 아이들보다 더한 독설을 날렸다. 하지만 나는 화가 나지 않았다. 이미 내 눈앞에는 모든 배경이 사라지고 안경 쓴 그 남자 혼자 반짝거리고 있었다. 그의 달콤한 독설이 어느 정도 마무리되었다 싶었을 때, 나는 용기를 내어 물었다.

"근데, 누구세요?"

후회했다. 왜 그렇게 건방지고 멋대가리 없는 말을 내뱉었는지 내 머리통을 쥐어박고 싶을 정도였다. 다행히 안경 쓴 남자는 대답 대신 내게 명함 하나를 내밀었다.

"복. 수. 전. 자?"

고개를 들었을 때 이미 안경 쓴 남자는 뒤돌아서 저만치 걸어가고 있었다. 나는 어떻게든 그 남자를 잡고 싶어 다급하게 소리쳤다.

"혹시 오빠 이름이 복수예요?"

"역시, 머리를 잘 안 쓰는 타입이네. 그게 어딜 봐서 이름이니?"

"그러니까 내 말은 오빠 이름이 뭐냐고요?"

"요셉!"

요셉. 나는 그리 좋지 않은 성능을 가진 머릿속에 요셉이라는 이름을 1600만 화소로 새겨 넣었다. 그날 이후 나는 요셉이라는 사람에게 내 인생을 걸어보기로 마음먹었다.

5. 금기하다

성우는 본능적으로 알아차렸다. 누군가 자신의 뒤를 밟고 있다는 것을. 정신과병원에서 나온 뒤 기승만이 보낸 사람들에게 매일같이 이런 감시를 받았던 성우였다. 새삼스러울 것도 없는 일이었지만, 복수전자에 드나들게 되면서 성우는 이런 일이 예전보다 훨씬 더 신경 쓰였다. 다행히 성우는 오랜 경험으로 이런 순간 감시자들을 어떻게 따돌려야 하는지 잘 알고 있었다. 대학에 들어가기 전까지 성우는 휴대폰 위치추적까지 당했다. 대학에 들어가고 잠시 감시가 느슨해진 적도 있지만, 갑작스럽게 휴학을 하고 피해자들에게 사죄를 하고 다니면서부터 다시 감시가 붙었다는 것도 알았다. 사실 그 덕분에 피해자들과의 합의가 일사천리로 이루어졌던 면도 있었다. 집으로 들어가 복학을 하고 성실한 학교생활을 시작하면서 감시가 느슨해졌다고 생각했는데, 오늘 또다시 이상한 낌새를 알아차린 것이다. 평소와 좀 다른 면이 있다면 줄곧 성우와 같은 걸음으로 같은 골목을 따라 돌고 있는 감시자가 여자라는 사실이다. 대개 성우를 쫓던 감시자들은 시커먼 옷을 입은 남자들이었다. 그래서 성우는 조금 더 긴장할 수밖에 없었다. 한편으론 아버지가 보낸 사람이 아닐지도 모른다는 생각도 들었다. 마음 같아서는 뒤돌아 경고라도 하고 싶었지만, 성우와 여자의 간격이 좀처럼 좁혀지지 않았다. 성우는 여자와의 간격을 좁히기 위해서 의도적으로 걸음을 늦춰보기도 했다. 그때마다 여자는 휴대폰을 보는 척하며 걸음걸이 속도를 성우와 맞추는 듯했다.

이대로 복수전자까지 여자를 데려갈 수는 없다는 생각에 성우는 걸음을 멈추고 아무 이상 없는 신발 끈을 고쳐 맸다. 하나, 둘, 셋, 넷, 다섯, 여섯, 일곱, 여덟, 아홉, 열. 꼬박 열을 세고 벌떡 일어나 뒤를 돌아보는 순간, 여자가 성우를 무심하게 지나쳤다. 아닌가? 성우는 앞서가는 여자를 보면서도 의심을 지우지 못했다. 여자가 걸어가는 방향이 복수전자로 가는 길이었기 때문이다. 그렇다면 이미 여자는 복수전자 가는 길을 알고 있는 건가? 아니면 감시자가 아닌 건가? 그러고 보니 기승만은 여자를 믿지 않았다. 그래서 여자들에게는 절대 중요한 일을 맡기지 않는 사람이었다. 그럼 도대체 누가? 이제 성우가 여자의 뒤를 쫓기 시작했다. 여자는 연신 휴대폰을 보면서도 발걸음은 복수전자를 향하고 있었다. 여자가 복수전자로 다가갈수록 성우는 자신의 의심을 의심했다. 새로운 의뢰자인가? 그렇다면 저렇게 길을 잘 찾아갈 수 없는데. 여자가 복수전자 가게 문을 망설임 없이 여는 것을 보고 나서야, 성우는 의심을 거둘 수 있었다.

"신부님 안에 계시니?"

"기도실 들어가셨는데 곧 나오실 시간이에요. 근데, 오늘 걸어오셨어요?"

"자동차가 맛이 가서 엊그제 여기 카센터에 맡겼었거든. 근데 요셉, 너 요즘 얼굴 좋아졌다?"

"그럴 리가요."

요셉의 단호함에 머쓱해진 여자는 머리를 긁적이며 엉거주춤 자리에 앉는 성우를 그제야 발견했다. 여자의 시선이 성우는 기분 나빴다. 여자가 자신을 스캔하고 있는 것 같았기 때문이다. 아니나 다를까 여자는 요셉에게 소리는 들리지 않지만 무슨 말을 하는지는 다 아는 입모양으로 뻐끔거리며 물었다. 누. 구. 야? 요셉은 말도 꺼내기 싫다는 듯 고개를 절레절레 저었다. 성우는 기가 막혀 무어라 말을 할 수도 없었다.

"오랜만에 오셨네요?"

"어머, 도팔 씨! 오늘 보니 완전 붕어빵 장인이 되신 거 같은데요? 드디어 적성을 찾으신 건가?"

"하하, 그렇지도 않아요. 할 때마다 양이 달라져서 항상 처음 하는 기분이거든요."

"근데, 저 뉴페이스는 누구예요? 설마 신입?"

"그런 건 아니고. 원래 의뢰자셨는데 저희가 일을 잘하고 있나 감시하고 싶다고 해서."

"어머, 굉장히 꼼꼼한 분이신가 보네. 어쨌든 다행이네요. 사실 아까부터 제 뒤를 쫓아오는 거 같아서 좀 불편했거든요. 근데 이런 데서 만나서 반갑다고 인사를 하기도 좀 그렇고. 암튼 마음에 평화 얻고 가시길 빌어요. 파이팅!"

여자가 작지만 커 보이는 주먹을 움켜쥐며 인사하자 성우도 엉거주춤 일어나 어색하게 인사했다. 여자는 그런 성우에게 영혼 없이 눈으로 찡긋 웃어주었다.

"신부님 나오셨을라나?"

"좀 전에 주방으로 가시는 거 봤어요. 들어가 보세요!"

"그럼, 저는 이만 실례."

여자가 안채로 들어가자 성우는 팥앙금 통을 교체하고 있는 도팔에게 살금살금 다가가 물었다.

"누구예요?"

"누군지 모르는 게 좋을 거야."

"누군데요?"

"경찰!"

"경찰이요? 어쩐지. 포스로 봐선 경정쯤 되셨을 것 같은데."

"경정이 뭔지는 잘 모르겠고 부하들은 과장님이라고 부르던데?"

"그게 그거예요. 근데 여기 경찰 과장이 막 드나들어도 되나요?"

"안 될 건 또 뭐 있어?"

"아니, 좀 이상하잖아요. 설마 저분도 재능 기부하는 건 아닐 테고."

"그냥 여기 식구들이랑 가족같이 지내는 분이에요. 물론 가끔 도움을 받기도 하고."

##

"신부님, 이제야 점심 드세요?"

"남 형사님은 항상 제가 식사 중일 때 오시는 경향이 있네요."

"제가요? 그랬었나?"

"어쨌든 오랜만에 오셨어요."

"좀 바빴어요. 오늘은 차 수리 맡긴 거 가져가는 길에 겸사겸사 들른 거고. 근데, 요즘 무슨 일 있어요? 안색이 별로 안 좋아 보여요."

"형사님이야말로 무슨 일이 있는 것 같은데요?"

"여기에 와야 제가 형사라는 말을 듣네요. 요즘은 현장에서 일을 안 하니까 가끔 제가 형사라는 사실이 가물가물했거든요."

"이제 과장님이라고 불러야 하는데 저도 버릇이 돼서 고쳐지질 않네요."

"전 형사라고 불러주는 게 더 좋아요. 그리고 저도 아직 신부님이라고 부르는데요, 뭐."

"근데 정말 무슨 일이에요?"

"마우식. 그 사람이 출소했대요. 그것도 두 달 전에."

테오의 얼굴에는 별다른 변화가 없었지만, 말을 꺼낸 남 형사의 얼굴은 어느새 차갑게 굳어버렸다. 부르면 안 될 이름이라도 부른 것처럼. 덕분에 두 사람 사이에 잠시 침묵이 고였다. 테오는 아무 일 없다는 듯 식사가 끝난 그릇을 설거지하기 시작했지만 남 형사의 불안한 눈빛은 담담해 보이는 테오를 살피기 바빴다. 그런 시선이 부담스러웠는지 차분한 목소리로 테오가 먼저 고인 침묵의 물꼬를 텄다.

"12년이 지났으니 그럴 때가 되긴 했죠."

"6개월이나 빨리 출소를 하게 되었는데도 제가 그걸 미처 몰랐다니. 명색이 경찰 과장이란 사람이 말이죠. 제가 진짜 정신머리가 없나 봐요. 근데, 신부님은 알고 계셨어요? 왜 이렇게 담담해요?"

"놀라야 할 이유가 있나요? 어쨌든 언젠가는 나올 사람인데."

"걱정이 돼서 그렇죠."

"뭐가 걱정스러운데요?"

"마우식은 출소를 했는데 신부님은 아직도 이런 일을 하고 계시잖아요. 그래서 제가 신부님이랑 여기 식구들 걱정 때문에 요즘 잠을 못 자요."

"걱정 마세요. 별일 없을 테니."

"어떻게 걱정을 안 해요? 마우식 그 사람 출소하면 가만있을 사람이 아닌데. 신부님이 지금 이런 일 하고 계신 걸 알면 더 가만있지 않을 거예요."

"다음 달 베드로 위령미사 때 오실 수 있으세요?"

"그럼요. 저나 신부님이나 1년에 딱 한 번 성당 가는 날인데 꼭 가야죠."

"그럼 그날 봬요. 걱정은 접어두시고."

설거지를 끝낸 테오는 시종일관 걱정스러운 표정으로 앉아 있는 남 형사에게 희미한 미소를 보이며 주방을 나섰다. 남 형사는 테오의 뒷모습을 바라보며 생각했다. 우리 신부님 언제부터 저렇게 등이 굽었을까? 한때는 쳐다보기 힘들 정도로 얼굴에서 빛이 나는 사람이었는데. 처음 테오를 만났을 때를 추억하다가 남 형사는 다시금 초조해졌다. 마우식에 대한 기억 역시 함께 떠올랐기 때문이다.

##

끝이 보이지 않는 높고 깊은 계단을 올라 성우는 꽤 단단해 보이는 문 앞에 섰다. 꿈이 아닌가 생각될 정도로 아주 잠시 정신이 아득해졌다. 숨을 겨우 고르고 짧게 두 번, 길게 한 번 문을 두드렸다. 막막한 침묵. 다시 두드리려는데 대답 대신 문이 스르르 열렸다. 문이 열리면서 테오의 뒷모습이 보였다. 테오는 문을 열었지만 누구인지 확인도 하지 않고 자기 자리로 돌아가고 있었다. 성우는 궁금했다. 문을 두드린 사람이 누구인지 알고 있었던 걸까? 잠시 고민하다가 성우 역시 성큼성큼 방 안으로 들어갔다. 마치 매일 이 방에 드나드는 사람처럼. 거침없이 책장 앞에 있는 소파에도 풀썩 앉았다. 사실 성우는 오늘 이 방에 처음 들어온 사람이었다. 이 집에 사는 사람들도 자주 드나들 수 없는 곳에 들어오니 왠지 기분이 이상했다. 비밀스러운 공간에 너무 쉽게 들어온 건 아닌가 하는 생각에 뭔가 찝찝

하기도 했다. 성우가 낯선 방 안 공기에 익숙해지려고 노력하는 사이에도 테오는 눈길도 주지 않고 계속 책을 읽었다. 마치 이 방 안에서 수백 년 동안 혼자 앉아 있었던 사람처럼. 결국 답답하고 조급한 성우가 먼저 말을 건넸다.

"무슨 책을 읽고 계신 거죠?"

"판타지 소설."

"하, 그런 취향을 가지고 계신 줄은 몰랐네요."

"예전엔 몰랐는데 보면 볼수록 재밌네요. 소설마다 다른 세계관을 접하다 보면 상상력이 풍부해지는 것 같기도 하고."

"전 판타지를 별로 좋아하지 않아요. 현실도피적인 부분이 많아서."

"지극히 현실적인 기승만과의 관계는 요즘 어떤가요?"

"갑자기 화제를 전환하시니 당황스럽네요. 뭔가 정신과 상담실에 와 있는 기분도 들고."

"상담실이라고 생각하고 편하게 얘기해보시죠."

"사실 저는 오늘 무언가 따지고 싶어서 여기까지 온 겁니다."

"그럼 따져보세요."

"도대체 제 복수는 언제 해주실 건가요?"

"기승만과의 관계 회복은 되고 있는 건가요?"

"아버지와는 회복이 될 것도 안 될 것도 없는 관계예요. 원래 관계 자체가 형성되어 있지 않으니까."

"그래도 기승만이 지금 무슨 고민을 하고 있는지 정도는 아셔야 하지 않을까요?"

"물론 그 정도는 알죠. 아버지는 요즘 국회의원 3선에 도전할 것인지, 교육부 장관 임명을 기다려야 할 것인지를 고민하고 있을 겁니다."

"각각의 가능성은 어느 정도가 될까요?"

"국회의원 3선은 크게 어려울 것 같지 않아요. 문제는 교육부 장관 임명이죠."

"국회의원 3선에 도전하면 당선될 확률이 더 높겠지만, 기승만은 비교적 확률이 낮은 교육부 장관이 되고 싶은 거군요?"

"사학재단 집안에선 교육부 장관이 되는 게 최고의 명예가 될 테니까요. 얼마 전 교육부 장관이 경질되기도 했고."

"기승만의 최종 목표가 장관일까요?"

"물론 그게 끝은 아니겠죠."

"아마도 기승만은 이미 장관 임명 받을 준비를 하고 있을 겁니다. 그 좋은 기회를 놓칠 사람이 아니니까."

"그렇겠네요."

"걱정이겠어요. 기승만이 점점 더 높은 곳으로 날아오르고 있으니."

"그걸 걱정해 달라는 게 아니라 제 복수에 대해 묻고 있는 겁니다."

"기승만과 아무 관계도 아니라면서 왜 꼭 그렇게 복수를 하고 싶은 거죠? 그냥 눈 딱 감고 기승만 그늘에서 떨어지는 수많은 혜택들을 누리고 살면 될 텐데."

"저도 하나 묻죠. 누구보다 합리적인 복수를 해주겠다고 약속해 놓고 이제 와 이런 얘기를 하는 이유는 뭐죠?"

"복수를 개인적인 원한으로만 접근하면 아주 고약한 독이 될 수밖에 없어요. 우리가 늘 걱정하는 게 그런 부분이기도 합니다. 하지만 아무리 위험한 독이라도 잘만 쓰면 사람에게 약이 되듯이 복수도 잘만 하면 세상을 바꿀 수 있는 기회가 되기도 하죠. 개인적으로는 치유의 수단이 되면서 사회적으로는 악순환을 바로잡을 수 있는 새로운 시스템을 만들 수 있으니까요."

"훌륭하지만 꼰대 같은 말씀 잘 들었습니다. 근데 그렇게 훌륭한 취지를 실천하려면 일단 뭔가를 해봐야 하지 않을까요?"

"위험한 독을 제대로 쓰려면 일단 기본적으로 주어진 조건들이 제대로 갖추어져 있어야 해요. 그런데 기성우 씨 케이스는 그런 여건들이 제대로 갖춰져 있지 않아요. 솔직히 아주 최악이죠."

"최악 정도는 아니지 않나요?"

"복수의 대상이 직계가족이잖아요."

"고작 그거 가지고 여건이 안 된다는 건가요? 그 정도라면 처음부터 제 의뢰를 받지 말았어야죠."

"그만큼 위험하고 조심스러운 부분이 많기 때문에 철저히 준비를 해야 한다는 겁니다. 더군다나 지금 기성우 씨는 제가 내드린 숙제도 다 하지 못했어요. 이번 설계에서 가장 중요한 긴 아버지와의 관계 복원인데, 지금 성우 씨는 관계 개선할 의지가 없어 보입니다."

"저도 지금 뭘 더 어떻게 해야 할지 방법을 모르겠어요. 어떻게 그

백년 묵은 구렁이 같은 인간에게 다가가야 할지."

"아버지가 어떤 사람인지는 알고 있는 건가요?"

"너무나 잘 알죠. 다만 그런 사람과의 관계를 어떻게 복원해야 할지 모르겠다는 겁니다."

"좋아요. 그럼 기승만 입장에서 한번 생각을 해보죠. 기승만한테 쓸모 있는 인간이 되려면 어떻게 해야 할까요?"

"쓸모 있는 인간?"

"기승만은 세상 사람들을 두 가지 유형으로 분류하는 사람이에요. 쓸모 있는 인간과 쓸모없는 인간. 지금까지 기승만이라는 사람에게 성우 씨는 한 번도 쓸모 있는 인간이 된 적이 없기 때문에 다가갈 수 없었던 겁니다."

성우는 테오의 말이 자신의 가슴에 송곳처럼 박히는 것을 두 눈으로 지켜보고 있었다. 평소 알고 있던 사실임에도 불구하고 말이라는 송곳으로 당하고 나니 더 아리고 아팠다. 아니면 아버지라는 사람에게 아직도 무언가를 기대하고 있던 걸까?

"기성우 씨는 복수에 성공한다 해도 기승만보다 본인이 더 상처받을 확률이 높은 사람입니다. 그래서 더 시작하기 힘든 거죠."

"제가 그렇다는 걸 어떻게 아시나요?"

"나도 그랬으니까."

"네?"

"누군가에게 이런 말을 직접 해본 적 없지만, 기성우 씨에겐 이 말을 해줘야 할 것 같네요. 제 아버지는 수많은 사람을 죽인 희대의 살인마였어요. 그 희생자 중에는 제 어머니도 있었죠. 그런 아버지를 용서할 수 없었기에 어떻게든 살아남아 반드시 복수를 하겠다고 다짐했었죠. 그래서 결국 저는 그런 아버지에게 무릎을 꿇고 목숨을 구걸하기도 했어요. 덕분에 저는 꽤 오랜 시간을 살아남을 수 있었고, 그 덕분에 그 살인마에게 가장 끔찍한 복수를 안겨주기도 했죠. 하지만, 복수라는 건 실제로 그렇게 통쾌하게 끝낼 수 있는 게 아닙니다. 언젠가 부메랑처럼 다시 돌아와 그보다 더한 대가를 치르게 만들기도 하니까. 눈치도 없고 눈도 없어서 복수하고자 하는 대상만을 노리지도 않습니다. 그렇기 때문에 복수를 하기 위해선 철저히 계산하고 최선의 때가 되기를 기다려야 합니다. 복수가 일으키는 회오리에 맞을 확률을 최대한 줄이자는 거죠. 그렇게 철저히 계산하고 기다려도 언제나 예외의 상황은 발생하기 마련이고, 결국 복수를 하는 사람이 그 예외의 상황을 얼마나 감당할 수 있느냐에 모든 것이 달려 있다 해도 과언은 아니죠."

"전 감당해낼 자신이 있어요."

"그렇다면 이제 기승만에게 쓸모 있는 사람이 될 수 있다는 믿음을 보여주세요!"

"어떻게요?"

"기승만이 지금 상황에서 가장 원하는 게 무엇인지 알고 있잖아요? 거기부터 시작하면 됩니다."

성우는 그 뒤로 이어지는 테오의 긴 이야기를 군소리 한 번 없이 차곡차곡 귀에 담았다. 그런 와중에도 성우는 테오의 말간 눈을 바라보며 생각했다. 그동안 이 사람은 도대체 어떤 시간들을 살아낸 것일까?

의뢰자 260. 한상현

수학여행에 갔던 딸이 집으로 돌아오지 못했다. 아이들을 태우고 버스를 몰았던 운전사가 졸음운전으로 엄청난 교통사고를 냈기 때문이다. 수십 명의 아이들이 다쳤는데 정작 사고를 낸 운전사만 멀쩡했다. 그보다 더 참을 수 없는 건 수십 명의 아이들 중 유일하게 내 딸만 목숨을 잃었다는 것이다. 이런 말도 안 되는 일이 내게 일어날 거라고 꿈에도 상상하지 못했다. 눈에서 불이 나고 심장은 쪼그라드는 것처럼 아팠다. 숨을 어떻게 쉬어야 하는지도 모를 만큼 답답한 마음에 가슴만 쥐어뜯었다. 누구라도 누구에게라도 책임을 묻고 싶었다. 왜 이런 일이 내게 일어났는지, 왜 내 딸이 죽어야 했는지 묻고 싶었다. 멱살이라도 잡고 싶었다. 하지만 아무도 이 엄청난 일에 대한 책임을 지려 하지 않았다. 오히려 버스회사는 모든 잘못을 운전사에게 돌리며 자신들의 책임을 회피했다. 교통사고를 일으킨 운전사는 계약직 직원이었기 때문에 살인적인 스케줄을 온몸으로 감당하느라 힘들었다는 말만 반복했다. 모두가 딸의 죽음을 외면하는 것 같았다. 말도 안 되는 이 불행이 자신들에게 전염될까 두려워하는 것 같기도 했다. 분노가 극에 달해 누구든 걸리기만 하면 내 딸의 목숨과 바꿔버리고 싶을 정도였다. 그럼에도 불구하고 내가 할 수 있는 것은 아무것도 없었다. 버스회사를 찾아가 누군가의 멱살도 잡아보고, 구속된 운전사를 찾아가 난동도 부려봤지만 달라지는 것은 아무것도 없었다. 그 무슨 짓을 해도 내 딸은 돌아오지 않는데 보험회사에서 지급하는 보험금만 성급하게 내 통장으로 들어왔다. 돌덩이를 삼킨 조개처럼 아팠다. 이유가 어떻든 간에 나는 내 딸과 보험금을 바꾼 몹쓸 부모까지 되어버린 것이다.

이 거지 같은 현실을 받아들일 수 없었다. 내가 왜 이런 일을 당해야 하는지 도저히 이해할 수 없었다. 누군가 내 삶을 갈기갈기 찢어 쓰레기통에 던져버린 느낌이었다. 그게 누구든 무엇이든 내가 받은 고통만큼 돌려주고 싶었다. 그게 누구든 무엇이든 복수하고 싶었다. 그러지 않으면 살 수 없을 것 같았다. 매일 매시 매분이 끔찍했다. 지옥이라는 것이 있다면 지금 이 순간이 아닐까 생각될 정도로. 만약 지금 내가 서 있는 이곳이 지옥이라면, 나를 이렇게 만든 것들도 모조리 지옥으로 끌어내리고 싶었다. 아니, 이제는 같은 버스를 탔다가 살아남은 아이들에게까지 분노가 치밀었다. 저 아이들은 멀쩡한데 왜 우리 아이만 죽었을까? 모두가 모든 게 원망스러웠다. TV에서 행복한 미소를 짓거나 웃는 사람들만 봐도 욕지거리가 튀어나왔다. 이러다 정말 미쳐버리는 게 아닐까 두렵기도 했다. 무어라도 해야 했다. 하지 않으면 진짜 미쳐버릴 것 같았다. 어쩔 수 없이 나는 복수를 하기로 결심했다. 그래서 지금 이렇게 복수전자라는 곳에 앉아 있는 것이다. 태어나 처음으로 게임이라는 것도 해보고, 미친 사람이나 할 것 같은 심리검사도 해봤다. 복수를 해야 할 대상은 누구든 상관없었지만, 어쨌든 내가 복수를 해야만 하는 이유는 충분했다. 복수라도 해야 내가 살 수 있을 것 같았으니까. 그런데 복수를 해주겠다던 사람들이 자꾸만 이상한 태도를 보였다. 복수가 될 리 없는 계획들을 의미 없이 주절거리며 이상하게 미적거렸다. 한마디로 그들은 내 복수를 하고 싶지 않은 것처럼 보였다.

"겨우 이딴 걸 하려고 내가 지금 여기 앉아 있는 것 같습니까?"

"이 일을 시작할 때 분명 말씀드렸습니다. 복수하고자 하는 의뢰인들이 다칠 수 있는 일은 지양한다고. 저희는 그 원칙을 지킬 수 있는 방법을 찾고 있을 뿐입니다."

"이런 식으로 할 거면 그만두세요! 내가 혼자서라도 할 거니까. 지금이라도 당장 교도소로 찾아가 그 운전기사 놈을 죽여버릴까? 아니지. 그 버스회사가 소유한 버스마다 시한폭탄을 달아서 터뜨려버리는 편이 낫겠네."

거칠어진 내 말을 가만히 듣고 있던 사내가 안경을 벗더니 마른세수를 했다. 무언가 답답해 미치겠다는 듯 한숨까지 쉬어가며. 기가 막혔다. 지금 한숨을 쉬어야 할 사람은 나였다. 도대체 이 인간들은 복수를 하겠다는 건지 사람 인내심을 시험해보겠다는 건지 모르겠다. 그때 어디선가 묵직한 노크 소리가 들렸다. 앞에 앉아 있던 젊은 사내가 벌떡 일어나더니 문을 열었다. 탁자 위 스탠드 조명밖에 없는 검은 방 안에 그보다 더 검은 사내가 그림자처럼 들어왔다. 검은 사내가 내 앞에 앉자마자 젊은 사내는 조용히 문을 닫고 나갔다. 앞에 앉은 사내의 얼굴을 보려 했지만, 제대로 보이지 않았다. 사내가 고개를 앞으로 내밀자 그제야 묘한 얼굴이 희미하게 드러났다. 낯설었다. 이곳에 드나드는 동안 한 번도 본 적 없는 얼굴이었다.

"죄송합니다. 이렇게 불쑥 들어와서."

남자의 목소리를 듣고 나서야 깨달았다. 닫힌 창문 앞에 앉아 이야기할 때 창문 너머로 들리던 그 목소리였다.

"당신들 도대체 뭐 하는 사람들이야?"

"의뢰자님의 합리적인 복수를 해주는 사람들이죠."

"애초에 복수라는 게 합리적일 수가 있는 건가? 내가 당신들에게 복수를 해달라고 요청했던 건 감정에 치우쳐서 내 복수가 성공하지 못할까봐였는데 지금 보니 당신들은 아예 처음부터 복수를 해줄 생각이 없었던 거 아냐?"

"합리적인 복수가 가능하려면, 우선적으로 복수를 하게 된 이유와 대상자가 분명해야 합니다. 그런데 의뢰자님의 경우 그 두 가지가 모두 불분명합니다."

"그래서 내가 당신들에게 복수를 맡긴 거잖아!"

"솔직히 말씀드리면 지금 상황으로서는 의뢰자님의 복수를 하기 어렵습니다."

"그러면 그렇지. 이것들이 지금 나를 가지고 장난을 치고 있었네."

"죄송합니다. 의뢰자님께서 모르고 계신 사실을 말씀드려야 할지 말아야 할지 판단하느라 시간이 조금 걸렸습니다."

"도대체 뭘 어떻게 판단했다는 건데?"

"갑작스러운 질문이겠지만, 의뢰자님이 지난 20년 동안 어떤 일을 하셨는지 말씀해주실 수 있겠습니까?"

"자동차 부품을 만들어 납품하는 일을 하고 있는데, 왜? 그게 문제라도 되나?"

"작년에 대형트럭이나 시외·고속버스 사고 방지를 위해서 만들어진 AEBS(Advanced Emergency Braking System: 자동비상제동장치) 장착 비용을 정부 차원에서 50퍼센트 정도 보조해주었다는 이야기를 들었습니다. 덕분에 의뢰자님의 회사에선 그 부품들을 공급하느라 정신이 없었다고 들었는데, 맞습니까?"

"갑자기 그게 무슨! 그게 뭐 어쨌다는 건데?"

"사고가 났던 그 버스에도 의뢰자님 회사에서 납품했던 부품으로 만들어진 자동비상제동장치가 장착되어 있었습니다."

얼어붙었던 심장이 '쩍' 하며 몸뚱이에서 떨어져 나가는 소리가 들렸다. 그렇게 떨어져 나간 심장의 일부가 내 발등에 떨어져 산산조각이 나는 소리도 들렸다. 소리가 너무 컸던 걸까? 고막까지 떨어져 나간 듯 나는 아무 소리도 들리지 않았다. 아무것도 짐작할 수 없는 얼굴을 가진 사내는 그런 나를 무심히 바라보고 있었다. 나를 걱정하는 건지 나무라는 건지 알 수 없는 표정으로. 정부에서 지원금을 보조해준다는 소식에 너 나 할 것 없이 부품 생산 요청을 해왔고, 그 요청에 맞추느라 작년 한 해는 정말 눈코 뜰 새 없이 바빴다. 부품의 안전성보다 정해진 기간 안에 수량을 채워야 하는 것이 우선시되는 시간들이었다. 인력과 시간이 부족했지만, 안전성 테스트를 완벽하게 끝내지 못한 부품들이 납품되는 것을 어느 정도 용인했던 덕분에 정해진 기간 안에 주문 받았던 전량을 납품할 수 있었다. 일을 겨우 끝내고 고생한 직원들에게 보너스도 넉넉히 챙겨주었다. 혹여 제품에 불량이 나와 문제가 생기면 어쩌나 하는 생각은 꿈에도 하지 못했다. 만약 그런 문제가 발생한다 하더라도 우리 부품의 문제가 아니라고 우기면 그만이었다. 다행히 오늘 이 순간까지도 부품에 문제가 발생했다는 말은 듣지 못했다. 그런데, 지금 내 앞에 앉아 있는 이 기분 나쁜 사내는 왜 이런 이야기를 뜬금없이 꺼낸 걸까? 설마 내가 납품했던 부품이 불량이었기 때문에 사고가 난 거라고 말하고 싶은 걸까? 만약 그런 거라면 나는 지금 당장 이 사람의 멱살을 잡고 불같이 화를 내야 했다. 그런데, 왜 지금 나는 이렇게 넋을 잃고 앉아 있는 걸까? 왜일까?

"물론 그 부품의 문제 때문에 사고가 났다고 단언할 수는 없습니다. 다만, 자동비상제동장치라는 것이 운전자의 졸음운전으로 인한 사고를 막기 위해 만들어진 제품이라 제대로 작동이 되었더라면 지금과 같은 참사가 일어나지 않았을지도 모른다는 생각을 하게 된 겁니다. 그래서 저희 나름대로 담당 경찰관과 교통사고 전문가들, 그리고 보험회사 담당자들을 만나 의문을 제기했고, 비공개를 조건으로 사고 원인에 대해 면밀한 조사를 해볼 수 있었습니다. 안타깝게도 저희는 의뢰자님 회사에서 생산한 부품에 하자가 있었음을 확인할 수 있었습니다."

"그, 그런데 왜 그런 가능성에 대해서는 한 번도 언급이 되지 않았지?"

"담당자들 말이 그 당시 누구도 사고의 정확한 원인에 대해서 알려고 하지 않았다고 합니다. 만약 정확한 원인을 파악했더라도 모두가 책임 회피하기 바빴기 때문에 그 사실이 드러나는 것 자체를 원치 않았던 것 같습니다."

사실이었다. 아무도 사고의 정확한 원인에 대해서는 알려고 하지 않았다. 그 사고로 딸을 잃은 나조차도. 담당자들에게 찾아가 난동을 부리기는 했지만, 정확한 원인을 밝히려던 것이 아니라 그저 내 분풀이 대상을 찾고 있었을 뿐이다. 그래서 지금 나는 이곳에, 이 자리에 앉아 있는 것이다.

"그, 그러니까 나 때문에 내 딸이 죽었다는 겁니까?"

"물론, 직접적인 원인은 버스회사의 비상식적인 경영방침과 졸음운전을 한 운전자에게 있습니다."

말은 그렇게 했지만, 사내의 얼굴은 분명 내가 복수를 해야 할 대상은 다른 누군가가 아닌 나 자신이라고 말하고 있었다. 아니라고. 내가 납품한 부품에는 아무런 하자가 없었다고. 설사 하자가 있었더라도 내 딸의 죽음과 아무런 관계가 없다고 핏대를 세우고 싶었다. 하지만, 그럴 수가 없었다. 끝이 보이지 않는 저 가슴 밑바닥에서 시커먼 죄책감이 새벽안개처럼 묵직하게 피어오르더니 부지불식중에 내 머리 꼭대기까지 차올랐다. 문득 궁금해졌다. 이제 나는 누구에게 분노해야 하는 걸까? 누구에게 복수를 해야 하는 걸까?

"복수의 대상자가 불분명하다고 말씀드렸던 이유를 이해하셨으리라 믿습니다. 그럼에도 불구하고 이 복수를 계속 진행하기를 원하십니까?"

원합니다. 원하고말고요. 그 대상이 나 자신이라고 할지라도. 나를 죽여서라도 내 복수는 끝을 내야 합니다. 그렇지 않으면 나 자신이 시한폭탄이 되어 어디선가 누구에겐가 터져버릴지도 모릅니다. 그렇게 외치고 싶었다. 하지만 나는 한 마디도 하지 못했다. 머릿속에선 이미 제어할 수 없는 감정들이 나 자신을 난도질하기 시작했다. 만약 내가 그 부품을 원리 원칙대로 테스트를 했더라면 어땠을까? 진짜 아무런 일도 일어나지 않았을까? 내 딸 희연이가 수학여행에서 멀쩡히 돌아와 평소처럼 용돈을 달라고 떼를 쓰고 있을까? 누군가 내 심장을 갉아 먹고 있는 것이 분명했다. 숨이 막히더니 토악질이 나올 것 같았다. 아니 이대로 그냥 죽어버려도 좋을 것이다. 그럼에도 나는 이 복수를 계속해야 하는 걸까?

"이런 말씀을 드려야 할지 말아야 할지 저희도 고민을 많이 했습니다. 다른 사람들처럼 저희도 묻어두고 의뢰하신 일을 거절하려고도 했습니다. 하지만, 그럼에도 불구하고 이렇게 말씀을 드린 것은 그래야만 이런 사고들이 반복되지 않을 거란 믿음 때문입니다."

앞에 앉은 남자가 무어라 말을 하고 있었지만, 나는 무슨 말을 하는지 제대로 알아듣지 못했다. 아무것도 귀에 들어오지 않았다. 그러다 어디선가 사람이 아닌 짐승의 울음소리가 들리기 시작했다. 스탠드 하나밖에 없는 검은 어둠 속에서 그 흉측한 울음소리는 소름이 끼칠 정도로 처참하게 들렸다. 내 입가에 눈물이 스며들고 나서야 나는 그 짐승의 울음소리가 내 것이라는 사실을 깨달았다. 늘 이렇게 나는 뒤늦게 알아차리는 사람이었다. 그럼에도 울음을 멈출 수가 없었다. 어쩌면 처음부터 나는 이렇게 울고 싶었는지도 모르겠다. 내 고막이 찢어질 정도로 커진 울음소리가 이상하게 나를 위로해주는 기분도 들었다. 그런데 내가 이런 말도 안 되는 위로를 받아도 되는 걸까?

내가 그렇게 짐승처럼 울고 있는 동안에도 정체 모를 사내는 꼼짝하지 않고 내 앞에 앉아 있었다. 처음에는 그런 사내의 시선이 신경이 쓰이기도 했지만, 이내 그는 검은 방과도 같은 존재가 되어버렸다. 겨우겨우 내 울음소리가 잦아들 무렵 그가 갑자기 자리에서 일어나더니 어둠 속으로 사라졌다. 어디로 사라진 걸까? 고민하는 사이 그는 어두운 방구석 어딘가에서 네모난 티슈 박스를 가져와 조용히 내밀었다. 염치도 없이 그 티슈를 받아 들고 콧물과 섞여 끈적거리는 눈물을 닦아냈다. 내 앞에 어둠처럼 내려앉아 있는 사내의 시선을 고스란히 느끼면서 생각지도 않은 말이 내 입에서 튀어나왔다.

"이제 저는 어쩌면 좋을까요?"

복수의 대상이 내가 되어도 좋으니 내가 나를 단죄할 수 있게 해달라고 말하고 싶었던 걸까? 부끄럽고 참담했다. 사실 나는 그 누구에게라도 매달려서 나를 어떻게 좀 해달라고 애원하고 싶었다. 다행히 아무것도 짐작되지 않았던 그 사내가 기다렸다는 듯 자세를 바꾸더니 내 앞으로 불쑥 얼굴을 내밀었다. 그렇게 얼굴을 빤히 쳐다보며 내게 말했다.

"오늘 알게 된 사실들을 세상 모든 사람들이 알 수 있도록 해주실 수 있겠습니까?"

"내가 내 딸을 죽였다고 광고라도 하란 말입니까?"

"따님의 죽음은 안타깝지만 사회적으로 의미 있는 죽음이라고 생각합니다. 따님의 죽음으로 사람들은 버스회사의 횡포를 알게 되었고, 근무 환경이 얼마나 중요한지 알게 되었습니다. 덕분에 계약직 노동자들에 대한 처우 개선 목소리에 힘이 실리게 되었고, 근무시간 단축 이슈와 함께 노동자 인권에 대한 논의도 사회 곳곳에서 이루어지고 있습니다. 물론 이번 사건으로 모든 것이 바뀌지는 않겠지만, 이런 사건들로 인해 사람들의 인식이 조금씩 바뀌게 되면서 개선의 필요성을 느끼게 될 겁니다. 어쩌면 저와 여기에 있는 사람들은 그 작은 변화를 위해 이런 일을 시작했는지도 모릅니다. 완벽한 복수를 한다고 해도 이미 일어난 불행한 사고는 돌이킬 수 없습니다. 하지만 그로 인해 세상이 조금이라도 달라질 수 있다면 따님의 죽음은 가치 있는 죽음이 되지 않을까요?"

"그러니까 내 죄를 온 세상에 자백하고 이런 안일함이 얼마나 끔찍한 결과를 낳는지 세상 사람들에게 똑똑히 보여줘라?"

"그게 저희가 생각한 최선의 복수 방법이었습니다. 하지만 의뢰자님 입장에선 잔인한 일이 될 겁니다. 만약 감당할 수 없다고 생각하신다면 하지 않으셔도 됩니다. 저희 역시 여기서 멈추고 없었던 일로 하겠습니다."

"해보죠. 그게 얼마나 더 잔인한 일인지 모르겠지만."

"의뢰자님의 사업에 큰 타격이 올 수도 있고, 버스회사나 AEBS 제품 회사로부터 고소를 당하실 수도 있습니다. 괜찮으시겠습니까?"

차마 대답은 못 했지만 내 무거운 고개는 끄덕거렸다. 그제야 사내는 자세를 고쳐 앉으며 그 방법에 대해 설명하기 시작했다. 물끄러미 사내의 건조한 얼굴을 보고 앉아 있자니 한 번도 받아본 적 없는 이상한 위로를 받았다. 그가 어설픈 위로의 말을 하는 사람이었다면 나는 지금 이곳에 앉아 있지도 못했을 것이다. 감정에 휘둘려 다시 누군가의 멱살을 잡거나 나 자신을 학대했을지도 모르겠다. 적어도 내게는 남자의 담담한 표정과 잔인해 보일 만큼 무례한 요구가 어설픈 위로보다 훨씬 더 필요했던 것이다.

아무것도 짐작되지 않았던 사내의 말대로 그날 저녁 나는 바로 신문사를 찾아가 인터뷰를 요청했다. 기자는 흥분한 목소리로 이틀 뒤 기사가 나가게 될 거라며 이 사실을 뒷받침할 수 있는 후속 자료와 취재를 요청했다. 이틀 뒤 나는 딸이 잠들어 있는 납골당에 찾아가 용서받지 못할 용서를 빌었다. 떨어지지 않는 발걸음을 겨우 부여잡고 집으로 돌아오는 길, 형벌처럼 카메라를 든 사람들이 집 앞에서 나를 기다리고 있는 것이 보였다. 생각했던 것보다 사회적인 반향이 컸던 걸까? 어떻게 집에 들어가야 할지 몰라 망설이고 있는데, 복수전자에서 만났던 사람들이 내게 다가와 기자들로 둘러싸인 집 앞을 무사히 통과할 수 있게 도와주었다. 마치 보디가드처럼. 그렇게 기자들을 겨우 따돌리고 집으로 들어와 신문기사들을 찬찬히 훑어보았다. 처음에는 이 참혹한 비극에 대해 그 누구도 제대로 된 질문을 하는 이가 없었다. 대신 입에 담지도 못할 말들을 그냥 써 재끼는 사람들이 나타나기 시작했다. 덕분이었을까? 관련기사는 시간이 갈수록 뜨거워졌고, 어느새 사회면 메인으로 부상해버렸다. 그제야 이 비극의 핵심을 찌르는 기사들이 하나둘씩 생겨나기 시작했다. 기자들은 관련 업체들의 입장표명을 요청했지만, 예상했던 대로 그들은 침묵했다. 그러자 정부의 AEBS 지원 방식에 대한 비판까지 이어졌다. 아마도 복수전자 사람들의 숨겨진 노력이 힘을 발휘했을 것이다. 그렇게 기사의 판도를 읽느라 밤을 꼴딱 새우고 난 뒤, 나는 신문사 기자들에게 납품했던 업체 명단을 첨부해 이메일 하나를 보냈다. 그 업체들로부터 부품을 전량 회수하고 그에 따른 비용을 지불하기 위해서였다. 내가 이런다고 해서 내 딸 희연이가 다시 살아 돌아오진 않겠지만, 지금이라도 잘못된 것은 바로잡고 싶었다. 그렇게 나를 향한 나의 복수는 거침없이 이어졌다. 내 복수의 끝이 어디까지일지 짐작조차 할 수 없지만, 이렇게라도 아주 작은 변화가 시작될 수 있다면 그것으로 내 복수는 성공한 것 아닐까? 내게 닥친 불행이 어디선가 누군가에게 다시 반복되지 않기를 바라는 마음. 어쩌면 그 마음이 복수전자 사람들이 바라던 진정한 복수일지도 모르겠다.

6. 불행하다

"도대체 여긴 재능 기부하는 사람들이 얼마나 있는 거야?"

"의뢰를 하고 목적을 달성한 사람들의 숫자만큼?"

"그럼 복수 성공률은 얼마나 되는데?"

"99프로?"

"그게 가능해? 홍보용 말고 진짜 성공률 말이야."

"실패할 만한 건 아예 시작하지 않으니까."

"그럼 성공 못한 케이스가 한두 건 정도밖에 안 된다는 거야?"

"내가 알기론 한 건."

"그건 왜 성공 못한 건데?"

"의뢰자가 죽었거든."

성우는 더 캐묻고 싶었지만, 애써 참았다. 만약 의뢰자가 죽지 않았다면, 그 복수는 성공했을까? 의뢰자가 죽었으니 엄밀히 따지면 실패도 아니었는데 요셉은 그 건을 실패라고 단정했다. 아마도 복수전자의 복수 원칙 중 가장 중요한 것을 지키지 못했기 때문일 것이다. 어쨌든 복수전자에서 설계하고 실행했던 복수는 단 한 번도 실패한 적이 없다는 얘기였다. 성우는 그 사실이 왠지 모르게 불편했다. 세상에 완벽한 것은 없고, 그 완벽은 언제고 무너지기 마련이다. 그런 생각이 들자 성우는 괜히 어깃장을 놓고 싶었다. 짜증이었을까?

"근데 좀 재수가 없네. 여기 재능 기부하는 사람들."

"의식의 흐름이 왜 또 그렇게 가지?"

"서로 약간 공범이 된 것 같은 느낌 때문인가? 자기 일 끝났으면 각자 쿨하게 빠이빠이 하면 될 텐데 왜 다들 이런 일에 끼어들고 싶어 하는지 모르겠다고."

"그렇게 말하는 너는 왜 여기서 이러고 있는 건데?"

"나야 잘하고 있나 의뢰자 입장에서 감시도 하고 얼마나 시스템이 잘 돌아가고 있는지 확인하고 있는 거잖아. 사실 이번 사건 보고 좀 놀랐거든. 파장이 생각보다 커서. 이번처럼 사회적 파장이 컸던 사건들이 또 있었나?"

"그건 또 왜 궁금한데?"

"뭔가 여기 사람들은 그런 만족감도 있는 거 같아서. 드러나지는 않게 자신들이 세상을 움직이고 있다는 뭐 그런 영웅심?"

"맘대로 생각해. 뭐든 다 자기 수준으로 생각하기 마련이니까."

"아주 조금은 그런 맘도 있을 것 같은데, 아니야?"

"아니야."

"사람이 참 솔직하지 못하네."

"여기 복수전자 사람들도 너 못지않게 감당하기 힘든 상처를 안고 살았고, 그런 상처를 극복하기 위해 최선을 다했던 사람들이야. 의뢰를 했던 사람들도 마찬가지고. 그런 사람들의 심정을 이해는 못하더라도 그렇게 천박하게 매도하지는 마."

"넌 도대체 무슨 상처를 어떻게 받아서 성격이 그렇게 된 건데?"

"내가 뭘?"

"넌 그냥 꼴리는 대로 살고 있는 거라고 하겠지만, 내가 보기에 너 자신이 사람들을 두려워하는 것처럼 보인다고. 마치 무슨 전염병이라도 걸린 사람처럼. 뭐가 그렇게 두려운 건데?"

성우의 말이 대답할 가치도 없다는 듯 요셉은 자리에서 벌떡 일어났다. 그러고는 성우가 무어라 다른 말을 하기 전에 그냥 안채로 들어가버렸다. 성우는 그럴 줄 알았다는 듯이 한숨을 쉬다가 도팔과 눈이 마주쳤다. 도팔도 성우를 따라 한숨을 쉬었다.

"제 말이 틀렸어요?"

"내 보기엔 둘이 완전 똑같아."

"뭐가요?"

"둘이 너무 똑같으니까 맨날 으르렁거리는 거 같다고."

"그럴 리가요. 저런 독설 자판기랑 제가 같다니 말도 안 되죠."

"요셉이 말은 따갑게 해도 마음은 따뜻한 사람이잖아."

"마음이 어떤지까지는 모르겠는데, 도대체 왜 저렇게 된 거래요?"

“나도 자세하게는 모르는데, 얼핏 듣기로는 어렸을 때 아버지한테 엄청난 학대를 받았다나봐. 하마터면 죽을 뻔도 했고.”

“어머니는요?”

“여동생을 낳다가 돌아가셨다지, 아마?”

“여동생은요?”

“여동생도 아주 어렸을 때 죽었다고 들었고.”

“그럼 그런 아버지랑 둘만 남은 거예요?”

“아버지도 그렇게 학대만 하다가 열두 살 때인가 갑자기 돌아가셨다고.”

가족들이 모두 다 죽고 혼자 남은 열두 살 남자아이. 문득 장례식장에 덩그러니 홀로 남겨졌던 어린 시절 자신의 모습이 떠올랐다. 그때 성우의 감정은 슬픔이라기보다 공포 그 자체였다. 그런 공포를 요셉은 세 번이나 겪었다. 그것도 까마득히 어린 나이에. 슬픔보다 공포를 먼저 습득한 아이는 어른이 되어서도 행복한 삶을 누리기 힘들다. 그래서 뾰족한 가시를 돋우고 자신의 상처 안으로만 파고드는 것이다. 더벅머리와 안경으로 가려진 요셉의 눈동자에는 그래서 늘 예민한 공포와 분노가 도사리고 있었다. 어쩌면 공포와 분노는 처음부터 끝까지 같은 감정인지도 모르겠다. 공포가 먼저인지 분노가 먼저인지 정확하진 않지만, 상처 받는 사람들의 마음 모양에 따라 공포였다가, 분노였다가 아주 드물게 슬픔이 되기도 한다. 그런 의미에서 복수는 상처 받은 사람들이 가장 마지막 단계에 꺼내 드는 생존카드인지도 모른다. 그래서 더 간절하고 절실하다. 성우도 그랬다. 공포와 절망적인 죄책감에 뒤범벅이 되어 숨조차 쉬기 힘들 때 살기 위해 선택할 수 있는 것은 아버지에 대한 복수, 그것밖에 없었다. 성우는 자신보다 더 깊은 상처를 가지고 있을지 모르는 요셉이 그 상처들을 어떻게 극복하고 있는지 궁금했다. 요셉에겐 이제 복수할 대상마저 없을 테니까. 분노와 다르지 않은 공포를 감추기 위해 고양이 발톱처럼 날카로워진 요셉을 보며 성우는 안쓰러운 마음도 들었다. 반전의 반전을 일으키는 스펙터클한 영화나 드라마 속 복수처럼 통쾌한 결말을 만들어내지는 못하겠지만, 복수를 한다는 것 자체로 절망에 빠진 사람들은 살아갈 이유를 얻기도 한다. 그래서 성공률 99퍼센트라는 복수전자의 복수는, 복수가 아니라 조금은 다른 모양의 위로일지도 모른다.

##

"기승만과 한집에서 가족이라는 구성원으로 살아가다 보면, 복수라는 게 아무 의미 없게 느껴질 수도 있을 겁니다. 만약 그런 순간이 다가오면 미련 남기지 말고 바로 복수를 접어도 됩니다. 아무도 뭐라 하지 않을 테니."

"혹시 그렇게 만들고 싶어서 시간을 끌고 있는 건 아니죠?"

"복수를 강요하고 싶진 않은 겁니다. 우리에게 진짜 중요한 건 복수가 아니라 의뢰자들의 마음의 평화니까요."

"좀 웃기네요. 몸에 나쁜 담배를 팔아놓고 막상 담배를 피우려고 하니까 건강에 좋지 않으니 담배의 해로움에 대해 가장 끔찍한 방법으로 경고하는 것 같아서. 예전부터 느꼈던 건데 여기 계신 분들 복수에 너무 많은 의미를 부여하는 거 아닌가요? 그냥 복수는 복수일 뿐이에요. 제발 검게 그을린 복수를 너무 하얗게 포장하려고 하지 마세요. 어차피 복수는 다 검은 마음에서 출발하는 거 아닌가요?"

"검은 마음이라."

"여기 사람들이 하는 복수가 정의를 실현한다고 착각하지 말라는 말이에요."

"정의라는 게 뭘까요?"

"입장에 따라 달라지는 거?"

"맞아요. 정의라는 거, 선과 악이라는 거 모두 어쩌면 한마디로 정의하기 어려운 개념이죠. 그래서 저는 그 개념을 선과 악이라는 극단적인 단어로 표현하지 않고 두 개의 마음이 어느 한편으로 기울어지는 거라고 생각합니다. 정의라는 것 역시 일방적인 선과 악의 잣대로 세우는 게 아니라 기울어진 마음의 균형을 맞추기 위한 거라고. 어쩌면 복수도 같은 개념 아닐까요?"

균형을 맞추는 것. 테오는 성우에게 복수는 균형을 맞추는 일이라고 말했다. 그 과정 속에서 바닥으로 떨어진 사람들의 마음을 끌어올리고 하늘 높은 줄 모르고 치솟는 욕망과 이기심을 끌어내리는 것. 성우는 복수전자가 품고 있던 시소와 지울의 존재를 그제야 떠올렸다. 그들의 복수가 뜨겁지 않고 차가울 수밖에 없는 이유도 거기에 있었다. 감정이라는 것도 균형이 어긋난 마음이기 때문에 복수전자 사람들은 균형을 맞추기 위해 누구보다 신중하게 마음의 평정을 유지하고자 하는 것이다. 그런데 그런 복수전자 사람들의 어렵고 지루한 복수가 과연 의뢰자들의 영혼을 구원할 수 있을까? 성우는 그게 여전히 의심스러웠다.

##

"아저씨, 지난번에 통아몬드 당첨되었는데 사람이 너무 많아서 그냥 갔던 사람인데요. 지금 타로점을 봐주실 수 있나요?"

"조금 전까지만 해도 정신없었는데, 학생이 오늘 운이 좋네."

"다행이다. 그럼 일단, 붕어빵 2천 원어치 주세요."

보미의 말에 붕어빵 장수는 조금 전에 뒤집은 붕어빵을 쇠꼬챙이로 살짝 들어본다. 꼬챙이로 내려놓으며 조금 더 익어야겠다는 신호를 보낸다. 보미가 기다리겠다는 뜻으로 고개를 끄덕이자, 붕어빵 장수가 앞치마 주머니에서 타로 카드를 꺼냈다. 쇠꼬챙이를 잠시 내려놓고 부채처럼 능숙하게 타로 카드를 펼치며 말했다.

"자, 우리 학생은 뭐가 궁금하지?"

"제가 좋아하는 사람이 있는데 그 사람도 저를 좋아할까요?"

"그럼 그 생각을 하면서 카드 세 장을 골라볼래?"

보미가 타로 카드를 잡아먹을 기세로 노려보다가 세 장의 카드를 겨우 뽑았다. 세 장의 카드를 받아 들고 붕어빵 장수는 붕어빵을 종이봉투에 담았다. 그러고는 다시 타로 카드 세 장을 보더니 보미를 힐끗 쳐다봤다. 긴장한 보미의 얼굴이 귀여워 보였는지 살짝 입꼬리를 올리며 말했다.

"일단, 우리 학생 약간 위험한 사랑에 빠져 있는데?"

"네? 뭐, 뭐가 위험해요?"

"상대방이 꽤 위험한 일을 하는 사람인 거 같다고. 이 전차 카드는 용맹함을 상징하지만, 다른 사람 입장에서 보면 위험할 수도 있거든. 도대체 뭐 하는 사람이지? 이 사람은."

"하하, 그렇게 위험한 사람은 아닌데. 오히려 저는 울 요셉 오빠가 나한테는 좀 위험한 사람이었으면 좋겠는데."

"짝사랑 같은 건가?"

"그, 그렇다고 볼 수 있죠."

"지금은 마음이 없는 것처럼 보이지만, 이 사람 언젠가는 마음을 열 거야. 원래 사람들한테 마음을 열기 힘든 사람들이 있거든."

"맞죠? 저도 그럴 줄 알았다니까요! 감사합니다. 아저씨 덕분에 용기를 얻었어요."

"근데, 학생 집이 이쪽인가? 매일 보는 거 같아서."

"하하, 아뇨. 저희 요셉 오빠 보러 매일 지나가는 길이에요."

"어딘데?"

"저기 일손카센터 있는 건물 아시죠? 거기 복수전자에서 일하는 오빠거든요."

"아, 거기! 근데 거기서도 붕어빵 팔지 않나?"

"네, 맞아요. 근데 어떻게 아셨어요? 외진 곳이라 손님도 별로 없는 편인데.”

“여기서 장사하기 전에 이 구역 싹 돌면서 주변에 붕어빵 집이 있나 알아봤거든.”

“언제 한번 붕어빵 드시러 오세요. 여기만큼은 아니지만 제법 괜찮은 편이거든요.”

갑자기 몰려든 손님들 때문에 붕어빵 장수는 보미에게 알겠다는 말도 하지 못하고 고개를 끄덕이며 붕어빵 틀에 밀가루 반죽을 부었다. 타로점 덕분에 기분이 좋아진 보미는 따뜻한 붕어빵 봉지를 한쪽 손에 들고 폴짝폴짝 뛰기 시작했다. 타로점 결과에 들뜬 마음도 마음이지만, 붕어빵이 식기 전에 요셉에게 가져다주고 싶은 마음이 더 컸다.

##

성우는 기승만과 같은 집에 살고 있었지만 서로 부딪칠 일이 거의 없었다. 어떻게든 마주쳐야 무엇이든 해볼 수 있다는 생각에 성우는 틈틈이 기회를 엿보았다. 다행히 며칠 지나지 않아 좋은 기회가 찾아왔다. 기승만이 보좌관과 함께 평소보다 조금 일찍 집에 귀가했기 때문이다. 아마도 옷을 갈아입고 다시 저녁 약속에 나갈 것으로 보였다. 성우는 오랜만에 기승만을 보게 되자 마음이 조급해졌다. 2층 계단에서 기승만이 옷을 갈아입고 나오기를 기다리다가 거실에서 기승만을 기다리던 보좌관과 눈이 마주쳤다. 보좌관은 처음엔 당황하더니 바로 표정을 수습하고 짧은 목례를 했다. 보좌관은 성우를 잘 알고 있는 사람이었다. 성우가 경찰서에 잡혀갈 때마다 돈 봉투를 가지고 달려오던 양복 입은 남자가 바로 지금 거실에 서 있는 보좌관이었기 때문이다. 항상 경찰서에서만 보다가 이렇게 기승만 집 거실에서 성우를 보게 되었으니 어색할 수밖에 없었다. 성우는 멋쩍은 웃음을 보이며 2층 계단을 사뿐사뿐 내려왔다. 성우가 계단을 한 칸 한 칸 내려올 때마다 보좌관은 제발 다가오지 말았으면 하는 표정으로 눈을 깜박거렸다. 성우가 계단을 내려와 서슴없이 보좌관에게 다가가자 보좌관은 자기도 모르게 뒷걸음질 쳤다. 성우는 장난스러운 미소를 지으며 보좌관 두 걸음 전에 멈춰서 깊은 목례를 했다. 당황한 보좌관은 얼떨결에 목례를 따라 했다. 어색한 기류가 넘치기 직전, 기승만이 방에서 나왔다. 기승만이 성우에게 눈길도 주지 않고 나가려고 하자 보좌관이 오히려 난처한 표정을 지었다. 그 작은 틈을 성우는 놓치지 않았다.

"드릴 말씀이 있습니다. 아버지!"

아버지? 성우는 자신이 아버지라고 불러놓고도 깜짝 놀랐다. 아버지라니! 얼마 만에 불러보는 이름인지 기억조차 나지 않았다. 기승만도 놀랐는지 걸음을 멈추고 성우를 돌아봤다.

"갔다 와서 하도록."

한마디를 남기고 기승만은 보좌관을 꼬리표처럼 달고 사라졌다. 성우는 그제야 안도의 한숨을 쉬었다. 기승만이 자신의 말에 어떤 방식으로든 반응을 보였다는 것에 만족한 것이다. 어렵게 말을 걸었는데 기승만이 대꾸도 없이 나가버릴까봐 성우는 사실 조마조마했었다. 그러다 기승만의 말 한마디에 감정적 호들갑을 떨고 있는 자신이 한심한 생각도 들었다. 아직 아버지와 싸울 준비가 되지 않은 걸까? 성우는 겁이 났다. 아버지라는 이유만으로 이번에도 자신이 아무것도 하지 못하게 될까봐.

##

"내게 그런 말을 하는 의도가 뭐지?"

"아직 저를 믿지 못하시는 거 압니다. 그래서 나름의 노력을 하고 있다는 걸 알아주셨으면 합니다."

"사실 그 친구가 다른 맘을 먹기 시작했다는 건 이미 예상하고 있었어. 확증이 없었을 뿐. 그래서 어떻게 처리해야 할지 고민 중이었고. 그런 이야기를 너한테 들으니 내가 오히려 오해를 한 게 아닌가 싶은데?"

"오해도 모함도 아니라는 거 잘 알고 계시리라 믿습니다."

"그러니까 내 말은 나한테 이러는 이유가 뭐냐고?"

"아버지에게 쓸모 있는 사람이 되고 싶습니다."

"내가 가진 걸 이제 너도 누리고 싶다는 거냐?"

"정확하진 않지만 비슷합니다."

"그게 그렇게 쉽게 얻어질 수 있는 건 아닐 텐데?"

"쉽게 얻으리라 생각하진 않습니다."

"좋아. 그렇다면 보좌관 그 친구는 어떻게 처리하면 좋을까?"

"제가 직접 처리하기를 원하시는 겁니까?"

"네 의도가 뭐든 너란 인간이 뭘 할 수 있을지 궁금한 거지."

"일종의 테스트 같은 거군요? 제가 쓸모 있는 사람인지 아닌지."

"이제야 좀 말귀를 알아듣는군."

기승만에게 꾸벅 인사를 하고 뒤돌아 나오면서 성우는 등골이 축축해졌다. 기승만의 기에 눌려서 그런 것이 아니라 테오가 예상했던 반응과 실제 기승만의 반응이 일치했기 때문이다. 테오가 자신보다 아버지에 대해 더 잘 알고 있다는 사실이 성우는 놀라우면서도 당황스러웠다. 마치 테오가 각본을 쓰고 그 각본에 맞게 연기를 하는 배우가 된 느낌이었다. 이제 성우는 기승만이 보기에 흡족한 결과를 만들어내야 한다. 아찔했다. 성우는 아버지 기승만의 마음을 사기 위해 노력하다가 정말로 자신이 기승만에게 쓸모 있는 사람이 될까 겁이 났다. 차가운 복수가 어려운 이유는 복수를 위해 그 어떤 것도 할 수 있다는 뜨거운 의지마저 차갑게 식어버릴 수 있기 때문이다. 성우는 그제야 알았다. 그만두고 싶을 땐 언제라도 그만두라고 했던 테오의 말이 배려가 아니라 무거운 경고였다는 것을.

아버지 기승만의 눈에 들기 위해 성우는 우선 보좌관에 대해 면밀히 파악해야 했다. 마침 복수전자에서 보좌관에 대한 정보를 간략하게 정리해서 보내주었다.

보좌관 김중석. 성별 남자. 35세. 법학과에 입학했으나 개인 사정으로 중퇴. 미혼. 야당 국회의원 선거캠프에서 활동하다가 후보가 당선되면서 보좌관이 됨. 보좌관 활동을 하면서 유능함을 인정받아 여당 후보인 기승만에게 스카우트된 케이스. 입이 무겁고 감정 표현을 잘 하지 않지만 실행능력이 뛰어난 편. 어떤 식으로든 자신의 욕망을 표현하지 않아 아랫사람으로 부리기 껄끄러운 경향이 있음. 스카우트되기 전 보좌관으로 일했던 야당 국회의원의 지역구가 바뀌면서 기승만과 같은 지역구에서 출마하게 됨. 현재 전 보좌관으로 일했던 야당 국회의원이 은근한 러브콜을 보내고 있으며 실제로 비밀스럽게 미팅을 하기도 함. 아직 마음을 바꿀 의사가 있는지 확인되진 않았으나 심각하게 갈등하고 있다고 추측됨. 기승만이 당선될 유력한 후보이긴 하지만, 기승만의 비리가 밝혀질 경우 야당 국회의원이 선거에서 이길 수도 있는 상황. 보좌관의 선택이 국회의원 당선에 큰 영향을 끼칠 수 있다고 판단됨. 때문에 기승만도 이 보좌관을 예의 주시하고 있음. 현재 의뢰인의 입장에선 야당 의원 후보에게 보좌관이 넘어갈 것이냐 아니냐를 판단하기보다 보좌관이 야당 의원 후보에게로 마음이 돌아섰음을 기승만이 확신하게 만드는 것이 중요한 상황. 더불어 보좌관의 숨겨둔 욕망이 무엇인지 파악하는 것이 숙제.

성우는 보좌관에 대한 파악을 얼추 끝내고 본인이 직접 보좌관의 일거수일투족을 감시하기 시작했다. 항상 누군가의 감시만 받았던 성우였던지라 묘한 쾌감이 들기도 했다. 그런 면으로 보면 인간은 이해할 수 없는 다채로운 쾌감을 가지고 있어 더 불행한 존재인지도 모르겠다. 며칠을 그렇게 지켜보고 나니 성우는 이제 보좌관이 원래부터 잘 알고 있던 사람처럼 느껴졌다. 마치 드라마를 보다가 한 캐릭터에 빠져버린 드라마 덕후처럼. 누군가 나를 감시하던 사람도 그랬을까? 성우는 생각하고 싶지도 않다는 듯 고개를 절레절레 저었다. 어느 정도 보좌관이 성우의 감시를 눈치챘을 무렵, 성우는 퇴근하는 보좌관 앞에 불쑥 나타났다. 보좌관은 예상대로 전혀 놀라지 않았다. 덕분에 어색한 인사 따위는 생략하고 단도직입적인 대화로 들어갈 수 있었다.

"앞으로 어떻게 하실 건가요?"

"갑자기 그게 무슨 뜻이죠?"

"서창석 후보 쪽에서 보좌관님께 러브콜을 보냈다고 들었습니다."

"의원님께서 보내신 건가요?"

"그렇다면요?"

"의외군요. 의원님이 직접 말씀하실 줄 알았는데."

보좌관은 말간 눈으로 성우를 쳐다봤다. 보좌관은 기승만과 성우의 관계를 누구보다 잘 알고 있는 사람이었다. 그의 반응이 당연했지만, 성우는 이상하게 기분이 나빴고, 덕분에 알아차릴 수 있었다. 보좌관 역시 자신의 질문에 기분 나빠 하고 있다는 것을.

"아버지 말씀도 있었지만, 저 또한 궁금했어요. 보좌관님이 어떤 선택을 하실지."

"그래서 며칠 동안 제 주변을 맴돌았던 건가요?"

"네."

"좋아요. 근데 성우 군은 그게 왜 궁금하죠?"

"보좌관님의 선택에 따라 제 선택도 달라질 테니까요."

"집에 돌아왔다고 해서 의아하게 생각했었는데, 이젠 완전히 아버지와 같은 사람이 되기로 작정한 건가요?"

"아버지 같은 사람이 되고 싶다기보다, 아버지가 가진 것들을 이제 저도 가지고 싶어졌다는 게 더 정확하겠죠."

"그럼 아셔야 할 텐데요. 의원님이 어떤 사람인지."

"물론, 잘 알고 있죠. 그래서 더 보좌관님 선택이 궁금한 거구요."

"저는 사실 타이밍을 보고 있었습니다. 장관 후보가 되시면 떠날 생각이었거든요."

"역시, 그랬군요."

"의원님 같은 분을 적으로 두고 싶지는 않거든요."

"예전에 저를 굉장히 한심하게 보셨겠네요."

"아뇨. 무모할 정도로 용감한 사람이라고 생각했죠. 의원님이 아들이라고 해도 가차 없는 사람이란 걸 잘 알고 있으니까요."

"아버지는 장관이 되고 싶어 하세요. 뭐 저보다 더 잘 알고 계실 테지만."

"물밑 작업이 거의 끝난 상태긴 하죠."

"그런데 왜 아버지는 저를 보좌관님한테 보낸 걸까요?"

"저를 감시하면서 성우 군을 테스트해보시겠다는 거겠죠."

"역시."

"그래서 저한테 원하는 게 뭐죠?"

"일단, 아버지에게 가셔서 보좌관 직을 그만두겠다고 말씀하세요. 그 이유를 물으시면, 제가 보좌관님을 배신자로 확정하고 지금 당장 보좌관 직을 그만두라고 했다고 말씀하세요. 그리고 아버지와 관련해서 조금이라도 정보를 흘린다면, 보좌관님도 무사하진 못할 거라 협박까지 했다고."

"근데 그게 협박이 될까요? 오히려 제가 성우 군을 협박하는 게 그럴듯한 상황인데."

"보좌관님도 정치적인 야망을 가지고 있다고 알고 있습니다. 어찌 되었든 저는 여기서 잘못된다고 해도 잃을 게 없지만, 보좌관님은 정치적인 생명을 가져보지도 못하고 잃을 수 있겠죠."

성우의 말에 여유로워 보이던 보좌관의 얼굴이 살짝 굳었다. 성우는 그럴 줄 알았다는 듯 싱긋 웃으며 하고 싶은 이야기를 마저 했다.

"라고 협박했다고 하시면 되겠네요."

그제야 보좌관은 숨을 쉬었다. 보좌관은 성우를 철없는 반항아로 생각했던 자신을 잠시 반성했다. 그리고 인정했다. 성우가 기승만의 아들이라는 사실을.

"여기서 가장 중요한 것은 제가 아버지를 위해 이런 어이없는 협박까지 했다는 걸 보여줘야 한다는 겁니다."

"그런다고 순순히 저를 놔주실까요?"

"그럼요. 보좌관님에게 저라는 족쇄를 채운 거나 다름없으니."

"그렇다고 해도 제가 상대편 진영에 갔다는 것 자체를 용납 못 하실 것 같은데."

"그렇게 생각하지 않으실걸요? 만약 조금이라도 아버지에게 문제가 발생할 경우 뒤집어씌울 사람이 생겨서 다행이라고 생각하실 겁니다."

"아, 그럴 수도 있겠군요."

"어쨌든 보좌관님이 떠나신 건 저 때문이니 먼저 해코지를 하진 않으실 거예요."

"좋아요. 그렇다 치고 저한테 원하는 게 그게 다는 아니겠죠?"

"물론, 하나 더 있죠."

"그게 뭐죠?"

"혹시, 저와 아버지 사이에 있었던 일에 대해서 보좌관님은 어디까지 알고 계신가요?"

"글쎄요. 저도 들은 게 별로 없어서. 그저 성우 군이 집에 불을 지른 적이 있고, 그 일로 성우 군이 정신과병원에 가게 되었다는 것까지만 알고 있어요."

"그 이야기를 야당 쪽 다른 보좌관들에게 슬쩍 흘려주실 수 있을까요? 시기는 제가 알려드릴 테니."

"혹시 장관 후보 청문회 때문에?"

"네, 맞습니다."

"누가 봐도 제가 의심받을 상황일 텐데요."

"상세한 내막은 잘 모르신다면서요? 그리고 그 얘기는 사실 비밀이라고 할 수도 없어요. 기사만 검색해보면 다 아는 내용이니까. 타이밍이 중요할 뿐이죠. 그저 그런 소문이 있다는 것만 사람들에게 일깨워주면 됩니다. 만약 아버지가 그 소문의 진원지를 찾다가 보좌관님에게 화살을 돌린다면 솔직히 말씀하셔도 좋아요. 제가 시킨 거라고."

"제가 이 제안을 거절한다면 앞에 하셨던 이야기는 많이 달라질 수도 있는 건가요?"

"제가 아버지에게 하는 이야기가 달라질 테니, 아무래도 그렇겠죠?"

"지금 보니 성우 군은 아버지를 정말 많이 닮으셨네요."

"칭찬으로 받겠습니다. 제가 아버지와 같은 생각을 하고 같은 행동을 하기 위해서 엄청나게 노력한 결과거든요."

의뢰자 261. 정혜영

악마들이 곧 출소한다. 고작 여섯 살밖에 되지 않았던 내 딸 서연이를 난도질한 것도 모자라 손가락까지 잘라 전시품처럼 나누어 가졌던 악마들이. 언젠가 이런 날이 올 줄 알고 있었지만, 마치 그날이 다시 온 것처럼 피가 거꾸로 솟구쳤다. 악마들이 경찰에 잡혔을 때도 그랬다. 경찰들은 이상하게 지옥으로 보내버려야 할 악마들을 피해자보다 더 챙겼다. 그들에게도 인권이 있다는 이유로 내 딸과 내 인권을 갈기갈기 찢어버린 그 악마들을 재판정에 세우는 아량까지

베풀었다. 배려 깊은 검사가 악마들에게 물었다. 왜 서연이를 죽였냐고. 나는 그 질문에 악마들이 대답을 하지 못할 거라 생각했다. 그런데 악마 중 하나가 눈 하나 깜짝하지 않고 대답했다. 궁금했어요. 사람을 죽이면 어떻게 되는지. 열일곱 살 여학생 입에서 그렇게 무시무시한 말이 튀어나올 줄은 몰랐다. 짐승처럼 울부짖었다. 나조차 알아듣지 못하는 내 절규를 들으면서 악마들은 오히려 비웃었다. 분노의 불꽃으로 춤을 추던 나는 결국 누군가에게 잡혀 재판정 밖으로 끌려 나갔다. 그렇게 악마들은 인권이 보장되는 재판정을 거쳐 감옥이라는 안전한 공간에 자신들의 악마 같은 영혼을 숨겼다.

아직도 이해할 수 없는 것은 그런 악마들에게 고작 15년 형이 내려졌다는 것이다. 재판을 받는 내내 10대 소녀의 껍질을 쓰고 앉아 나를 포함한 모든 이들을 조롱하던 악마들은 판결을 받자마자 나를 죽일 듯이 노려봤다. 그 섬뜩한 얼굴을 지금도 잊을 수가 없다. 결국 악마들은 15년 형을 받아들일 수 없다며 항소했다. 법의 심판이 아니라 법의 보호를 받았던 악마들은 결국 그 법을 이용해 자신들의 형량을 어떻게든 줄여 나갔다. 마침내 10년. 마지막 항소심에서 10년 선고를 받았음에도 불구하고 악마들은 세상에서 제일 억울한 표정을 지었다. 차라리 만족스러운 웃음을 보였다면 조금 나았을까? 그날 이후 나는 하루하루가 지옥이었지만, 그 하루하루가 사라지는 것이 안타까웠다. 악마들의 출소일이 하루하루 다가오고 있었기 때문이다.

##

10년을 어떻게 보냈는지 기억나지 않는다. 분명한 것은 감옥에 숨어 지내던 그 악마들보다 나와 내 남편의 세월이 더 가혹했다는 것이다.

"서연이네 사람들!"

서연이가 죽고 얼마 지나지 않아 이사를 할 수밖에 없었던 이유는 온 동네 사람들이 나와 남편을 '서연이네 사람들'이라고 부르며 손가락질하기 시작했기 때문이다. 이상했다. 아니 억울했다. 서연이를 앗아간 악마들은 법의 보호를 받으며 감옥이라는 공간에 숨어 있는데, 정작 사람들의 잔인한 손가락질은 피해자인 나와 남편에게로 향하고 있었다. 처음엔 우리를 동정하는 거라 생각했지만, 아니었다. 그들이 혀를 끌끌 차며 우리에게 손가락질을 했던 것은 그 끔찍한 불행이 우리에게 덮친 건 다른 이유가 있을 거라고 생각하기 때문이었다. 당해보지 않으면 모를 그 무시무시한 시선과 평가들 때문에 우리는 어딜 가나 불편하고 아팠다. 결국 남편과 나는 견디다 못해 이민을 결정했다. 무엇보다 악마들의 보호소 같은 이 나라에 더 이상 세금을 내며 살고 싶지 않았다.

물론, 남편과 나는 이민을 가서도 편하지 않았다. 사람들의 시선에서 벗어나자 이제 서로의 시선을 피할 수 없게 된 것이다. 남편을 바라볼 때마다 서연이가 떠오르고 악마들의 비웃음 소리가 들렸다. 남편도 마찬가지였을 것이다. 그래서 우리는 그 상처들을 어쩌지 못하고 서로를 물어뜯고 할퀴기만 했다. 그럼에도 서로가 서로를 놓아 줄 수도 없었다. 서로의 상처를 이해할 수 있는 사람 역시 우리 둘밖에 없었기 때문이다. 그렇게 우리는 서로에게 생채기를 내며 또 그 생채기를 보듬으며 버텼다. 먼 이국땅에서 어떻게든 살아내느라 바쁘기도 했지만, 우리의 온 신경은 악마들의 출소일에 맞춰져 있었다. 악마들의 출소일이 딱 365일 남은 날, 나는 남편에게 고백했다. 악마들이 출소하면 내 손으로 그 악마들을 죽여버리고 싶다고. 악마들이 우리 서연이에게 했던 똑같은 방법으로. 그런 내게 남편은 두 손을 꼭 잡으며 말했다.

"악마들에겐 죽음도 사치야."

평소 소심해 보일 정도로 분노에 인색했던 남편과는 사뭇 다른 모습이었다. 그런 남편에게 놀라는 사이 남편은 휴대폰을 내밀며 복수전자라는 게임을 보여줬다. 잠시 남편이 제정신인가 생각했다. 이 상황에 지금 내 앞에서 게임을 하겠다는 건가? 다행히 오래지 않아 남편이 왜 그런 게임을 보여줬는지 이해할 수 있었다. 남편은 나보다 침착했지만 훨씬 더 열정적이고 치밀한 사람이었다. 결국 우리는 복수전자 사람들을 만나기 위해 7년 만에 귀국했다. 복수전자라는 가게는 모든 게 부자연스럽고 어색했다. 달콤한 냄새와 먼지 냄새, 비릿한 쇠 냄새가 묘한 조화를 이루며 내가 무엇을 하러 여기까지 오게 된 걸까 다시 한 번 묻게 되는 그런 곳이었다.

##

“저희가 듣기로는 항소심에서 피의자들은 더 적은 형량을 받을 수도 있었다고 합니다. 그런데 서로에게 죄를 떠넘기느라 5년 정도만 감형을 받게 된 거죠.”

“그런데 그 두 인간들이 왜 같은 시기에 나오는 거죠?”

“한 사람은 살인 명령을 내렸고, 한 사람은 살인을 저질렀으니 형량이 다를 수밖에 없는데, 형량이 높은 피의자가 힘을 좀 쓸 수 있는 집안이었던 모양입니다. 그래서 비슷한 시기에 출소를 하게 된 거죠.”

남편이 내 손을 지그시 잡았다. 아마도 내가 또 부들부들 떨고 있었나 보다. 천사 같은 아이를 함께 죽여놓고, 결국에는 서로의 죄를 떠넘기며 싸우고 있었다니. 그런 악마들에게 가장 고통스러운 벌은 도대체 뭘까? 이 사람들은 그에 합당한 벌을 줄 수 있을까?

“출소 시기가 빨라져서 오히려 저희에겐 아주 좋은 기회가 될 거 같습니다.”

“어째서 그렇죠?”

“여기서 중요한 것은 두 사람의 출소 시기가 아니라 두 사람의 사이가 범행 전과 다르게 나빠질 대로 나빠져 있는 상태라는 겁니다.”

“저희한테 그게 중요한가요?”

“중요합니다. 피의자와 같은 사이코패스들의 경우 살인의 짜릿한 전율을 처음 맛보고 10년 내내 갇혀 있었기 때문에 지금은 아마도 살인 충동이 극에 달해 있을 겁니다. 그러니 출소하고 나면 그 누구라도 다시 해치고 싶을 겁니다. 그런 측면에서 피의자들은 지금 아주 위험한 존재들이죠."

"잘되었네요. 제가 그 악마들의 또 다른 희생자가 된다고 해도 좋아요. 그 악마들을 다시 감옥에 처넣을 수 있다면."

"또 다른 희생자가 생기는 건 저희 원칙에 어긋나는 일입니다."

"그럼 그런 악마들을 우리처럼 평범한 사람들이 어떻게 상대해야 하죠?"

"악마는 악마가 상대하게 해줘야죠. 악마에겐 천사가 아니라 더 악랄한 악마가 훨씬 위협적인 상대일 테니까요. 그래서 저희는 두 악마의 타깃이 서로가 되도록 만들 예정입니다."

"서로 이간질을 시킨다는 뜻인가요?"

"뭐, 이미 벌어질 대로 벌어진 사이라 약간의 터치만 들어가면 될 것 같습니다."

"그렇게 싸움을 붙여서 누가 누굴 죽이든 한 사람은 죽고 한 사람은 다시 살인자로 만들어 감옥에 넣을 수 있다?"

"다시 한 번 말씀드리지만 저희는 두 사람 중 어느 하나라도 목숨을 뺏을 생각은 없습니다. 그러니 그 직전에 검거될 수 있도록 해야겠죠. 악마들에겐 죽음보단 감옥이 더 큰 지옥이 될 테니까요."

"그게 가능할까요?"

"물론 조금 섬세한 준비 작업이 필요합니다. 문제는 이 방법이 약간의 불법적인 상황이 발생할 수도 있나는 겁니다."

"상관없습니다. 어차피 법은 우리 편도 아니었으니까!"

시종일관 묵묵히 듣고만 있던 남편이 불쑥 끼어들었다. 그런 남편의 이마에 작은 핏줄이 툭 불거져 나오는 것이 보였다. 힘을 얼마나 주었는지 남편은 턱관절까지 움찔거렸다. 남편이 복수에 대해 미지근한 태도를 보일 때마다 화가 났었다. 그 때문에 싸운 것도 여러 번이었다. 이제야 알았다. 자꾸만 끝으로 치닫는 나를 안정시키기 위해 남편이 그동안 얼마나 많이 참고 인내했었는지. 남편의 말에 평키한 머리 모양을 한 남자가 크게 숨을 고르더니 다시 입을 열었다.

"걱정하는 것만큼 크게 문제가 되지는 않을 겁니다. 간혹 그런 부분에 예민하게 반응하시는 분들이 있어서 미리 의향을 여쭤본 겁니다."

"그런데 불법적인 일이란 게 뭐죠?"

"우리는 할 수 있는 모든 방법을 동원해 두 사람의 일거수일투족을 감시하게 될 겁니다. 여기서 말하는 감시라는 영역은 온오프라인 모두를 말하는 겁니다."

"감시를 통해 언제 일어날지 모르는 범죄를 예방하겠다는 건가요?"

"누군가 감시하고 있다는 사실을 수시로 두 피의자들에게 알려줄 겁니다. 그래서 그들이 서로를 의심하고 분노하도록 만들 겁니다. 더불어 그들이 갇혀 있던 감옥보다 더 자유롭지 못하다는 사실까지 확인시켜줄 겁니다. 그것이 지금의 피의자들에게 가장 고통스러운 일이 될 테니까요."

생각지도 못한 일이었다. 사실 보이지 않는 시선들이 자신의 일거수일투족을 감시하며 손가락질 받는 느낌이 어떤 것인지 그 악마들에게 꼭 한 번 알려주고 싶었다. 문제는 그 일이 가능하냐는 것이다.

"그렇게만 될 수 있다면 좋겠지만, 그게 가능할까요? 악마들 중 하나는 꽤 있는 집안 자식이란 말을 들었어요. 오히려 함정을 파놓고 역추적해서 우리가 당할 수도 있을 것 같은데."

"그 분야에 재능 기부를 해주실 믿음직한 전문가들이 여러 분 계시니 너무 걱정하지 않으셔도 됩니다. 그리고 여기서 가장 중요한 것은 두 피의자들 서로가 서로를 의심하게 만들어야 된다는 점입니다."

서로가 서로를 의심하게 된다는 말은 서로가 서로를 공격하게 될 거라는 뜻이기도 했다. 악마들을 직접 상대하지 않고 한 발짝 물러나 서로가 서로를 잡아먹게 만드는 것. 성공할 수만 있다면 이보다 더 통쾌하고 짜릿한 방법은 없었다. 결국 악을 이기는 것은 더 강력한 악인 걸까? 문제는 그런 악마들의 싸움 때문에 애먼 희생자가 생길지도 모른다는 것이다. 서연이도 그랬다. 두 악마의 호기심에 아무 죄 없는 서연이가 희생된 것이다. 생각이 거기까지 미치자 분노로 겨우 억누르고 있던 슬픔이 잘 익은 홍시처럼 툭 하고 떨어졌다.

살아 있다면 이제 막 고등학생이 되었을 텐데. 우리 서연이가 초등학생이 되는 것도 보지 못한 나는 지금 이렇게 또 주책없이 울고 있다. 사실 아주 오랜만에 흘리는 눈물이었다. 복수심으로 똘똘 뭉쳐 살았던 지난 세월 동안 나는 마음 편히 울지도 못했다. 오늘은 맥이 풀린 건지 긴장이 풀린 건지 자꾸만 눈물이 났다. 서연이를 떠올리면 가슴이 너무 아파 한동안 서연이 얼굴을 지우려고 애를 쓴 적도 있었다. 그때마다 어떻게 알았는지 남편이 내게 물었다. 하늘나라에 있는 서연이는 우리를 기억할까? 남편에게는 차마 대답하지 못했지만, 나는 서연이가 아무것도 기억하지 못하기를 바란다. 엄마도, 아빠도, 그 악마들도 다 잊고 우리 서연이는 그곳에서 그리움 없이 아픔 없이 그저 행복하게 언제까지나 웃으며 살았으면 좋겠다. 그뿐이다.

##

복수전자 사람들의 설계대로 모든 일이 잘 마무리되기를 간절히 기도했다. 사실 최선의 방법이라고 생각했지만, 그들의 계획대로 될 거라는 확신은 없었다. 그래서 복수전자 사람들과 모든 미팅을 마치고 나서도 출국하지 못하고 호텔 방에 남아 전전긍긍하고 있었다. 복수전자 사람들은 그런 우리에게 악마들이 출소하면 위험해질지도 모른다며 계속 출국을 종용했다. 어쩔 수 없이 우리 부부는 서연이 납골당을 마지막으로 둘러보고 출국했다. 그들을 믿고 싶었지만 믿을 수가 없었다. 그런 우리의 심정을 알았는지 복수전자 사람들은 악마들이 출소한 다음 날부터 실시간 문자를 보내오기 시작했다. 악마들이 이동한 위치와 전화 통화 내역, 메시지 내역, 카드 내역이 모두 파악되기 시작한 것이다. 그들이 어떤 방식으로 악마들을 감시하고 일거수일투족을 알아내는지는 모르겠다. 어쨌든 그들은 집요하고 지독하게 그 악마들을 압박하고 있었다. 만약 누군가 나를 그런 식으로 압박한다면 나조차도 못 견딜 만큼. 무엇보다 복수전자 사람들이 악마들에게 보내는 압박 문자는 유치하게 보이기도 했지만, 악마들의 멘탈을 흔들기에는 부족함이 없었다.

××편의점 도시락은 어때? 나는 다른 브랜드를 선호하지만.

××마트 공구 코너엔 왜 그렇게 오래 서 있었던 거야?

정신과병원엔 왜 갔어?

네가 할 수 있는 건 나도 할 수 있어.

불안해하지 마. 난 그저 너의 일상이 궁금한 것뿐이니까.

휴대폰 바꿔도 소용없다. 바뀐 번호는 언제라도 다시 알아낼 수 있으니까.

애쓰지 마. 어차피 넌 내 손바닥에서 벗어날 수 없어!

이 문자를 보내기 위해 그들은 악마들의 문자 패턴이나 어휘까지 연구했다고 했다. 이쯤 되면 아무리 악마들이라고 해도 노이로제에 걸릴 수밖에 없었다. 물론 경제력이 뒷받침된 악마에겐 조금 다른 문자를 보냈다. 경제력에 따라 감시와 압박의 정도가 달라야 서로를 의심할 수 있으니까. 복수전자 사람들은 그 정도로 치밀했다. 그저 나는 이 흥미진진한 현장을 내 눈으로 직접 볼 수 없는 것이 안타까울 뿐이다. 그리고 며칠 뒤, 서로를 의심하던 악마 중 하나의 얼굴 사진이 인터넷상에 퍼졌다. 중요한 것은 10년 전 사건 당시 사진이 아니라, 출소를 하고 얼마 지나지 않은 최근 사진이라는 것이다. 사실 사진이 유포되기 며칠 전 복수전자에서 이메일을 받았다. 한 악마의 얼굴 사진을 공개할 예정인데 그럴 경우 예전 서연이 사건이 다시 수면 위로 떠오를 수도 있기 때문에 그에 대한 허락을 구하는 내용이었다. 메일을 받고부터 손이 떨리기 시작했다. 생각하고 싶지 않은 기억들이 다시 스멀스멀 피지는 기분도 들었다. 그렇게 벌렁거리는 가슴을 애써 억누르며 복수전자에서 보내준 사진을 어떻게든 보려고 노력했다. 각고의 노력 끝에 그 악마의 사진을 보았고, 조금 놀랐다. 악마의 얼굴이 10년 전과 많이 달라져 있었기 때문이다. 화장을 해서 그런 걸까? 하마터면 나조차 그 악마의 얼굴을 알아보지 못할 뻔했다. 그런 생각이 들자 갑자기 소름이 끼쳤다. 출소를 하고 이 악마들이 아무렇지도 않게 서연이가 살아보지 못한 일상을 살아갈지도 모른다는 생각을 하니 더욱 그랬다. 서른이 되기도 전에 출소했으니 운이 좋으면 좋은 사람을 만나 결혼도 할 수 있을 것이다. 그렇게 또 그들은 누군가를 죽이지 않을 만큼 괴롭히며 남겨진 생을 누리며 살아가겠지. 뉘우침 없이 죄책감 없이. 그 악마들이 그렇게 인생을 누리고 사는 것을 나는 결코 용납할 수 없었다. 마지막 사진에서는 그 악마가 옅게 웃고 있었다. 저 악마는 서연이를 기억이나 하고 있을까? 그런 생각이 들자 숨이 막힐 정도로 가슴이 아팠다. 웃고 있는 저 악마도 지금의 나만큼만 고통스럽게 만들어주고 싶었다. 아니 나만큼은 아니더라도 한순간만이라도 서연이를 떠올리며 괴로워할 수 있기를. 정말 그럴 수만 있다면 내 영혼이라도 팔 수 있을 것이다. 결국 나는 그런 마음으로 영혼을 파는 대신 복수전자 사람들에게 사진 유포를 허락했다.

복수전자 사람들은 각종 커뮤니티 게시판에 꽤나 자극적인 제목과 내용으로 악마의 얼굴을 올려놓기 시작했다. 사진들은 대부분 악마가 자주 가는 편의점, 카페, 그리고 마트 등에서 누군가 몰래 휴대폰으로 찍은 것들이었다. 어떻게, 누가 사진을 찍었는지는 중요하지 않았다. 여기서 중요한 것은 누가 봐도 전문가가 찍은 사진이 아닌 것처럼 보여야 한다는 것이다. 실제로 사진들은 그저 평범한 누군가가 휴대폰으로 찍은 것이기도 했다. 복수전자 사람들의 디테일함은 여기서도 드러났다. 만약 사진이 전문가의 솜씨였다면 사진이 공개된 악마는 분명 다른 누군가를 의심했을 것이다. 사진이 유포되지 않은 악마가 전문가를 쓸 만큼의 재력과 영리함이 없다는 사실을 누구보다 잘 알고 있기 때문이다. 각종 커뮤니티에서 10년 만에 출소한 악마의 사진이 떠돌기 시작한 지 얼마 지나지 않아 관련기사들이 하나둘씩 올라왔다. 기사의 방향은 범죄자의 인권을 보호해야 한다는 논조가 주를 이루었지만, 커뮤니티에서 돌던 악마의 사진을 공식적으로 퍼뜨리기에는 더할 나위 없이 좋은 기사였다. 기사에 올라간 사진들은 대부분 모자이크 처리가 되어 있었지만, 검색만 하면 어렵지 않게 악마의 선명한 얼굴을 찾아볼 수 있을 테니까. 통쾌했다. 악마의 이마에 뜨거운 인두로 주홍 글씨를 새겨 넣은 것처럼.

##

피의자였던 송민정 씨가 공범이었던 박지수 씨에게 살해당하는 비극이 일어났습니다. 원래 시나리오대로라면 저희는 살인이 일어나기 직전 그 현장에서 박지수 씨를 검거할 예정이었습니다. 안타깝게도 예외적 상황이 발생했고 저희는 그런 위험을 알고 있었음에도 불구하고 살인을 막지 못했습니다. 살인은 저희가 의도했던 것이 아니었음을 다시 한 번 말씀드리며, 혹시나 이번 작업에 대해 책임을 물을 일이 발생한다면 모든 책임은 저희가 지도록 하겠습니다. 또한, 이로써 의뢰자 정혜영 씨와의 계약이 종료되었음을 알려드립니다. 그동안 받으셨던 문자, 이메일, 계약서 등은 모두 삭제해주시고 가능한 한 휴대폰과 컴퓨터 역시 포맷하거나 폐기 처리해주시기 바랍니다. 부디 의뢰자님의 마음에 평화와 균형이 깃들기를 바라며.

의도치 않았다고는 하나 악마가 또 다른 악마를 죽였다는 복수전자의 메일은 우리 부부에겐 너무도 기쁜 소식이었다. 사실 그 누구보다 악마가 더 나쁜 악마에게 죽임을 당하기를 간절히 원했다. 아니, 어쩌면 내가 생각했던 최선의 시나리오가 완성된 것일지도 모르겠다. 아마도 다시 살인자가 되어버린 악마는 살아 있을 동안 감옥 밖으로 나오지 못하게 될 것이다. 내 손에 피를 묻히지 않았지만 악마들은 서로가 서로에게 공포가 되었고, 서로가 서로를 믿지 못해 서로의 발목을 잘라버린 것이다. 누가 봐도 완벽한 엔딩이었다. 그런데 왜 나는 지금 이 착잡한 심정을 떨칠 수 없는 걸까? 내 손으로 적의 심장에 칼을 꽂는 것만큼 통쾌한 복수는 아니었지만, 꽤 완벽한 복수였다. 그럼에도 불구하고 여전히 나는 아팠고, 답답하고 먹먹했다. 이대로 영원히 나는 기쁨이 뭔지 행복이 뭔지 모르는 삶을 살게 되는 걸까? 복수의 끝이 이렇게 지리멸렬할 줄은 꿈에도 생각지 못했다. 왜일까? 왜 복수를 하고도 나아진 것이 하나도 없는 걸까? 어쩌면 당연한 일인지도 모른다. 아무리 완벽한 복수를 했다고 하더라도 죽은 서연이는 살아 돌아올 수 없고, 끔찍했던 지난 10년의 세월 역시 지울 수 없기 때문이다. 그랬다. 복수는 그저 복수일 뿐이다. 내 끔찍한 삶을 다시 예전으로 돌려놓을 수 있는 것은 복수가 아니라 나 자신밖에 없는 것이다. 그렇게 복수의 쓰디쓴 결말을 꾸역꾸역 삼키며 복수전자 이메일 화면을 무심코 스크롤 하다가 미처 읽지 못한 문장 하나를 발견했다.

추신: 완벽한 복수가 완벽한 위로를 주지는 못하겠지만, 또 다른 희생자를 막았다는 것으로 조금이나마 위안이 되기를 바랍니다.

마지막 문장이 내게 어떤 위안이 되었는지는 잘 모르겠지만, 이상할 정도로 마음이 편안해졌다. 서연이가 다시 살아 돌아오지 않는다 해도 적어도 그 악마들이 또 다른 희생자를 만들어내지는 못할 것이다. 그것으로 되었다. 되었다고 생각하자. 식은 곰탕처럼 문적거리며 비릿하게 남은 이 거지 같은 기분을 말끔하게 지우기 위해 나는 복수전자와 관련된 모든 데이터들을 삭제하기 시작했다. 노트북을 포맷하고 휴대폰 유심을 변기에 넣고 물을 내렸다. 유심을 집어삼킨 하얀 변기에 깨끗한 물이 언제 그랬냐는 듯 뽀얗게 차오르는 것을 보고 생각했다. 상처로 분드러진 내 마음에도 언젠가는 뽀얀 새살이 차올랐으면 좋겠다고.

7. 드러내다

"이번엔 꼭 무기징역 받아야 할 텐데."

"글쎄요. 그 집안이 손을 놓고 있겠어요?"

"아무리 그래도 이번에는 힘들걸? 가중처벌까지 받게 될 텐데."

"맞아. 우리가 또 가만있지는 않을 테니까."

"설마 사법부 쪽에도 재능 기부 멤버가 있는 건가?"

"없으면 이상하지."

"우와, 대단한데? 각 분야에서 완전 실력자들만 모아놓은 거잖아. 숨겨진 어벤져스 군단."

"그래서 너도 이번에 참여한 거야? 어벤져스 되고 싶어서?"

"아니, 이번 케이스는 보니까 진짜 참여 안 할 수가 없겠더라고."

"다 그렇게 발을 들이게 되는 거지."

"근데, 하필이면 박지수 사진 찍는 걸 시키면 어떡해?"

"미행이나 감시에 소질이 있다고 큰소리칠 때는 언제고?"

"그렇긴 하지만, 그러다 걸려서 그 괴물한테 내가 당하면 어쩌려고?"

"그렇게 쪼이면 담부턴 좀 빠지라고."

"근데, 원래 설계대로라면 살인미수로 끝나서 이도저도 아니게 될 수도 있었잖아. 정말 우리가 실수한 게 맞아? 난 왜 지금 결말이 더 완벽한 시나리오 같지?"

성우가 진지하게 묻자 옆에 있던 도팔 역시 진지한 얼굴로 생각에 잠겼다. 사뭇 진지해진 두 사람을 바라보며 요셉은 고개를 절레절레 저었다. 요셉 역시 의심스러운 면이 없지는 않았지만, 그런 결과 자체를 일부러 만들어내기는 힘들었다. 사실 이번 일만 그랬던 것은 아니었다. 처음 의도했던 설계에서 빗나가거나 예외적인 상황이 발생했던 적이 종종 있었지만, 그때마다 신기하게도 의뢰자가 간절히 원하던 방향대로 흘러가는 경우가 많았다. 누구보다 현실적이고 합리적인 원칙을 중시하는 요셉이었지만, 복수전자에서 일어나는 일만큼은 합리적인 잣대로 판단할 수 없었다. 제아무리 세게 던져진 공이라 해도 바람의 방향에 자유로울 수 없는 것처럼 복수전자의 계획도 바람처럼 보이지 않는 어떤 힘으로부터 자유로울 수는 없는 것이다.

"쓸데없는 소리 그만하고 본인 일에나 신경 쓰세요."

"갑자기 왜 또 존댓말? 우리 사이에."

"우리 사이가 뭐?"

"아니, 이번 일도 그렇고 가만 보면 우리 둘이 손발이 척척 잘 맞는 것 같지 않냐?"

"그건 네 생각이고."

"사람 참 일관성 있게 인정머리가 없네."

"집에 안 가?"

"아무리 생각해도 나 완전 여기 체질 같아. 이번 일도 내가 감시당하는 일엔 또 일가견이 있는 사람이라 가능한 일이었잖아. 온라인에선 네가 뭐 알아서 한다고 해도 이게 또 오프라인에서 받쳐주지 않으면 안 되는 일이었잖아. 누굴 감시하고 따라다니는 일은 내가 생각해도 너무 훌륭하단 말이지. 한 10년은 이쪽 바닥에서 굴렀던 사람 같았다니까?"

"그것도 능력이라고. 좋기도 하겠다."

"근데, 요즘은 왜 보미 학생이 안 보이지? 둘이 싸웠냐?"

"학기말 고사."

"아, 또 그런 건 칼같이 지켜주네? 사실 나도 곧 학기말 시험인데 이래도 되나 싶다."

"이제 네 도움 필요 없으니까 제발 가서 공부나 해. 왜 그래야 되는지는 알고 있지?"

"알아서 잘하고 있거든? 근데 신부님, 위에 계신가?"

"신부님은 또 왜 찾아?"

"상황 보고 해야 해서. 너도 궁금하면 따라오든지."

요셉은 테오를 신부님이라고 부르는 성우가 맘에 들지 않았다. 테오의 예전 신분이 노출되는 부분도 싫었지만, 성우가 테오를 신부님이라 부르는 것 자체가 싫었다. 성우는 테오가 신부님이던 시절에 대해 아무것도 모르는 사람이었다. 테오가 얼마나 고독했고, 얼마나 불행했는지 알지 못하는 사람은 신부님을 신부님이라고 부를 자격이 없다고 생각했다. 그만큼 테오는 요셉에게 절대적인 사람이었다. 요셉이 지옥 끝자락에서 금세 끊어질 것 같은 숨을 겨우 부여잡고 있을 때, 테오는 위로 대신 자신의 끔찍한 상처를 보여주며 요셉에게 괜찮다고 그래도 살 만하다고 말해준 사람이었다. 요셉은 그래서 성우가 신경 쓰였다. 질투라고 하기엔 무언가 부족했다. 성우는 상처 입은 요셉 자신과 많이 닮았지만, 또 많은 부분이 달랐다. 그 다름이 이상하게 요셉을 불안하고 초조하게 만들었다.

##

"제가 불안한 건 그런다고 아버지에게 쓸모 있는 사람이 될지 모르겠다는 겁니다."

"그렇게 될 겁니다. 이번 일로 기승만도 성우 군의 어떤 욕망을 보게 되었으니까."

"매번 느끼는 거지만, 어떻게 그렇게 장담하세요?"

"야, 그게 매번 그렇게 말씀하시는 대로 상황이 흘러가는 거지 신부님이 장담하시는 건 아니잖아?"

"요셉 씨는 좀 빠지시고요."

"따라오라고 할 때는 언제고?"

티격태격하는 성우와 요셉을 바라보며 테오는 아주 옅은 미소를 입꼬리에 올려놓고 있었다. 이제 스물네 살 청년이 된 요셉이었지만, 테오의 눈에는 아직도 열두 살 꼬마로 보였다. 보통 아이들보다 열두 배는 힘들었을 것 같은 청소년기를 보낸 요셉은 자신이 만든 두꺼운 벽 속에 스스로를 가두고 나서야 무사히 그 시절을 견뎌낼 수 있었다. 덕분에 요셉은 제법 믿음직한 청년이 되었고, 이제 그 벽을 뚫고 세상 밖으로 나오려고 하고 있었다. 테오는 요셉을 그 벽에서 끌고 나올 사람이 어쩌면 성우가 될지도 모르겠다는 생각도 들었다.

"두 사람 많이 친해졌나 보네?"

"친해지긴요. 거머리 같은 인간이 자꾸 질척거리면서 달라붙으니까 그래 보이는 거죠."

"말도 참 예쁘게 하네, 요셉 씨!"

"작작 좀 하시죠, 성우 씨!"

테오는 고개를 절레절레 저으며 덮어두었던 책을 펼쳤다. 요셉과 성우는 그제야 조용해졌다. 어색한 침묵을 이기지 못한 요셉이 먼저 머리를 긁적거리며 방을 나섰다. 이제 성우 혼자 방에 남았다. 그리고 테오가 책 읽는 모습을 가만히 쳐다보고 있었다. 마치 자신에게 눈길을 주지 않으면 한 발자국도 움직이지 않을 거라 다짐하는 아이처럼. 가늠하기 어려운 얼마의 시간이 흐르고 난 뒤, 테오는 한숨을 쉬며 책을 덮었다.

"아직 하고 싶은 말이 있는 건가요?"

"신기해서요. 어떻게 사람들의 마음을, 아니 행동까지 추측을 하시는지."

"그냥 그 사람 입장에서 생각해보는 거죠. 그 사람이었다면 어떻게 했을까."

"그렇게 생각해보는 건 누구나 할 수 있죠. 근데 그게 맞을 리가 없잖아요. 사실 본인도 어떤 상황이 닥치기 전까진 어떻게 말할지 어떻게 행동할지 모르는 거니까."

"합리적인 추측일 뿐입니다. 그러다 운 좋게 맞아떨어지는 부분이 크게 보인 것뿐이죠."

"합리적인 추측이라고 해도 어쨌든 그것도 능력 아닌가요? 근데 그런 능력은 어떻게 가지게 된 건가요?"

"판타지 소설 중에 이런 이야기를 읽은 적이 있어요. 태초에 사람들은 말하지 않아도 상대방의 마음을 읽는 능력이 있었답니다. 그러니까 그 당시에는 지금 사람들이 생각하는 것처럼 초능력 같은 게 아니었던 거죠. 사람의 마음이란 게 때로는 자신의 이익을 위해서 상대방의 바람을 무시하고도 싶고, 상대방이 나를 어떻게 생각하는지 모르고 사는 게 훨씬 더 편하니까 언젠가부터 사람들은 상대방의 마음을 읽는 능력을 외면하기 시작했어요. 그래도 어느 정도의 소통은 필요하니 언어라는 걸 만들어서 적당히 거짓말도 하고 모른 척도 하면서. 그러다 보니 사람들은 어느 순간 사람의 마음을 읽는 능력을 완전히 잃어버리게 된 거죠. 그런 능력이 있었다는 것조차 까먹을 만큼. 하얗게. 또 그러다 보니 사람들은 이제 자신의 마음을 읽는 방법도 잘 모르게 되었다는 뭐 그런 쓸쓸한 얘기."

"그러니까 본인은 태초의 그 능력을 잃어버리지 않은 거다?"

성우는 진지하게 물었고, 테오는 농담처럼 웃었다. 그제야 성우도 따라 웃었다. 함께 그렇게 웃다가 성우는 뭔가 어색한 기분이 들었다. 테오와 자신이 지금 처음으로 웃었다는 사실을 깨달은 것이다. 성우는 괜히 어색한 마음에 본인도 이해하기 힘든 질문을 그냥 무심코 던졌다.

"저도 잃어버린 그 능력을 찾고 싶은데, 방법이 없을까요?"

"그건 좀 어려울 거예요."

"왜죠?"

"12년 동안 자신을 언제 죽일지 모르는 연쇄살인범 아버지와 함께 살면서 온갖 거짓말로 시험을 당해봐야 생길 수 있는 생존법 같은 거니까."

성우는 테오가 말한 단어 조합이 언뜻 이해되지 않았다. 죽음. 연쇄살인범. 아버지. 거짓말. 시험. 생존법. 단어들 사이에 연관성이 별로 없어 그것들을 사용해 문장을 만들기는 어려운 단어였다. 어쩌면 성우는 자신의 아버지보다 더한 아버지가 있다는 사실이 놀라웠을지도 모르겠다. 그렇다고 자신이 놀랐다는 사실을 테오에게 들키고 싶지도 않았다. 지고 싶지 않아 센 척 호기 부리는 꼬마 아이처럼.

"저도 조금만 노력하면 가질 수 있는 능력이겠네요."

"추천해드리고 싶지는 않습니다. 그 누구도 행복하게 만드는 능력은 아니니까."

"혹시 그럼 제 속마음을 추측해보신 적은 있나요?"

짧은 침묵. 성우는 테오의 대답이 어떨지 무척 기대가 되면서도 한편으론 두렵기도 했다. 테오의 말대로 그 누구도 행복할 수 없는 능력이기 때문일까?

"설마 제 이야기를 진담으로 생각하는 건 아니겠죠? 인간의 영역에서 원인 없이, 노력 없이 가질 수 있는 능력은 존재하지 않습니다."

성우는 이쯤에서 멈춰야 한다는 사실을 본능적으로 알았다. 한마디만 더 하면 테오가 자신의 마음을 바닥까지 긁어내 탈탈 털어버릴 것 같아서 성우는 밑도 끝도 없는 농담을 하며 괜한 너스레를 떨기 시작했다. 그제야 테오는 덮어두었던 책을 다시 펼쳤다.

##

기승만은 선선히 보좌관을 서창석 후보에게 보내주었다. 성우는 기승만과 보좌관이 구체적으로 무슨 이야기를 나누었는지 듣지 못했지만, 기승만이 보좌관에게 격려를 가장한 협박을 했을 거라 짐작할 뿐이다. 어쨌든 표면적으로 성우는 기승만이 내준 숙제를 티 나게 해낸 셈이다. 안타까운 것은 보좌관이 떠난 후에도 기승만이 성우를 한 번도 부르지 않았다는 것이다. 성우는 조바심이 났다. 기승만의 구체적인 다음 행보가 궁금하기도 했지만, 혹시나 장관 후보가 되지 못해 국회의원 3선에 도전하게 된다면 모든 계획이 엉망진창이 될 수도 있었기 때문이다.

靑, 차기 교육부 장관 후보자 3명 검증 진행 중

정당별 선거구 공천 시기와 맞물려 차기 교육부 장관 후보자 검증이 시작되었다. 다행히 서창석 후보 측에서는 별다른 움직임이 없었다. 만약 기승만이 선거에 출마한다고 판단했다면 바로 공격을 해왔을 것이고, 그 공격의 중심에는 기승만을 모시던 보좌관의 해코지 정보가 있었을 것이다. 얼마 지나지 않아 기승만이 소속된 정당 선거구에 다른 후보자가 공천을 받았다. 성우는 그제야 한숨 돌렸다. 기승만이 아닌 다른 후보가 공천을 받았다는 것은 기승만이 장관 후보가 될 확률이 높아졌다는 의미였다.

차기 교육부 장관 후보자 기승만(전 국회의원) 낙점!

기승만이 최종 후보자가 되자 성우는 혼자 마음이 바빠졌다. 일부러 새벽에 일어나 기승만이 나가는 시간에 괜히 거실을 배회하기도 했다. 어떻게든 기승만을 만나 몇 마디라도 나눠보고 싶었다. 그래야만 지금 기승만의 생각을 조금이라도 짐작해볼 수 있을 테니까. 하지만, 기승만에게 성우라는 존재는 안중에도 없어 보였다. 교육부 장관 후보자가 되자마자 후보 검증을 통과하기 위한 준비에 매달려야 했기 때문이다. 불법 재산 증식, 위장 전입, 연구 부정행위, 세금 탈루, 병역기피, 음주 운전, 성 관련 범죄 연루 등등. 세 손가락 안에 꼽히는 사학재단의 후계자이자 국회의원이었던 기승만의 화려한 경력은 이런 순간 오히려 독이 될 수 있었다. 다행히 기승만은 이런 일을 피해 가는 일에도 누구보다 유능한 사람이었다. 대부분의 사람들에겐 쉽지 않은 일이겠지만, 기승만에겐 익숙한 일들이었다. 그는 마치 자신의 재산과 명예를 상승시키고 그것을 지키기 위해서는 그 어떤 짓도 할 수 있도록 태어날 때부터 프로그래밍되어 있는 사람 같았다. 예외 없이 대통령이 낙점한 교육부 장관 후보자에 대한 언론의 검증은 연일 시끄럽게 이어졌다. 그의 재산이 얼마이고, 위장 전입, 세금 미납 등등 크고 작은 문제들이 불거져 나왔지만, 그것들이 후보를 사퇴시킬 만큼 치명적인 것은 아니었다. 국회의원들이나 소위 나랏일을 한다는 사람들에게 그런 것들은 너무도 일상적이고 자연스러운 일이었다. 야당 의원들마저도 괜히 잘못 건드렸다가 자신들에게 불똥이 튈까 두려워하는 눈치였다. 결국 시끄러웠던 언론의 후보 검증은 언제나처럼 유야무야되었다. 이제 마지막 관문인 청문회만 통과하면 기승만은 교육부 장관으로 임명될 것이다.

##

"후보자님, 제가 얼마 전 청문회 준비를 하다가 아주 흥미로운 이야기를 들었습니다. 이 자리에서 후보자님이 그 사실에 대해 확인을 좀 해주셔야겠습니다."

"네, 말씀하시죠."

"후보자님에게 자녀가 두 분 있죠?"

"네. 아들 하나 딸 하나 있습니다."

"이런 말씀 드려도 될지 모르겠습니다만 따님께서 발달 장애가 있다고 들었습니다."

"네, 그렇습니다."

"그런데, 지금 따님이 어디에 머물고 있죠?"

"캐나다에 있습니다."

"왜 캐나다에 보내셨죠?"

"아무래도 장애를 가진 사람이 살기에 우리나라 여건이 좋지 않다 보니……."

"흠, 그렇다면 장관님은 장애 아동들의 교육에도 관심이 많으시겠네요."

"네, 그 부분에서도 제가 해야 할 일이 많다고 생각합니다."

"문제는 아드님인데…… 아드님은 현재 무엇을 하고 있죠?"

"서울대 재학 중입니다."

"아드님이 군 면제를 받았다고 들었습니다. 맞나요?"

"네, 맞습니다."

"그 사유가 뭔가요?"

짧은 정적. 기승만이 말문이 막힌 것을 보자 질문자는 걸려들었다는 표정으로 물었다.

"아드님께서 고등학생 시절 집에 불을 질렀다고 들었습니다만."

이번에도 역시 기승만은 대답을 하지 않았다. 꿈에도 상상 못 한 질문은 아니었지만, 이상하게 기분이 나빴다. 상대방의 태도가 무례하고 그 말을 한 의도가 너무도 명확했기 때문이다. 기승만이 침묵하자 청문회장은 조금씩 술렁이기 시작했다.

"후보자님은 대대로 유명한 사학재단 집안에서 자라 국회의원까지 하신 분이라 교육에 대한 철학도 남다르셨을 텐데, 참 이상하죠? 따님은 발달 장애로 외국에 나가 있는 상태고, 아드님은 집에 불을 지를 정도로 반사회적인 성향을 보이다니. 게다가 아드님은 그 일로 몇 년간 정신과병원에 입원까지 했었다고 들었는데, 맞습니까?"

치명적인 질문이라기보다 저속하고 비열한 질문이었다. 기승만은 대답 대신 입술을 깨물었다. 청문회장은 마치 새벽 도매시장처럼 시끄러워졌고, 물 밖으로 튀어 오르는 날치 떼처럼 카메라플래시가 여기저기서 날아올랐다. 기승만은 꽉 다문 입술처럼 눈도 감아버렸다. 그제야 질문자는 만족스러운 미소를 지었다. 기승만의 대답을 듣지는 못했지만, 질문자는 이미 대답을 충분히 들었다는 표정이었다.

"제 질문은 여기까지입니다."

##

청문회가 끝나자 언론은 작두를 타듯 기사를 써내려가기 시작했다. 기사라기보단 한 편의 막장 드라마 시놉 같았다. 물론 그 막장 드라마 같은 기사를 처음 올린 것은 복수전자 사람들이었다. 언제나처럼 복수전자 사람들은 부지런히 움직였다. 사실 이런 기사들은 복수전자 사람들의 노력이 없었더라도 널리널리 퍼졌을 것이다. 기사가 기사를 낳고, 변이해서 새로운 창조물을 만들어내기 시작하면서 기승만의 아들 기성우는 어느새 영화에나 등장할 것 같은 무시무시한 사이코패스가 되어버렸다. 분위기가 그렇게 변하자 사이코패스를 낳아 기른 아버지 기승만을 대중들은 맹렬히 비난하기 시작했다. 흔히 말해 자식 교육도 제대로 시키지 못해 아들을 그따위로 키운 사람이 어떻게 나라의 교육을 담당하는 책임자로 둘 수 있냐는 것이다. 작은 의혹의 불씨를 하나 던졌을 뿐인데, 막장 드라마보다 무지몽매한 언론의 칼부림으로 기승만까지 하루아침에 이 세상에 존재해서는 안 될 아버지가 되어버렸다. 장관 후보자에 대한 부실 검증 이야기까지 나오면서 임기 중 한 번도 장관 인사에서 물러서지 않았던 대통령이 결국 교육부 장관 지명을 철회하는 사태까지 벌어졌다. 성우는 이런 해일과도 같은 과정들이 믿기지 않았다. 귀신에 홀린 것 같기도 했다. 수많은 사람들이 기승만의 악행으로 피해를 당하고 그 사실을 밝히려다가 낙엽처럼 죽어 나갔을 때는 모두가 침묵했는데, 고작 이런 일로? 성우는 그동안 자신이 무엇 때문에 그렇게 애를 썼던 걸까 회의가 들기도 했다.

일방적인 장관 지명 철회가 발표되고 나서도 기승만은 자신의 서재에 갇혀 꼼짝하지 않았다. 측근들은 그런 기승만의 반응에 놀라워했다. 평소의 기승만이라면 가만히 있을 사람이 아니었기 때문이다.

우후죽순처럼 자라나는 막장 소문들을 이용해 각종 고소 고발을 하거나 아들에 대해 발언한 야당 의원을 잡아 족쳐서 아들에 관한 소문을 전달한 사람은 물론 최초 유포자를 찾아내려고 혈안이 되었을 것이다. 하지만 기승만은 그 어떤 대응도 하지 않고 모든 사태를 그냥 있는 그대로 내버려두었다. 기승만이 아무 반응이 없자, 언론들은 추측성 기사를 남발했고 「사학재벌의 첫 번째 시련」이란 제목으로 누군가는 칼럼을 쓰기도 했다. 부족함 없이 자라나 한 번도 좌절이란 것을 경험해보지 못한 인간이 최고의 순간 무릎을 꿇게 되었을 때 느끼는 감정은 생각보다 치명적일 것이며 기승만은 정치적으로 재기가 어려울 것이라는 추측 아닌 장담을 하기도 했다. 그렇게 모두가 한마음으로 기승만의 첫 실패를 비웃고 조롱하고 기뻐했다. 섬뜩할 만큼.

##

청와대 지명 철회 발표가 난 뒤에도 기자들은 굶주린 하이에나처럼 연일 기승만 집 근처를 어슬렁거리며 떡밥이 떨어지기를 기다렸다. 처참하게 무너진 기승만의 동태가 궁금하다기보다, 막장 드라마보다 더 재미난 집안 식구들의 모습을 어떻게든 담고 싶은 것이다. 덕분에 성우 역시 집 안에 갇히는 신세가 되었다. 기승만 집에서 일하는 식솔들도 좀처럼 밖으로 나가기 어려웠다. TV와 인터넷에선 집안의 명예와 걸맞지 않은 자식들의 행보에 대해 끊임없이 비아냥거리고 조롱했다. 특히 기자들은 아버지를 바닥으로 끌어내린 사이코패스 아들의 얼굴을 가장 궁금해했다. 그런 와중에도 기승만은 아무런 반응을 보이지 않았고 여전히 자신의 서재에서 나오지 않았다. 식솔들은 혹시나 기승만이 어이없는 선택을 할까봐 수시로 기승만이 무사함을 확인하기도 했다. 그런 아비규환 속에서도 성우는 다른 것에 정신이 팔려 있었다. 성우로 시작된 이 해프닝의 마지막 역시 성우가 마무리해야 했기 때문이다. 기자들이 진을 치고 기다리고 있는 문 앞에서 성우는 마음을 단단히 무장하고 큰 숨을 쉬었다. 그 숨의 온기가 사라지기 전에 성우는 문을 활짝 열고 집 밖으로 나섰다.

"저는 여러분들이 생각하시는 그런 사람이 아닙니다. 제 아버지 역시 그런 분이 아닙니다. 제가 사춘기를 남들보다 심하게 앓아 큰 실수를 여러 번 저질렀고, 아버지는 심각한 제 상황을 고려해 정신과 의사 선생님의 도움을 받았던 것뿐입니다. 부디 저와 저희 아버지를 곡해하지 않으셨으면 좋겠습니다. 또한, 저는 아버지의 빠른 판단력 덕분에 현재 약물 치료 없이도 건강한 정신 상태를 유지하고 있으며, 정상적인 절차를 밟아 대학교에 진학했고, 누구보다 열심히 학업에 열중하고 있는 대학생입니다. 부디, 저희 가족의 가슴 아픈 과거사를 가지고 저희 아버지를 탓하거나 조롱하는 일이 없기를 바랍니다. 이상입니다."

기자들의 빗발치는 질문 세례를 굳은 얼굴로 튕겨내며 성우는 다시 집으로 들어갔다. 기다리던 떡밥을 얻은 기자들은 미친 듯이 기사를 써내려가기 시작했다. 덕분에 기승만에게 혹독했던 여론은 잠잠해졌고, 오히려 가족사를 끄집어내 청문회에서 정치적으로 이용한 야당 국회의원과 사실 확인도 하지 않고 지명을 철회한 청와대를 비난하기 시작했다. 절대 바뀔 것 같지 않았던 파도의 방향이 바뀌기 시작한 것이다.

##

"생각했던 것보다 반응이 나쁘지 않군."

"저의 제안을 의심 없이 받아들여주셔서 가능한 일이었습니다."

성우는 보좌관 문제를 해결하기 전, 기승만에게 비밀스러운 제안을 했었다. 물론, 이 제안은 복수전자에서 미리 계획한 것이었다. 성우는 잘 훈련된 배우처럼 능숙하게 설계 시나리오를 기승만 앞에서 시연하며 의미심장하게 물었다. 교육부 장관이 최종 목표가 아니라면, 이번 교육부 장관 임명을 발판으로 삼아 더 큰 꿈을 꾸어보지 않겠냐고. 국회의원과는 달리 교육부 장관이라는 자리는 어떻게든 기승만의 신상과 행적들이 섬세하게 드러날 수밖에 없는 자리였고, 그것들을 막으면 막을수록 더 큰 파도가 덮칠 거란 사실을 성우는 강력하게 어필했다. 어차피 맞을 수밖에 없는 파도라면 그 파도를 거스르는 것보다 파도에 온전히 몸을 맡겨 그 동력을 이용해 더 높은 곳으로 오를 수 있는 기회를 가져보라는 뜻이었다. 실제로 성우의 기자회견 이후 사람들은 기승만을 사생활 문제로 곤란에 빠뜨린 야당과 성급한 결단을 내린 청와대는 맹렬히 비난했지만, 기승만을 비난하는 이는 없었다. 오히려 기승만은 보여준 것도 없이 여론과 민심의 동정을 받으면서 정치계의 뜨거운 감자로 부상할 수 있었다. 덕분에 기승만은 강력한 인지도를 얻었고, 어떤 성과나 검증 없이 잠재적인 대선후보로 거론되기까지 했다. 결국, 기승만은 교육부 장관이란 패를 잃은 대신 대권을 향한 골든 키를 손에 쥐게 된 것이다.

"그런데 어떻게 알았지? 내가 그런 말도 안 되는 제안을 받아들일 거라는 거."

"이제야 저도 욕망의 흐름을 알아차리기 시작한 것뿐입니다."

돌발적인 기승만의 물음에 성우는 꽤 괜찮은 대답을 한 것 같아 우쭐한 기분이 들었다. 어쨌든 이번 일로 성우는 기승만의 신뢰까지는 아니더라도, 뿌리 깊은 의심에서 벗어날 수 있었다. 기승만처럼 성우 역시 최종 목표를 이루기 위한 발판을 마련한 것이다. 그럼에도 불구하고 성우는 문득문득 두려운 마음이 들었다. 욕망의 흐름을 이해하기 시작한 자신이 도대체 어디까지 그 흐름을 거부할 수 있을지 알 수 없었기 때문이다.

의뢰자 258. 윤두성

복수전자에서 뜨끈뜨끈한 붕어빵을 받아 들고 나오면서 생각했다. 내가 왜 쫄아야 하지? 나는 아직 아무 짓도 하지 않았는데. 오히려 놈들이 나한테 쫄아야 하는 거 아닌가? 감방에서 항상 가르침을 주던 형님이 그랬다. 인생은 먼저 치고 나가는 놈이 주도권을 잡는 거라고. 이제라도 늦지 않았다. 내가 먼저 치고 나가면 된다. 놈들이 내게 영감을 주었던 방법 그대로. 그래야 내가 받은 수모에 대한 대가를 톡톡히 치를 수 있을 것이다. 그렇게 생각하니 갑자기 기분이 좋아졌다. 놈들이 그렇게 좋아하는 합리적인 복수를 나도 한번 해보는 거다. 일단, 지금 내 심장만큼 쫄깃한 곱창에 소주 한잔을 하고 나서.

사실 나를 감방에 처넣은 놈에 대한 정보는 이미 차고 넘치게 가지고 있었다. 모든 게 형님 덕분이었다. 그러고 보면 형님은 모르는 것도, 못하는 것도 없는 분이다. 나보다 두 살밖에 많지 않았지만, 마치 전생을 다 기억하는 현명한 스님처럼 세상에 모르는 것이 없는 사람이었다. 그래서 나는 그 형님을 내 부모보다 더 믿고 따랐다. 출소하던 날은 무척 기뻤지만, 또 한편으론 안타까웠다. 그런 형님을 두고 혼자 세상 밖으로 나와야 했으니까. 그렇게 아쉬워하던 내게 형님은 평소와 다른 표정으로 말했다.

"나가서는 절대 아는 척하지 말고. 찾아오지도 말고."

서운했지만, 형님 말이 틀리지 않았다. 나를 위해서, 아니 누구보다 형님을 위해서 나는 당분간 형님을 모른 척해야 한다.

어수선한 마음을 오래 끌고 갈 여유가 없었다. 여름 빨래를 거두는 것처럼 복잡한 생각을 얼른 걷어치우고 원수 같은 그놈을 일단 따라다녀보기로 했다. 복수전자 놈들도 그랬다. 복수를 하려면 본인

보다 더 그 인간에 대해 잘 알아야 한다고. 누구랑 함께 살고 있는지, 출근을 몇 시에 하는지, 직장은 어디를 다니고 어떤 일을 하는지, 퇴근 후 주로 무슨 일을 하는지, 우편함엔 어떤 우편물들이 오는지 하나하나 파악하고 기록했다. 그렇게 정보들이 너무하다 싶을 정도로 쌓여야 내가 무슨 일을 할 수 있는지 알아낼 수 있는 것이다. 여기서 중요한 것은 그렇게 쌓인 정보들을 어떻게 활용하느냐는 것. 어렵게 생각할 필요 없었다. 그냥 복수전자에서 만든 게임 내용들을 살짝 베껴서 그 인간의 상황에 맞게 응용만 하면 되니까. 물론, 복수전자 게임에 나왔던 복수 방법들이 유치하고 자질구레해서 성에 안 차는 것도 사실이다. 하지만 그렇게 유치하고 자질구레한 방법으로 그 개자식의 숨통을 서서히 그리고 조롱하듯 조이고 싶었다. 그래야 나라는 사람이 어떤 사람인지 알리고 그놈이 나한테 얼마나 잘못했는지 깨닫게 될 테니까. 이제 나는 더 잃을 것이 없는 놈이지만, 그놈은 잃을 것이 많은 놈이었다. 놈이 가진 것들을 모두 너절하게 망쳐버릴 것이다. 그렇게 그놈이 미쳐버리기 직전까지 거치적거리다가 경찰에 당당히 자수할 것이다. 그러면 경찰이 내게 물을 것이다. 왜 이런 짓을 저질렀냐고. 나는 대답할 것이다. 내 인생을 망친 놈의 인생을 망치고 싶었을 뿐이라고. 왜 이런 방법으로 범행을 저질렀냐고 물으면 대답할 것이다. 복수전자라는 게임에 나온 방법들을 그대로 이용한 것뿐이라고. 그렇게 되면 나는 그놈과 복수전자 놈들에게 일타쌍피로 빅 엿을 날릴 수 있는 것이다. 생각만 해도 기분이 좋아져서 윗입술이 갈매기 날갯짓처럼 씰룩거렸다.

그놈의 생활 행태가 어느 정도 파악되었을 때, 나는 복수전자 게임에서 따온 시나리오를 그놈의 생활 행태에 맞게 고쳐 쓰기 시작했다. 그렇게 시나리오가 어느 정도 완성되자 신기하게도 얼굴에 핏기가 돌면서 가슴이 설렜다. 혹시 사람들은 이런 감정을 행복이라 부르는 건가? 어쨌든 나는 제일 먼저 그놈의 우편물을 하나씩 챙겼다. 그리고 그 집에서 나오는 쓰레기봉투도 하나씩 모아두었다. 아파트 곳곳에 CCTV가 있었지만, 괜찮았다. 쓰레기봉투를 가져간다고 누군가 CCTV까지 조사할 사람은 없을 테니까. 그렇게 모은 그놈의 쓰레기봉투에 그놈의 우편물들을 하나씩 끼워 넣었다. 쓰레기에 명찰을 달아놓은 것처럼 초등학생이 봐도 그놈 집에서 나온 쓰레기인지 알아볼 수 있도록. 모든 준비를 마치고 나는 거사 날을 잡았다.

드디어 그날이다. 그놈의 집이 6층 4호 라인이었으니 그 아래로 5층부터 1층까지 4호 라인 집 앞에 그날 새벽 명찰을 달아놓은 쓰레기봉투를 하나씩 가져다 놓았다. 이게 무슨 유치한 장난이냐고 생각할지도 모르지만, 공동주택이라는 공간에 살고 있는 사람들에게 같은 크기의 적대감을 동시에 받는 것이 얼마나 으스스한 일인지 그놈에게 알려주고 싶었다. 특히나 자신이 아주 도덕적이고 훌륭한 시민이라고 믿는 위선자에게는 더욱.

문을 열고 나온 4호 라인 사람들은 경악했을 것이다. 누군가 자신의 집 앞에 쓰레기봉투를 투척해놓았으니 말이다. 경비를 부르고 누가 자신의 집 앞에 쓰레기를 투척했는지 찾아내려고 CCTV를 보사는 사람이 있을 것이고, 눈썰미가 좋은 사람은 쓰레기봉투에 꽂아놓은 우편물을 보고 단번에 범인을 찾아낼 것이다. 무엇이 되었든 결론은 6층에서 내려온 검은 옷을 입고 검은 모자를 쓰고 검은 마스크로 얼굴을 가린 남자가 이런 짓을 했다고 밝혀질 것이다. 그렇게 계획을 완수하기 위해 나는 그 전날부터 미리 중국집 배달부 차림으로 철가방 안에 쓰레기봉투를 넣어서 여러 번 아파트를 들락거렸다. 놈이 사는 아파트 옥상에 작업용 쓰레기봉투를 미리 가져다 놓기 위해서였다. 무사히 쓰레기봉투들을 옥상에 숨겨두고 나 역시 아파트 옥상 어딘가에 몸을 숨겼다. 검은 옷과 검은 모자, 검은 마스크를 쓰고 새벽녘까지 꼬박 기다렸다. 모두가 잠든 새벽 시간에 준비했던 쓰레기봉투를 들고 계단을 내려왔다. 어둠인지 나인지 모르게 아주 빠르고 민첩하게. 6층에 다다랐을 때 나는 걸음을 멈추고 숨을 삼켰다. 그러고는 잠시 기다렸다가 방금 집에서 나온 사람처럼 태연하게 5층으로 천천히 내려갔다. 그렇게 놈의 쓰레기봉투를 집집마다 하나씩 놔두고 내려왔다. 결국은 1층까지 사이좋게 쓰레기를 투척하고 난 뒤, 나는 유유히 엘리베이터를 타고 올라가 6층에서 내렸다. 미리 알아둔 디지털도어록 비밀번호로 문을 열고 자연스럽게 놈의 집으로 들어갔다. 곤한 새벽잠에 빠진 집주인은 다행히 깨지 않았다. 깨어났다고 해도 별수 없었을 것이다. 깨어난 주인이 일어나 현관에 나오기 전에 나는 다시 그 집을 나가버리면 되니까. 어쨌든 내가 604호 집으로 들어간 것만 CCTV에 찍히면 그만이었다.

다음 날 쓰레기 투척을 당한 피해자들은 예상대로 다른 층 CCTV는 확인하지 않고 1층부터 6층 CCTV까지만 확인했고, 쓰레기봉투에 명찰처럼 넣어둔 우편물에는 모두 604호라고 적혀 있었다. 어쨌든 피해자들은 쓰레기봉투를 투척한 까만 옷의 남자가 604호로 들어가는 것을 확인하고 분노했을 것이다. 그날 저녁 아파트 관리사무소 직원은 퇴근하는 604호 남자의 차를 막아서며 검문하는 경찰처럼 보여드릴 게 있다는 핑계로 관리사무소 CCTV실로 그놈을 데려갔을 것이다. CCTV실에는 어울리지 않는 쓰레기봉투가 다섯 개나 놓여 있고, 직원은 604호 남자에게 검은 옷을 입고 쓰레기를 투척하고 있는 동영상 속 남자를 보여줄 것이다. 아마도 604호는 영문을 몰라 이게 뭐냐고 물을 것이다. 그때 관리사무소 직원은 쓰레기봉투 안에 있는 우편물을 꺼내 확인 사살해줄 것이다. 604호 남자는 그제야 자신이 이해할 수는 없지만 인정할 수밖에 없는 누명을 썼다고 생각할 것이다. 동시에 이 누명을 벗을 방법이 없다는 것도 알게 될 것이다. 그러고는 CCTV 화면을 멍하니 쳐다보며 의문에 빠질 것이다. 이렇게 치밀하고 집요하게 자신을 곤경에 빠뜨린 사람은 누굴까? 물론 그 누군가가 나라고 예상하진 못할 것이다. 604호 남자는 이미 나라는 존재를 까맣게 잊고 있을 테니까.

그날 그 황당한 사건을 604호 남자가 어떻게 수습했는지까지는 잘 모르겠다. 나는 그저 604호 남자가 그 사태를 수습하기 위해 얼마나 곤욕을 치렀을지 상상하는 것만으로도 짜릿했으니까. 이렇게 자질구레한 복수가 이토록 사람을 기분 좋게 만들지 몰랐다. 나도 모르게 천연덕스러운 웃음이 한여름 개 혓바닥처럼 불쑥불쑥 튀어나왔다. 어쨌든 604호 남자는 아파트를 드나들 때마다 사람들의 곱지 않은 시선을 받게 될 것이다. 해명할 수 없는 누명을 쓰고도 변명할 기회조차 없이 손가락질을 받아야 할 것이다. 세상 바른 사람이라고 자기 자신을 추켜세우며 살았던 놈에게 그런 손가락질은 감방에 처음 들어가야 했던 사람의 스트레스보다 더하면 더했지 덜하진 않았을 것이다. 만족스러웠지만 나는 거기서 멈추지 않았다. 아니 이제는 멈출 수가 없었다. 이미 나는 마약에 중독된 사람처럼 짜릿한 복수의 맛을 알아버렸으니까. 그 짜릿함을 다시 한 번 경험하기 위해 나는 튀기지 않은 옥수수 알갱이 한 봉지를 샀다. 의자 다리 밑에 끼우는 작은 헝겊 씌우개도 하나 샀다. 밤새 세워둔 그놈의 자동차 뒤로 가서 배기관 쪽을 살폈다. 돌멩이처럼 딱딱한 옥수수 알갱이들을 한 줌 쥐고 배기관 쪽에 밀어 넣었다. 옥수수 알갱이가 머플러까지 안착하도록 굵은 빨대를 이용해 물총을 쏘듯 바람을 불었다. 넉넉하게 옥수수 알갱이들이 배기관에 꽉 찼다 싶을 때 헝겊 씌우개를 배기관에 예쁘게 씌웠다. 내 입가에선 어느새 웃음이 배기가스처럼 퐁퐁 새어 나왔다.*

다음 날 아침, 놈의 자동차가 요란한 소리를 내며 출근길을 알렸을 것이다. 어쩌면 헝겊 씌우개가 날아가며 뻥튀기가 튀듯 팝콘 폭죽이 터졌을지도 모르겠다. 운이 좋으면 이리저리 날아가던 팝콘 알

---

* 윤두성의 팝콘 복수법은 존 퍼니셔, 『복수하는 방법 333』(휴먼앤북스, 2005)에 나오는 복수 방법의 한 사례를 참고했다.

갱이들이 자동차 머플러를 망가뜨렸을지도 모르겠다. 머플러까지 망가지지 않았어도 상관없었다. 누군가 자신의 자동차에 돌멩이처럼 단단한 옥수수 알갱이를 넣어두었다는 사실이 그놈을 미치게 만들 테니까. 사실 이 방법은 복수전자 게임을 하면서 알게 된 가장 재밌는 복수 방법 중에 하나였다. 특히 그 대상자가 자동차 애호가일 경우는 더 효과적이었다. 도대체 이런 복수 방법은 누가 생각해낸 것일까? 어쨌든 별일이 아니라고 넘어갈 수 없을 정도로 이상한 일이 두 번이나 일어났다면 분명 그 멍청한 놈도 정체를 알 수 없는 어떤 존재가 자신을 위협하고 있다고 생각하게 될 것이다. 그리고 수많은 주변 인물 중에 도대체 누가 이런 짓을 했는지 의심하게 될 것이다. 한편으론 분노에 가까운 공포도 느끼게 될 것이다. 그런 생각이 들자 짜릿한 전율이 내 심장에서 팝콘처럼 지랄을 쳤다.

##

마지막 작업을 남겨두고 잠시 휴식을 가지기로 했다. 휴식이라기보다 앞으로 잃어버릴 자유를 감당하기 위해 내가 하고 싶었던 일상을 경험해보고 싶었다. 내가 출소한 줄도 모르는 어머니가 일하는 시장에 찾아갔다. 시장 한구석에서 손님 없는 장사를 하고 계신 어머니를 몰래 지켜보다가 은행으로 갔다. 통장에 어쭙잖게 남아 있던 얼마의 돈을 어머니 계좌에 넣어드렸다. 은행은 한 달에 한 번 정도 가시니 내가 돈을 보냈다는 건 2주 후쯤에나 아실 것이다. 왠지 미안한 마음에 내 결심이 잠시 흔들리기도 했지만, 이 일을 포기하고 싶지는 않았다. 어머니는 어머니의 삶을, 나는 나의 삶을 지금처럼 살아가면 되니까. 무거운 발걸음을 돌리며 생각했다. 또 해보고 싶었던 게 뭐였지? 복수를 해야만 했던 삶을 살다 보니 내가 하고 싶었던 것들이 있었는지조차 모르겠다. 어릴 적엔 그저 남들 하는 것처럼 연애라도 하고 싶었지만, 연애라는 목적으로 누군가를 만나기에 나는 아주 불리한 사람이었다. 수려한 외모도, 가진 능력도, 돈도 없는 남자를 진지하게 상대해줄 여자가 세상에 별로 없다는 걸 비교적 빨리 깨달았기 때문이다. 하루 벌어 하루 살이를 하던 중에도 열심히 돈을 모아 여자를 미친 듯이 샀던 적도 있었다. 하지만 나 같은 놈의 인생에선 그것 역시 사치였다. 그런 식으로 얻은 욕망의 대가는 달지도 쓰지도 만족스럽지도 않았으니까. 어쩌면 내 인생은 세상이 어느 것 하나 내 뜻대로 흘러가지 않는다는 것을 증명하려고 만들어진 것일지도 모르겠다. 그렇게 나는 무언가를 이루기 위해 사는 인생이 아니라 버티기 위해 사는 인생을 살았다. 그러다 어느 순간 사소한 잘못을 저질렀고, 그 잘못을 목격한 어떤 이의 오지랖 넓은 정의감으로 감방이라는 곳까지 가게 된 것이다. 처음엔 그곳이 내 인생의 마지막 종착지라는 생각도 들었다. 아무것도 할 수 없었고, 하기도 싫었다. 내가 감방에 있다는 사실조차 인지하지 못한 채, 그렇게 하루하루 흘려보냈다. 그때, 그런 순간에 내 앞에 구원자와도 같은 형님이 나타났다. 형님은 사막과도 같은 감방에서 식물인간처럼 숨만 쉬고 있던 내게 관심을 보인 유일한 사람이었다.

"살고 싶으면 복수할 대상을 한번 찾아봐."

살면서 처음 들은 것 같은 의미심장한 단어. 복수. 복수할 대상. 엄밀히 따지면 세상 전체가 내가 복수할 대상이었지만, 나는 그렇게 원대한 사람이 아니었다. 그래서 그냥 나를 감방에 넣어준 그놈을 복수의 대상으로 삼아보기로 했다. 그러자 신기하게도 모래알처럼 느껴지던 밥알이 꿀떡처럼 쫀득하게 느껴졌고, 구역질 날 것 같던 수돗물이 꿀물처럼 달콤해졌다. 그제야 나는 내가 살아 있음을 느꼈다. 문득문득 불같은 복수심이 끓어오를 때마다 삶의 의지가 활활 타올랐다. 복수심이 생겨서 살고 싶은 건지 살고 싶어서 복수심이 생겼는지 모를 만큼 내 복수심은 물불을 가리지 않았고 내 삶을 완전히 바꿔놓았다. 복수는 차가울수록 제맛이라고? 아니다. 적어도 내게는 뜨거울수록 제맛이었다.

##

그놈이 출근하는 동선은 열흘 동안 한 번도 빠짐없이 확인했다. 그놈이 지나가는 길마다 있는 신호등의 규칙, 그리고 타이밍을 수십 번 아니 수백 번 눈에 익혔다. 그리고 오늘이 드디어 마지막 거사날이다. 오늘 실패한다고 해도 상관없다. 내일 또 하면 되니까. 그놈이 휴가를 내거나 회사를 그만두어 출퇴근을 못 하는 일이 벌어지지 않는 한, 나는 성공할 때까지 계속 시도할 것이다. 아침 7시 45분. 그놈은 아파트 지하 주차장을 벗어난다. 누군가 혹은 무엇이 방해하지 않는 한, 놈은 비교적 규칙적으로 움직이는 타입이다. 주차장을 벗어나 좌회전 두 번 우회전 한 번이면 놈의 차는 내 앞에 도착할 것이다. 그 사이 네 번의 신호를 받을 것이다. 내 앞에 있는 신호등의 주기를 보면 그놈이 신호에 걸렸는지 아닌지 어느 정도 짐작을 할 수 있었다. 평상시 패턴과 동일하다면 놈은 이제 3분 후면 내 앞에 나타날 것이다. 그놈은 우회전을 해야 하니 분명 3차선으로 내 앞까지 올 것이다. 나는 횡단보도 앞에 서서 파란불이 아니라 그놈의 차를 기다렸다. 아직 2분 30초 정도 남았는데, 횡단보도 신호등이 파란불, 정확히 녹색불로 바뀌었다. 옆에 함께 서 있던 사람들이 기다렸다는 듯이 횡단보도를 건넌다. 그놈의 차는 아직 보이지 않는다. 자연스럽게 횡단보도를 건너지 않기 위해 그 자리에 주저앉아 풀리지도 않은 운동화 끈을 애써 풀어 다시 묶는다. 그러면서 왼편을 계속 예의주시한다. 어느덧 30초가 흘러 보행자 신호가 빨간불로 바뀐다. 신발 끈을 힘 있게 한번 당겨보고 다시 일어선다. 멈춰 있던 차들이 서둘러 출발한다. 엔진 소리가 미세하게 커지면서 차들의 속도가 빨라진다. 출근 시간이라 마음이 바쁜지 쌩쌩 소리를 내며 달린다. 저만치서 그놈으로 추정되는 차가 희미하게 보이는 것 같다. 평소보다 조금 빨리 나타난 것이다. 갑자기 심장이 요동치기 시작한다. 신호등을 본다. 혹시나 벌써 녹색불로 바뀔까 초조해진다. 신호등과 달려오는 차를 번갈아 쳐다본다. 그놈의 차는 아직 2차선이다. 입술을 한번 깨물고 나자 그놈은 깜빡이를 켜고 속도를 줄이며 3차선으로 들어선다. 앞차와의 간격이 적당하게 벌어지자 나도 모르게 침을 꼴

까닥 삼켰다. 시간상 약 5초 후면 다시 횡단보도 신호등이 파란불로 바뀌면서 자동차들이 멈출 것이다. 자동차들은 신호에 걸리지 않기 위해 더 쌩쌩 속도를 낼 것이다. 놈의 차도 마찬가지다. 마찬가지여야 한다. 아주 잠시 팔과 다리가 내 의지를 따라주지 않을까 겁이 났다. 10m, 8m, 6m, 4m…… 몸을 던진다. 브레이크 소리가 아득하게 들린다. 그와 동시에 내 몸은 정확히 두 바퀴 반을 구른다. 자동차에 몸이 부딪혔는지 아닌지는 잘 모르겠다. 그냥 모든 게 아주 천천히 움직일 뿐이다. 어디선가 비명이 들린 것 같은데 진짜인지 환청인지는 모르겠다. 하늘이 빙빙 돌기 시작한다. 이대로 정신 줄을 놓으면 안 되는데. 빙빙 돌던 하늘이 가려지면서 사람들이 모여든다. 아무래도 구경이 났나 보다. 그 얼굴들 속에 놈의 얼굴이 있는지 찾아야 한다. 찾았다. 예상대로 경악한 얼굴이다. 부디 내 손이 제대로 움직여줘야 할 텐데. 다행히 내 손이 의지대로 움직인다. 놈이 내 상태를 확인하는가 싶더니 어딘가로 전화를 건다. 119일 것이다. 그 사이 손을 더듬어 품고 있던 칼을 움켜쥔다. 놈이 전화를 하며 내 상태를 다시 살피려 고개를 숙이는 찰나, 놈의 옆구리에 칼을 쑤셔 넣는다. 소리도 내지 못하고 놈은 내게 꼬꾸라진다. 브레이크 소리보다 더 큰 괴성이 터진다. 그 괴성이 왠지 모르게 짜릿하다. 꼬꾸라진 놈의 머리가 내 가슴팍에 와 닿는다. 무겁다. 그럼에도 나는 있는 힘껏 배에 힘을 주고 녀석의 귓가에 최선을 다해 속삭인다.

"이제 기억나? 내가 누군지."

아쉽게도 놈의 대답이 들리지 않는다. 녀석이 너무 무거워서 그랬는지, 너무 뜨거워서 그랬는지 눈꺼풀이 내려앉으며 내 정신도 까맣게 내려앉는다. 설마 이렇게 죽는 건 아니겠지? 아닐 거다. 번개처럼 형님 얼굴이 번쩍 지나가더니 모든 게 서서히 멈춘다. 그렇게 내 복수도 멈춘다.

8. 뒤틀리다

“오, 아저씨 화면 빨 좀 받던데요?”

“실물이 좋으니까. 근데 내가 아저씨는 아니라고 여러 번 말했을 텐데?”

“이제 아저씨 여기 올 일도 없는데 무슨 상관?”

“그게 또 무슨 소리?”

“아저씨 복수 끝난 거 아니었어요?”

“누가 그래?”

“아니, 아버지를 지키기 위해 인터뷰도 하고 그랬잖아요. 덕분에 사람들이 막 동정도 하고 멋진 부자 관계라고 응원도 하고 막 그러던데?”

“그러니까 그게 어째서 끝난 거냐고?”

“난 이제 아저씨가 복수할 마음 접고 아버지랑 같은 편먹기로 한 줄."

"그건 진짜 복수를 하기 위한 전초 작업일 뿐이야. 얘가 보기보다 순진하네."

"에이, 난 또 아저씨 아버지 덕 좀 보고 살 수 있나 했더니, 완전 꽝이네."

"엥?"

"아니, 나는 아저씨처럼 재력도 권력도 빵빵한 아버지를 둔 사람한테 우리도 기부 좀 빵빵하게 받을 수 있을 줄 알았던 거죠."

씁쓸한 웃음이 성우의 얼굴을 스쳤다. 정말 이대로 멈추어도 이상할 게 없는 이야기가 된 걸까? 가슴에 진 응어리는 그대로인데, 왜 자꾸만 사람들은 그만해도 된다고 하는 걸까?

"근데요, 아저씨! 기부는 복수 진행 중에도 얼마든지 할 수 있는 거예요. 이제 아버지랑 좀 친해진 거 같으니까 머리 좀 한번 굴려봐요. 물질적인 기부도 우린 완전 땡큐거든요. 보시다시피 우리 거의 무료 봉사라서 소고기도 한번 못 사먹는 사람들이잖아요. 아저씨네 아버지는 일단 돈이 많으니까 이참에 소고기 회식이라도 한번, 어때요?"

"보미! 너 또 무슨 헛소리를 하고 있는 거야?"

"끼악! 아저씨, 들었죠? 요셉 오빠가 지금 '봄이'라고 부른 거! 그거 제 애칭이잖아요!"

"보미가 애칭이라고? 보미가 이름인데 왜 애칭이야?"

"보미가 아니라 봄이. 요셉 오빠가 원래 저 부를 때는 항상 야! 아니면 윤보미! 이렇게 부르는데, 오늘은 분명 다정하게 '봄이'라고 불렀다고요."

"애한테 얼마나 야박하게 굴었으면 이름 불러줬다고 이렇게 좋아하냐?"

"얼른 학원이나 가. 오늘도 빠지면 어머니한테 전화드릴 거야. 그리고 너!"

"나는 또 왜 너야? 나도 이름 있거든?"

"신부님이 보자고 하셔."

요셉은 그렇게 말하고 바로 안채로 사라졌다. 성우는 아직도 발을 구르며 좋아하는 보미를 혼자 남겨두고 요셉을 따라 안채로 들어갔다. 길고 어두컴컴한 복도를 지나 좁고 가파른 계단을 오르는 길은 여전히 낯설었다. 그런 길을 앞서 걸어가던 요셉이 뒤도 돌아보지 않고 성우에게 물었다.

"괜찮은 거야?"

"뭐가?"

"괜찮은가 보네."

"설마, 나 걱정해준 거야? 웬일이냐? 뭐 나한테 부탁할 거라도 있어?"

"하여간 챙겨줘도!"

"감격해서 그러지."

"이쯤에서 그만두는 것도 나쁘지 않아. 그러니까 내 말은 자존심 때문에 끝까지 갈 필요는 없다는 얘기야."

"또 그 소리야? 여기 사람들 혹시 나 없을 때 우리 아버지한테 뒷돈이라도 받은 거야?"

요셉 역시 성우 못지않게 아버지라는 존재를 저주했던 사람이었다. 그래서 누구보다 성우의 심정이 어떨지 알고 있는 것이다. 어쩌면 그래서 요셉은 처음부터 성우가 복수전자라는 테두리 안에 들어오는 것이 못마땅했는지도 모른다.

요셉은 자신을 악마 취급하며 아버지에게 갖은 학대를 당했던 어린 시절 기억이 요즘도 오래된 관절염처럼 도지곤 했다. 사람들 앞에선 누구보다 선한 얼굴로 축복의 말만 건네던 아버지가 자신을 악마 새끼라 부르며 자비 없이 벽에 내던지던 날, 요셉은 겨우 정신을 차리고 부러진 다리를 질질 끌면서 그 집을 나왔다. 그리고 기도했다. 아버지라는 인간을 지옥에 처넣어버릴 수 있다면 기꺼이 악마가 되어드리겠다고. 요셉의 기도에 늘 침묵으로 일관하던 신은 무슨 일인지 그날따라 요셉의 기도를 들어주었다. 아동학대 혐의로 경찰조사를 받던 요셉의 아버지가 갑자기 교통사고로 죽어버린 것이다. 요셉은 아버지의 죽음 앞에서 슬퍼해야 할지 기뻐해야 할지 알 수 없었다. 분명한 것은 그날 이후로 요셉은 아버지를 증오할 수도 용서할 수도 없는 사람이 되었다는 것이다. 요셉은 그렇게 세상에서 가장 소심한 복수를 한 대가로 세상에서 가장 고약한 죄책감을 감당해야 했다. 자신의 아버지를 증오하는 것도 견디기 힘든 일이었지만, 그런 아버지가 자신 때문에 죽었을지도 모른다는 죄책감은 상상할 수 없을 정도로 끔찍한 것이었다. 요셉이 자신과 성우가 비슷하지만, 아주 많이 다르다고 생각했던 이유 중 하나는 성우에겐 아버지를 용서할 시간이 아직 남아 있기 때문이었다. 성우가 그 지옥을 겪지 않았으면 하는 바람도 바람이지만, 다시 반복될지도 모르는 누군가의 끔찍한 지옥을 지켜봐야 하는 것 또한 원하지 않았다. 그럼에도 불구하고 기꺼이 그 끝을 보겠다고 저벅저벅 지옥으로 걸어 들어가는 성우를 요셉은 말릴 재간이 없었다.

##

"졸지에 아버지 재산과 권력이 탐나서 환장한 사람이 되어버렸네요. 제가."

"세상 사람들에겐 효자로 비치지 않았을까요?"

"아뇨. 세상 사람이 아니라 여기 사람들 시선이 그렇다는 겁니다."

"성우 군한테 여기 사람들의 시선이 중요해진 건가요?"

"아뇨. 중요한 게 아니라 기분이 나쁘다는 겁니다."

"그렇군요."

"뭐 어쨌든 이 정도면 제가 아버지의 흑기사가 된 건 확실한 거죠?"

"글쎄요. 그분이 또 그렇게 단순한 분은 아니라서."

"그렇긴 하죠."

"이번 일로 기승만은 새로운 영감을 얻었을 거예요."

"무슨 영감이요?"

"사연 있는 자식을 잘만 이용하면 정치판에 뒷돈 뿌리는 것보다 더 큰 효과를 얻을 수도 있겠다. 뭐 그런?"

"잘된 거네요. 대권을 위해서 저를 이용할 수밖에 없어진 거니까."

"그런 셈이죠."

"예상보다 빨리 아버지가 사람들을 만나기 시작해서 그런지 마음이 조급해졌어요. 저도."

"그보다 성우 군은 이 일을 계속하길 정말 원하나요?"

"물론이죠."

"그렇다면 앞으로 더 완벽하게 아버지의 편이 되어야 할 겁니다."

"도대체 언제까지 그래야 하죠?"

"기승만이 자신이 원하던 최고의 순간을 바로 눈앞에 두었을 때까지?"

"생각만 해도 지치네요."

"물론 그와 동시에 성우 군은 기승만한테 얻을 수 있는 것들을 하나씩 챙겨야겠죠."

"힘을 키우라는 건가요?"

"힘을 얻을 수 있는 기회를 만든다고 해두죠."

"그래야 아버지의 왕관이 완성되는 순간 더 깊숙이 비수를 꽂을 수 있을 테니까."

마치 남의 일처럼 덤덤하게 말하는 성우를 테오는 물끄러미 쳐다봤다. 그런 시선을 받자 성우는 왠지 머쓱해졌다. 테오에게 어떤 감정 같은 것이 처음 보였기 때문이다. 왜 그런 표정으로 자신을 쳐다보냐고 물으려는데, 문밖에서 쿵쾅거리는 발소리가 들렸다. 복수전자 사람들의 발소리는 아니라고 생각하는 순간, 노크도 없이 문이 벌컥 열렸다.

"신부님! 뉴스 보셨어요?"

"아뇨. 근데 왜 남 형사님이 이 시간에……."

"일단 이것 좀 보세요!"

남 형사가 휴대폰 화면을 테오에게 내밀었다. 뉴스 기사였다. 무슨 기사인지 궁금했던 성우가 엉거주춤 일어나 테오 손에 들린 휴대폰 화면을 보려고 하자 뒤따라 들어온 요셉이 성우의 어깨를 잡고 자신의 휴대폰을 보여주었다.

"윤두성, 이 사람 여기 의뢰자였던 거 맞아요?"

"네, 맞아요."

"내가 이런 일이 벌어질까봐 제발 그만하시라고 했던 거예요."

남 형사의 걱정 가득한 말에도 테오는 별일이 아니라는 듯 입술을 꾹 다물 뿐 아무 말이 없었다. 요셉은 생각했던 것보다 훨씬 더 당황스러워하는 남 형사의 태도에 왠지 마음이 쓰였다. 혹시 우리가 모르는 다른 뭔가가 있는 걸까?

"남 형사님, 근데 이 사람 저희가 최종 단계에서 낙오시킨 사람이라 저희 일에 대해선 별로 아는 게 없을 거예요. 너무 걱정하지 않으셔도 될 거예요."

"요셉, 사람들 많은 출근길 대로변에서 칼부림을 한 범죄자가 복수전자 게임에 나온 방법을 그대로 따라 했다고 진술했어. 자신의 범죄에 대한 책임을 지금 복수전자에 돌리고 있는 거라고."

"좀 이상하긴 하네요. 이건 뭔가 처음부터 작정을 하고 접근한 것도 같고."

성우의 말에 모두들 할 말을 잃었다. 어색한 침묵이 흐르는 사이 성우는 다시 찬찬히 관련기사들을 읽어 내려갔다. 별거 아닌 것 같지만 읽을수록 흥미로운 사건이었다. 유명한 연쇄살인범들을 모방한 범죄는 종종 일어났지만, 이렇게 단순한 게임을 보고 따라 한 거라고 말하는 범죄자는 크게 뉴스거리가 되기는 힘들었다. 더군다나 윤두성은 칼부림을 하기 전에도 여러 번 복수 게임에 나온 유치한 복수 방법들을 이용해 피해자를 괴롭혔다고 했다. 한마디로 이 사람은 피해자에게 복수를 했다기보다 복수전자 게임을 사람들의 관심거리로 만들기 위해 작정한 것처럼 보였다.

"문제는, 이렇게 자기 인생을 망쳐가면서까지 일을 크게 벌인 이유가 뭐냐는 거죠."

"한 번에 두 마리 토끼를 다 잡은 거지. 복수도 하고 우리한테 빅엿도 날리고."

"근데, 이 사람 최종 심사에서 거부당한 이유가 뭐였죠?"

"복수 대상자가 자신이 저지른 범죄에 대해 불리한 증언을 했던 사람이었죠."

"아니, 그런 놈을 아무 대책도 없이 그냥 보낸 거예요? 그러니까 이런 사달이 났죠."

"이 정도로 배짱이 있는 사람이라고 생각은 못 했는데. 의외네요."

"혹시 우리 의뢰자들 중에 관련 있는 사람이 있었던 건 아니겠죠?"

"신부님! 신부님은 왜 아무 말씀 없으세요? 설마 신부님은 이 사람에 대해 어느 정도 짐작하고 계셨던 건가요?"

남 형사의 질문에 방 안 사람들 모두가 테오를 쳐다봤지만 바로 대답이 나오지는 않았다. 성우는 이런 상황이 전혀 이해되지 않았지만, 분위기상 그게 무슨 말이냐고 질문을 할 수 없어 잠자코 지켜보기만 했다.

"다른 의도가 있다고 짐작은 했지만, 이 사람이 이런 식으로 나올 줄은 저도 몰랐네요."

"신부님, 그래도 뭔가 이상한 점이 있었다면 저한테라도 미리 언질을 주셨어야죠."

안타까운 표정으로 안절부절못하는 남 형사를 보며 요셉은 점점 더 불안해졌다. 평소의 남 형사님과 다르게 긴장한 모습이 역력한 것도 그랬지만, 무언가 할 말이 있는데 차마 꺼내지 못하는 것 같아서 더 그랬다. 문득 요셉은 기억하고 싶지도 않은 이름 하나가 떠올랐다.

"잠, 잠깐만요. 윤두성이 저희에 대해 무언가 알고 접근했다면…… 형사님! 혹시 그 사람과 관련이 있는 건가요?"

"믿고 싶지 않겠지만 그런 것 같아요."

"요셉, 누굴 말하는 거야?"

"마우식."

"마우식?"

"형사님, 윤두성이 직접 마우식이라는 이름을 말한 건가요?"

"아니, 근데 거의 확실한 것 같아."

"왜 그렇게 생각하시는 건데요?"

"윤두성과 마우식이 같은 교도소에서 같은 방을 썼거든."

마우식. 아무도 마우식이라는 이름에 대해 설명해주지 않았지만, 누가 봐도 마우식이 복수전자 사람들에게 위험한 인물이라는 것을 짐작할 수 있었다. 마우식이라는 이름을 세 번 부르면 쥐도 새도 모르게 모든 것이 사라질 것 같은 공포감이 방 안을 맴돌았기 때문이다.

"조금 있으면 복수전자 게임과 관련해서 경찰조사가 들어올 거예요."

"그렇겠네요."

"신부님! 제발 남의 얘기처럼 말씀하지 마시고요!"

"형사님, 저희가 어떻게 대비하면 되죠?"

"그래, 요셉 너라도 정신 똑바로 차리고 일단 의뢰자들과 관련된 데이터들, 그러니까 이메일, 휴대폰 문자, 연락처 등등 혹시 남은 거 있으면 깨끗이 지우고. 복수전자 식구들 통신 기록 그리고 이 주변 CCTV 파일도 한 번 더 검수해주고. 무슨 말인지 알지?"

"네, 너무 걱정 마세요. 매번 하고 있는 일이니까요."

"그리고 복수 게임 마지막 화면에 나오는 문구들과 연락처에 대해 해명할 자료들을 철저하게 준비해두어야 할 거야."

"네, 준비해두겠습니다."

"아, 참! 데이터 삭제하기 전에 의뢰자들한테 비상 알람 문자 먼저 보내. 아마 지금쯤 뉴스 보고 모두들 불안해하고 있을 거야."

"네, 알겠습니다."

"아 그리고 도팔 씨한테 데이터 지우기 전에 자체 백업도 다시 한 번 부탁하고."

"네, 걱정 마세요. 그럼, 저는 먼저 나가 볼게요."

요셉이 나가자 남 형사는 깊은 한숨을 내쉬며 테오 맞은편 의자에 앉았다. 테오는 여전히 요동 없는 말간 얼굴로 꼿꼿이 앉아 있었다. 성우는 그 어색하고 숨 막히는 상황을 방 안의 공기처럼 있는 듯 없는 듯 채우고 있었다.

"신부님, 괜찮으세요?"

"네, 뭐 저는 괜찮습니다. 요셉과 도팔이 당분간 고생을 좀 하겠네요."

"사실 뭐 경찰조사야 크게 걱정하진 않으셔도 돼요. 요셉이 워낙에 대비를 잘해왔을 테니까요. 경찰도 그냥 게임중독자가 벌인 일 정도로 취급할 것도 같고. 괜히 제가 너무 호들갑 떤 거 같아서 죄송하네요."

"아뇨, 충분히 이해합니다."

"제가 진짜 걱정스러운 건, 마우식이에요. 윤두성을 이용해서 일종의 선전포고를 한 거 같은 느낌이 들거든요."

"그런 것 같네요."

"곧 나타나겠죠? 마우식!"

"그러겠죠."

"신부님, 뭐 이상한 생각하시는 건 아니죠?"

"무슨 생각이요?"

"아니면 됐고요. 어쨌든 너무 걱정 마세요. 이번엔 정말 아무도 다치지 않을 거예요. 우리도 그때처럼 호락호락하진 않을 테니까."

말갛던 테오 얼굴에 그제야 서늘한 그늘이 비쳤다. 성우는 테오를 만난 이후로 그렇게 분명한 감정이 보이는 것을 처음 보았다. 테오 얼굴에 드리워진 그늘이 너무 깊고 무거워서 차마 숨소리도 낼 수 없었다. 그런 분위기 속에서 성우 역시 두 사람처럼 머릿속에 같은 이름이 빙빙 돌았다. 부르기조차 두렵고 껄끄러운 이름, 마우식.

의뢰자 262. 마우식

출소를 하고 제일 먼저 찾아간 곳은 아버지 납골당이었다. 아버지의 초라한 납골함에는 사진도, 꽃다발도 없이 부끄러운 이름 석 자만 덜렁 박혀 있었다.

故 마 해 석

내가 감옥에 들어가고 며칠 지나지 않아 아버지는 스스로 목숨을 끊었다고 한다. 그래서 아버지가 왜 목숨을 끊었는지, 어떻게 끊었는지 전혀 알지 못한다. 아버지는 자신의 죄를 모두 인정하고 스스로 감옥에 기어 들어간 사람이었다. 그럼에도 불구하고 한동안 아버지는 감옥에서 아주 잘 지내는 것처럼 보였다. 그랬던 아버지가 내가 자신과 똑같은 살인자가 되어 감옥에 들어가고 나서야 목숨을 끊었다. 왜일까? 설마 그제야 아버지는 내게 미안한 감정이 들었던 걸까? 모르겠다. 어쨌든 나는 아버지가 죽었다는 소식이 전혀 와닿지 않았다. 슬프지도 않았다. 오히려 화가 났다. 아버지는 죽으려면 더 일찍 죽었어야 했다. 용서를 받고 싶다며 경찰에 자수를 하기 전에 혀를 깨물어서라도 그 자리에서 목숨을 끊었어야 했다. 그랬다면 남은 가족들이 그렇게 힘들어지지는 않았을 것이다. 적어도 내가 이렇게 아버지와 똑같은 살인자가 되어 있지는 않을 것이다. 아버지가 왜 누군가를 죽여야 했는지, 왜 갑자기 자수를 해야 했는지는 중요하지 않았다. 알고 싶지도 이해할 필요도 없었다. 내가 원통한 것은 아버지가 죽는 순간까지 나와 어머니에 대한 생각은 손톱의 때만큼도 여기지 않았다는 것이다. 그뿐이다.

##

아버지는 내가 누구보다 존경하고 동경하던 사람이었다. 평소 내게 따뜻한 눈길 한 번 준 적이 없는 사람이었지만, 그래도 나는 한 인간으로서, 정신과 의사로서 아버지를 존경했다. 그랬기 때문에 나는 적성에 맞지도 않는 의대에 진학했고, 아버지와 같은 정신과 전공의가 되려고 기나긴 수련 과정도 이겨냈다. 그래야만 아버지가 내 선택과 노력을 알아주실 거라 믿었던 것이다.

"굳이, 왜……."

정신과 전문의가 되었다고 말했을 때 아버지가 내게 처음 한 말이었다. 아버지는 내가 자신과 같은 정신과 전문의가 되는 것을 반기지 않았다. 솔직히 말하면 아버지는 나에 대해 내 인생에 대해 별 관심이 없었다. 매번 심드렁한 아버지의 반응을 보고 내가 얼마나 큰 상처를 받았는지 아버지는 죽는 순간까지도 몰랐을 것이다. 그럼에도 불구하고 나는 아버지의 길을 따라가고 싶었다. 좀처럼 내게 마음을 열어주지 않는 분이었지만, 닮고 싶었고 아버지가 훌륭하게 만들어놓은 길을 따라 걷고 싶었다. 아버지는 그만큼 의사로서 존경스럽고 위대한 분이었다. 의대에 다니면서 아버지가 그런 분이란 걸 나는 누구보다 잘 알 수 있었다. 집에서보다 학교에서 혹은 병원에서 더 아버지의 존재감은 엄청났다. 처음 만나는 동료들, 선배들, 스승들까지도 아버지의 이름 앞에서는 작아지는 느낌을 받았다. 아버지는 병원에서만 유명한 사람이 아니었다. 정신의학회 전 분야에서 엄청난 영향력을 끼치고 있는 인물이었고, 당시 대통령의 선거운동을 도왔던 경력 덕분에 정치인은 물론 일반인들도 얼굴을 알 정도로 유명한 인물이었다. 덕분에 나 역시 어디서나 사람들의 시선을 한몸에 받았고 행동 하나 말투 하나 허투루 할 수 없었다. 내 행동, 내 말, 내 능력 뒤에는 항상 아버지의 커다란 이름이 따라다니고 있었기 때문이다. 때론 그런 아버지의 후광이 부담스럽기도 했지만 그때의 나는 그런 아버지의 자랑스러운 후광을 충분히 누리고 즐길 줄 알았다. 어쩌면 아버지 자신보다 더. 그렇게 자랑스럽던 나의 아버지가 어느 날 갑자기 희대의 살인마가 되어버렸다. 사이코패스라는 이유로 자신의 환자들을 학대하고 심지어 아무도 눈치채지 못하게 죽이거나 죽음을 방조했다. 그것도 꽤 오랜 시간 동안. 아버지의 희생자들은 고약한 사이코패스들이 대부분이었지만, 그들을 보호하고 치료해야 할 의사가 심판자 역할을 했다는 것에 사람들은 분노했다. 나 역시 경악을 금치 못했다. 아버지가 왜? 무엇 때문에? 이해할 수도 믿을 수도 없는 상황이었다.

하루아침에 천국에서 지옥으로 떨어진 기분을 아는 사람이 얼마나 될까? 평생을 살아도 한번 만나보지 못할 극적인 상황을 경험하고 있다는 사실이 처음에는 신기하기도 했다. 하지만 세상은 판타지 동화 속에나 나오는 것처럼 신비롭지 못했다. 모든 것이 뒤틀어지고 뒤집어졌다. 내 앞에서 한 번도 얼굴을 찡그려본 적 없던 사람들이 이제는 나를 괴물 보듯 하거나 투명 인간으로 취급하기 시작했다. 내 뒤에서 내가 들을 수 있을 만큼의 속삭임으로 나와 내 아버지를 아무렇지도 않게 동일시하기도 했다. 사람만큼 잔인한 동물이 없다는 말을 그제야 이해했다. 내가 처한 현실을 나보다 그들이 먼저 알아챘고, 그 현실에 맞게 대응하는 사람들이 내게는 그 어떤 스릴러보다 소름 끼치게 느껴졌다. 아버지 때문에 내가 노력하며 쌓아왔던 모든 것들이 무너졌다. 마치 처음부터 끝까지 나는 아버지의 허울로

만 살아왔던 것처럼. 나라는 인간은 처음부터 존재하지도 않았던 것처럼. 견고하게 쌓았다고 믿었던 모든 것들이 이른 아침 이슬처럼 말끔하게 증발해버렸다. 그 당혹스러움은 시간이 흐르면서 점차 진한 분노로 변해갔다. 그렇게 나는 태어나 처음으로 분노와 절망이 지배하는 세상, 지옥에 입성했다.

##

세상이 온통 우윳빛이라고 믿었던 그때, 아버지는 어느 날 갑자기 자살을 하기 위해 일부러 낭떠러지로 차를 몰았다. 신고자의 발 빠른 대처로 목숨은 건졌지만, 그때의 나는 아버지가 자살을 하려고 했다는 사실을 받아들이기 힘들었다. 그래서 아버지가 운전 실수를 했을 뿐이라고 생각했고 그렇게 믿으려고 애썼다. 응급수술을 마치고 의식을 회복한 아버지의 낯빛을 보고 나서야 나는 인정할 수밖에 없었다. 아버지가 정말로 죽고 싶어 했다는 것을. 안타까운 것은 그런 아버지를 정신과 의사인 나도 어쩔 수 없었다는 것이다. 다른 의사에게 부탁할 수도 없었다. 아버지가 이 바닥에서 가장 유명한 정신과 의사였기 때문이다. 사고 후, 아버지는 실어증에 걸린 사람처럼 한 마디도 하지 않았다. 도대체 아버지에게 무슨 일이 있었는지, 왜 그런 선택을 했는지조차 짐작할 수 없었다. 영혼을 잃어버린 얼굴로 아버지는 시종일관 입을 굳게 다물고 멍하니 누워만 있었다. 막막하고 답답하던 어느 날, 아버지에게 한 사제가 찾아왔다는 이야기를 들었다. 외래진료까지 잠시 미루고 나는 아버지 병실로 달려갔다. 그동안 아버지를 찾아온 지인들은 많았지만, 아버지는 한 번도 그 누군가를 만나준 적이 없었다. 그런 아버지가 누군가의 방문을 허락했다는 말을 듣고 달려가지 않을 수 없었다. 더군다나 그 사제와 아버지는 병실 안에서 꽤 오랜 시간 동안 대화를 나누었다. 무슨 이야기를 나누는지 병실에 들어가 보고 싶었지만, 차마 들어갈 수는 없었다. 어쩔 수 없이 병실 밖에서 그 특별한 사제가 나오기만을 기다렸다. 한참의 시간이 흐른 뒤, 말간 얼굴을 한 사제가 아버지 병실에서 나왔다.

"저희 아버지와는 어떻게……."

"교수님과 오랜 친구였던 사람의 아들입니다."

"혹시 구급차를 불러주셨다던 그 신부님이신가요?"

"네."

"어이쿠, 감사 인사를 꼭 드리고 싶었는데 이렇게 뵙게 돼서 다행입니다. 혹시 시간 되시면 차라도 한잔하고 가시죠."

"괜찮습니다. 그럼 저는 이만."

그때까지만 해도 나는 그 사제가 아버지, 아니 우리 가족의 은인이라고 생각했다. 하지만 안타깝게도 그 사제는 우리의 원수였고, 그 만남은 끔찍한 악연의 시작이었다. 사제가 다녀간 뒤 아버지는 더 깊고 지독한 침묵에 빠졌다. 아버지는 이미 아무것도 들리지 않고 아무것도 보지 못하는 사람 같았다. 그러던 아버지가 대뜸 담당

의에게 퇴원을 하고 싶다는 의사를 전했다. 담당의는 내게 의견을 물었다. 사고 이후 처음으로 무언가를 하고 싶다고 말하는 아버지를 어떻게 받아들여야 할지 몰라 당황스러웠다. 고민 끝에 아버지가 하고 싶은 대로 하게 두는 것이 좋을 거란 생각에 담당의 판단대로 해 달라고 부탁했다. 결국 담당의는 통원 치료를 계속 받아야 한다는 조건으로 아버지를 퇴원시켰다.

"당신 먼저 들어가요. 나는 갈 곳이 있으니."

퇴원 수속을 마치고 나오던 길, 병원 지하 주차장에서 아버지가 우리에게 사고 후 처음이자 마지막으로 건넨 말이었다. 나와 어머니는 말렸지만, 아버지의 의지를 꺾을 수 없었다. 가시는 곳까지라도 데려다 드리겠다고 했지만, 아버지는 들은 척도 하지 않고 기어코 우리 눈앞에서 사라져버렸다. 만약 그때 내가 끝까지 아버지를 말렸다면 어떻게 되었을까? 아니 그때 아버지가 내게 미안하다는 말이라도 했다면, 지금의 나는 조금 달라져 있을까? 적어도 살인자가 되진 않았을까? 부질없는 생각이었다. 세상에 만약이란 것은 존재하지 않는다. 누군가 맞추어놓은 블록처럼 어쩌면 모든 것이 미리 정해져 있었는지도 모른다. 아버지는 아버지의 정해진 운명대로 우리에게 미안하단 말 한 마디 없이 경찰서로 향했다. 유명인이라며 반갑게 맞이하는 경찰들에게 아버지는 자신이 수십 년간 수십 명의 환자들을 죽이거나 죽을 수 있도록 방조했다는 사실을 자백했다. 그날 저녁 어머니와 나는 아무것도 모른 채, 집으로 돌아오지 않는 아버지를 걱정하며 초조하게 기다리고 있었다. 어느 순간 집 전화와 휴대폰이 미친 듯이 울리기 시작했다. 아무것도 모르는 상태였지만, 그때 어머니와 나는 그 전화를 받지 않았다. 전화 벨소리만으로도 충분히 우리 가족의 일상이 완전히 무너졌음을 직감할 수 있었다.

##

한 번도 경험해보지 못한 조롱과 힐끔힐끔 쏘아보는 멸시에 찬 시선들을 온전히 다 받아내며 나는 내 자리에서 어떻게든 버티려고 노력했다. 그러나 병원 측에서는 소리 없는 아우성처럼 내가 들은 적 없는 환자들의 아우성을 핑계 대며 내게 퇴직을 종용했다.

"제가 계속 버티겠다면 어떻게 됩니까?"

"어떻게 될지는 선생님이 더 잘 아시지 않나요? 어쨌든 우리 병원은 이미 아버님 때문에 금전적인 손해는 물론 대내외적인 이미지까지 크게 피해를 보고 있다는 것만 알아주셨으면 좋겠네요."

"죄를 저지른 사람은 제가 아닙니다. 그런데 왜 제가 그 모든 걸 감당해야 합니까?"

"감당하기 어려우실 테니 이쯤에서 빠져달라는 얘깁니다. 솔직히 말해서 선생님이 환자라면 선생님 같은 의사에게 진료를 받으실 수 있겠습니까?"

나 같은 의사? 나 같은 의사가 아니라 아버지 같은 의사겠지. 이제 사람들은 아버지와 나를 동일시하고 있었다. 누군가는 그렇게도 말했다. 만약 아버지가 이렇게까지 유명한 정신과 의사가 아니었다면, 내가 병원을 그만둘 만큼 이슈가 되지 않았을 거라고. 분노와 억울함이 머리 꼭대기까지 끓어올랐지만, 나는 아무것도 할 수가 없었다. 결국 나는 그들의 간절한 바람대로 병원을 그만두었다. 그렇게 나는 세상 사람들의 일그러진 시선 속에 갇혀 한 발자국도 움직일 수 없는 사람이 되어버렸다.

"더 이상 찾아올 필요 없다. 그냥 죽은 사람이라고 생각해라."

마지막으로 면회를 갔을 때 아버지가 내게 남긴 말이었다. 여전히 아버지 머릿속에는 나라는 존재는 존재하지 않았다. 그 사실이 나를 더 미치게 만들었다. 뉴스에서 떠드는 이야기들이 정말 사실이냐고 묻고 싶었다. 정신과 의사라는 사람이 사이코패스들의 연쇄살인을 막기 위해 사이코패스를 죽이는 게 말이 되냐고 비아냥거리고도 싶었다. 백번을 양보해서 그랬다 치더라도 왜 이제 와서 죽은 사람들에게 용서를 빌겠다고 아들의 인생까지 말아먹었냐고 소리치고 싶었다. 하지만 나는 한 마디도 못 하고 면회실을 나왔다. 내가 무슨 말을 한다 해도 아버지에게선 그 어떤 반응도 얻을 수 없다는 것을 알았기 때문이다. 그렇게 비참하게 집으로 돌아오던 길, 문득 그 사제 생각이 났다. 아버지가 자수를 하기 직전 병원에 찾아와 유일하게 긴 이야기를 나누었던 그 사제. 도대체 그 사제와 아버지는 무슨 대화를 나누었을까? 그 사제를 만나면 아버지라는 사람을 조금은 이해할 수 있을까?

사제의 이름은 강테오. 세례명은 디모테오. 무엇보다 놀란 것은 그의 아버지 역시 내 아버지와 똑같이 희대의 살인마였다는 것이다.

희대의 연쇄살인마로 20년을 감옥에서 보내다가 사형 집행 부활의 본보기로 제일 먼저 형장의 이슬로 사라지는 바람에 유명해진 강치수. 그의 이름은 이미 많은 사람들에게 연쇄살인마 혹은 사이코패스를 가리키는 고유명사가 되어버렸다. 디모테오에 대해 거기까지 알게 되었을 때만 해도 나는 그에게 동질감과 함께 깊은 연민을 느꼈다. 그래서 그에 대해 더 알고 싶었고, 반드시 만나야겠다는 생각이 들었다.

"디모테오 신부는 지난달에 교구에서 운영하는 작은 수도원으로 떠나셨습니다. 아무래도 여러 가지로 큰일을 겪은 터라 교구에서 배려를 해주신 거죠. 그런데 무슨 일 때문에 찾아오신 건가요?"

"저는 마해석 교수님의 아들 마우식이라고 합니다."

아버지 이름을 말하자 베드로라고 자신을 소개한 신부의 얼굴이 귀신을 본 것처럼 하얗게 변했다. 베드로 신부는 심해성당에서 디모테오와 함께 보좌신부를 지냈던 사람이었다. 그만큼 디모테오 신부와 베드로 신부는 가까운 사이로 보였다. 나중에 안 사실이지만, 그 두 사람은 어려서부터 같은 고아원에서 함께 자랐고, 신학교 생활도 함께했기 때문에 형제보다 더 가까운 사이였다. 베드로 신부의 인상은 험악한 일을 하는 사람처럼 보였지만, 표정으로 자신의 감정을 숨기기 어려울 정도로 순두부처럼 연약한 사람이었다. 순두부 같은 멘탈을 가진 사람이 지금 저렇게 당황하는 것을 보니 베드로 신부는 아버지와 디모테오 신부의 관계를 어느 정도 알고 있는 것이 분명했다.

"베드로 신부님에게 실례가 되지 않는다면, 디모테오 신부님과 관련된 일을 몇 가지 여쭤봐도 될까요?"

스멀스멀 올라오는 적대감을 간절함으로 포장해 베드로 신부에게 정중히 물었다. 역시나 베드로 신부는 나를 야멸차게 외면하지 못하고 땀을 뻘뻘 흘렸다.

"저희 아버지가 디모테오 신부와 긴밀한 관계였다는 것을 알고 있습니다. 때문에 제가 이해할 수 없는 부분을 디모테오 신부가 알고 있을지도 모른다는 생각을 했습니다. 무엇보다 제가 제일 궁금한 것은 제 아버지가 그런 끔찍한 기행을 저지르다가 왜 갑자기 자수를 했냐는 것입니다. 그것도 디모테오 신부를 만나고 난 직후 말입니다. 제가 이해할 수 없는 어느 부분에 디모테오 신부가 관련되어 있지 않을까 짐작만 할 뿐입니다. 혹시 베드로 신부님은 그 부분에 대해 알고 계신 게 있나요?"

"그건 아버님한테 직접 들으시는 게……."

"아버지가 대답을 해주셨다면 제가 여기 찾아오지 않았겠죠."

"저도 무어라 드릴 말씀이 없네요."

"알겠습니다. 그럼 제가 직접 디모테오 신부님을 찾아가는 수밖에 없겠네요."

"잠, 잠깐만요!"

식은땀을 닦느라 손수건이 다 젖은 줄도 모르고 베드로 신부는 얼굴과 이마를 연신 손수건으로 닦았다. 나는 베드로 신부가 다시 입을 열 때까지 인내심을 가지고 기다렸다. 결국 베드로 신부는 입을 열었고 어눌하지만 단단한 목소리로 내가 전혀 몰랐던 이야기를 풀어놓았다. 간절함으로 철저히 포장해두었던 분노가 이야기를 듣는 동안 점점 커지기 시작했다. 베드로 신부의 이야기가 마침표를 찍었을 때, 내 분노는 극에 달해 있었다. 고작 그것 때문에? 본인 인생은 물론이고 내 인생까지 작살낸 거라고?

태어나 한 번도 누군가에게 복수를 하겠다는 마음을 품었던 적이 없었다. 아니 그런 복수심을 품을 이유가 없는 삶을 살았다. 친구들과 가볍게 티격태격 주고받는 사사로운 감정들은 있었지만, 누구에게 복수심을 품을 만큼 억울한 인생을 살 필요가 없었다. 그래서 누군가에게 복수를 하기 위해 일생을 바치는 사람들 이야기를 들으면 한심하다고 생각했다. 정신과 수련의 과정에서 만난 상담자들 중에 그런 사람들이 꽤 있었다. 누군가에 대한 증오와 복수심 때문에 자신의 인생이 망가지는 줄도 모르고 폭주하던 사람들. 나는 그들에게 공감하는 척하며 최고의 복수는 그 사람보다 내가 더 잘 사는 것을 보여주는 거라고 지껄이기도 했다. 또 어떤 때는 팔짱을 끼고 앉아 아주 재수 없게 본인의 삶에 더 집중해보라고 충고 아닌 충고를 했을지도 모르겠다. 그들에게 내 모습이 얼마나 같잖게 보였을까? 얼마나 한심해 보였을까? 어쩌면 그 사람들은 내 말 따위를 들을 여유가 없었을지도 모르겠다. 복수심을 품고 산다는 것은 그런 거였다. 하루하루 가슴에 불덩이를 안고 삼키지도 내뱉지도 못하는 상황이라 설명해도 충분하지 못했다. 어쨌든 나는 그 불덩이를 누군가에게 던져버리고 싶었다. 그래야 내가 살 것 같았다. 결국 나는 그 불덩이를 내던질 사람을 기어코 찾아냈다. 그 사제 디모테오. 디모테오에게 그 불덩이를 던지면 어떻게 될까? 그러면 아버지도 내 고통을 알아차릴까? 진심으로 용서를 구하지 않을까? 사실 그렇게 되지 않는다고 해도 상관은 없었다. 어쨌든 나는 내가 떨어진 지옥으로 누군가를 어떻게든 끌어내리고 싶었다. 그렇다면 최선의 방법은 무엇일까? 고작 이런 짓을 하려고 내가 정신과 의사가 되었던 것은 아니었지만, 내가 배우고 익혀둔 전공 지식들은 그 순간 많은 부분 도움이 되었다. 그렇게 나는 지옥으로 바로 가는 초대권을 디모테오에게 건네기 위해 그를 만나야 하는 수만 가지 이유를 만들어냈다.

"마해석 교수 아들 마우식이라고 합니다. 병원에서 우리 한 번 만났었죠?"

"네, 기억합니다. 성당에도 찾아오셨다고 베드로 신부에게 이야기 들었습니다."

"그럼 제가 여기까지 온 이유도 알고 계시겠네요."

"짐작만 하고 있습니다."

"무슨 짐작이죠?"

"모든 게 저 때문이라고 생각하시는 거 아닌가요?"

나를 쳐다보는 디모테오의 얼굴을 보고 소름 돋는 한기를 느꼈다. 말간 그의 얼굴과 눈빛에 그 어떤 감정도 보이지 않았지만, 온몸을 저리게 만드는 한기는 분명하게 느껴졌다.

"아버지가 저지른 잘못 때문에 살면서 한 번도 경험해보지 못한 손가락질과 멸시를 받으셨으니 힘드셨을 거라고 생각합니다. 자신이 쌓아온 인생은 완전히 무시되고 오로지 아버지가 망쳐버린 잣대로 자신의 인생을 평가하고, 폄하당하니 억울하셨겠죠. 그래서 누군가에게 그 억울한 감정을 쏟아내고 싶었을 거구요. 하지만, 생각해 보세요. 이렇게 되기 전에도 사람들의 평가나 시선은 공평하지 않았을 겁니다. 마 교수님의 아들이었기 때문에 받았던 수많은 호의와 찬사들은 자신의 것인 양 온전히 누렸으면서 왜 비난은 온전히 받아들이지 못하는 거죠? 지금 힘드신 건 그 누구의 탓도 아닙니다. 잘못된 것도 아닙니다. 그러니 이런 일에 괜한 감정 소비하지 마시고, 이제야 누구의 아들이 아닌 자기 자신의 삶을 살게 되었다고 생각하셨으면 합니다."

그날 그 디모테오가 그렇게 나에 대해 아는 척하며 모욕하지만 않았어도 나는 어쩌면 이 미친 짓을 멈췄을지도 모르겠다. 복수라는 감정이 본능이라 하지만, 자신에게 돌아오는 수많은 위험과 위협들을 감당해내야 하기 때문에 매 순간순간마다 굳건히 다짐하지 않으면 행동으로 옮기기 어려운 일이었다. 나 역시 그랬다. 이미 잃을 것이 없다고 생각했지만, 수십 년간 내가 받아왔던 도덕적이고 이성적인 사고방식이 불쑥불쑥 튀어나와 나를 제자리에 주저앉혔다. 그래서 복수는 계획적인 것보다 우발적인 경우가 많은 것이다. 그날 디모테오를 만나고 난 뒤 나는 우발적이다 못해 어리석은 인간으로 변해버렸다. 모든 이성과 사고가 마비되고 오로지 디모테오에게 나와 똑같은 감정을 느끼도록 해주겠다는 의지만이 나를 지배했다. 그렇게 내 세상은 완벽히 무너졌고, 지옥은 나의 집이 되었다.

##

"내가 베드로 신부를 죽였다면 어쩔 건가요?"

농담처럼 웃으면서 말했다. 디모테오의 얼굴이 녹아내리는 촛농처럼 일그러졌다. 신기했다. 말간 석고상처럼 절대 일그러질 것 같지 않았던 얼굴이 그렇게 일그러질 줄은 꿈에도 몰랐다. 이상했다. 나도 모르게 자꾸만 입꼬리에서 웃음이 실실 새어 나왔다. 디모테오는 소리도 지르지 못하고, 내 멱살을 잡지도 못하고 그냥 무너졌다. 소리 없이 갈기갈기 찢어지는 그의 절규가 듣기 좋았다. 어쩌면 그날 디모테오는 일부러 나를 도발했을지도 모르겠다. 영혼 없이 내 마음속을 헤집고 다니던 그의 얼굴은 마치 누군가 자신을 죽여주길 바라는 것처럼 보였으니까. 물론 나는 결단코 디모테오의 뜻대로 해줄 수가 없었다. 그건 절대 복수가 될 수 없었다. 그래서 나는 디모테오 대신 베드로를 죽인 것이다. 그러니까 엄밀히 말하면 베드로를 죽인 것은 내가 아니라 디모테오였다. 어디선가 아득하게 사이렌이 들렸다. 디모테오를 만나기 직전에 사람을 죽였으니 나를 좀 잡아가라고 경찰서에 자수 전화를 했었는데 이제야 도착했나 보다. 경찰들이 도착하기 전에 디모테오가 나를 죽여주면 더할 나위 없이 좋으련만. 디모테오는 지금 막 벗어 던진 옷처럼 그냥 내 앞에서 허물어져 버렸다.

##

사람을 죽이는 일이 그렇게 쉬울 줄은 몰랐다. 사람을 죽였다는 사실보다 그 사실에 나는 더 놀랐다. 아버지가 왜 그리 오랜 시간 동안 쓰레기들을 죽여왔는지 조금은 이해할 것도 같았다. 사람을 죽이는 것은 어렵지 않았지만 베드로 신부에겐 별로 유감이 없었던지라 그 죄책감에서 자유롭기는 힘들었다. 그럼에도 그를 죽일 수밖에 없었던 것은 모든 경우의 수를 두고 판단해봤을 때, 디모테오를 가장 불행하게 만드는 일이었기 때문이다. 아무런 죄가 없는 사람이 죽었을 때 그 죽음에 대한 원망과 분노가 가장 큰 법이니까. 더군다나 가족보다 가까웠던 유일한 친구였다면 그 고통은 차마 입으로 말할 수 없을 정도였을 것이다. 수갑을 차고 경찰차를 타고 가는 동안 구겨진 휴지처럼 허물어진 디모테오의 얼굴이 자꾸 떠올랐다. 기분이 이상했다. 분명 아주 훌륭한 복수라고 생각했는데, 내가 디모테오에게 진 것 같은 느낌이 들었다. 삼키지 못해 아등바등했던 가슴속 불덩이를 분명 시원하게 던져버렸다고 생각했는데, 왜 가슴속엔 더 큰 불덩이가 타오르는 걸까? 왜 이렇게 답답하고 터질 것 같은 걸까? 왜 이렇게 죽을 것처럼 아픈 걸까?

##

현장검증을 하기 전 차 안에서 우두커니 앉아 있었다. 모자와 마스크를 눌러쓰고 양옆에 형사들을 끼고 앉아 있으려니 피곤했다. 자수를 하고 나면 모든 것이 끝나버릴 줄 알았는데, 자꾸만 사람들은 나를 이리저리 끌고 다니며 진을 빼놓았다. 내 죄에 합당한 벌을 내리는 과정 자체가 내게 진짜 벌이 될지는 몰랐다. 옆에 앉은 과체중으로 보이는 형사가 내게 현장검증 주의 사항을 지루하게 이야기했다. 내가 도통 집중하지 못하는 걸 알았는지 형사는 내게 끔찍한 이야기를 갑자기 던졌다.

"엊그제 어머님께서 목숨을 끊으신 건 알고 있죠? 어머니 마지막 가시는 길은 배웅하게 해드릴 테니까 제발 협조 좀 하세요!"

몰랐다. 물론 내가 몰랐다는 사실을 형사도 알고 있었을 것이다. 가슴에 썩은 물처럼 고여 있던 설움이 그제야 눈으로 뚝뚝 떨어졌다. 평생 남편에게 살가운 대접 한 번 받지 못하고 홀대만 당했던 어머니였다. 오로지 아들에게만 의지해 살아왔던 어머니를 복수심에 눈이 멀었던 나는 까맣게 잊고 있었다. 남편의 배신은 견딜 수 있었지만, 아들의 배신은 견딜 수 없었던 어머니. 그제야 내 머리를 부숴버리고 싶은 충동이 들었다. 그렇게 나의 불행은 복수라는 파도를 타고 모든 것을 쓸어버리고 있었다. 며칠 뒤, 아버지 역시 교도소에서 목숨을 끊었다는 소식을 들었다. 무모했던 복수의 칼날은 결국 부메랑처럼 다시 돌아와 내 살점들을 모두 발라내버렸다. 그럼에도 불구하고 나는 후회하지 않았다. 내 복수로 인해 이토록 끔찍한 대가를 치른다 해도 나는 그 순간 그런 선택을 할 수밖에 없었다. 안타까운 것은 모든 것을 앗아간 내 복수가 내 목숨까지 앗아가진 못했다는 것이다. 죽고 싶었지만, 죽지 못했다. 죽을 이유도 없었다. 내가 죽는다 해도 죄책감을 느끼며 괴로워할 아버지도 없었으니까. 디모테오의 말대로 나는 평생 아버지가 없으면 안 되는 사람일까? 끝까지 나는 아버지를 넘어설 수 없는 사람일까?

##

자수를 했음에도 불구하고 나는 꽉 찬 12년 형을 받았다. 아버지의 피를 이어받아 죄 없는 신부를 죽인 것이 국민 정서에 반하는 범죄라는 게 사법부의 판단이었다. 형을 얼마나 받느냐는 중요하지 않았다. 사실 내게 진짜 벌은 감옥보다 사람들의 손가락질을 받는 세상 밖일 테니까. 죽지 않고 살아남아 진짜 벌을 달게 받기로 했다. 삶에 대한 희망이나 욕구가 있어서가 아니라, 새로운 목표가 생겼기 때문이다. 내 목표는 내가 던진 불행을 안고 디모테오가 어떻게 살아가는지 지켜보는 것이었다. 미친 소리라고 비아냥거려도 어쩔 수 없었다. 나는 정말 디모테오의 남은 삶이 미치도록 궁금했으니까.

어쨌든 나는 치욕스러운 감방 생활에서 살아남기 위해 이곳에 맞는 생활 방식에 어떻게든 적응해야 했다. 그런 면에서도 정신과 의사라는 내 전직은 커다란 장점이 되었다. 이곳에 갇혀 있는 범죄자들은 대개 누군가에게 진심 어린 관심이나 인정을 받아본 적이 없는 사람들이었다. 그래서 그런 식으로 자신들의 감정을 난폭하게 표출했던 것이다. 때문에 관심을 보이거나 존재 자체를 인정해주기만 해도 그들은 생각보다 큰 감동을 받았고 다루기 쉬운 존재로 변했다. 어떤 이들은 그런 내게 무작정 충성을 맹세하기도 했다. 윤두성도 그런 이들 중 하나였다.

"억울하지 않아? 이렇게 살게 된 거."

"억울하죠."

"그런데 왜 그렇게 무기력하게 살지?"

"전 원래 그렇게 생겨먹은 놈이니까요. 무기력하고 재수 없는 놈."

"한 번쯤은 사는 것처럼 살아봐야지."

"어떻게요?"

"너를 이 꼴로 만든 사람을 찾아서 복수하겠단 마음으로 한번 살아봐."

"복, 복수요?"

"복수라는 게 때론 삶의 의지가 되기도 하니까."

"보보, 복수가요?"

"호의가 계속되면 호구가 된다는 말 알지? 쉽게 말해 복수라는 건 나를 호구로 만든 세상에 빅 엿을 날리는 일이거든."

"그럼 뭐가 달라지죠?"

"잃어버렸던 존재감을 찾을 수 있지. 아주 확실하게."

윤두성은 이해하기 어렵다는 얼굴이었지만, 그의 눈꺼풀이 파르르 떨리는 것을 보고 확신했다. 이 호구 자식이야말로 내가 유용하게 써먹을 수 있는 카드가 될 거라고.

##

"눈치 빠르고 약삭빠른 놈들이니까 조심하고."

"네, 명심하겠습니다."

"나가서는 절대 아는 척하지 말고. 찾아오지도 말고."

"네, 근데 형님도 곧 나가시지 않나요?"

"그러니까 하는 말이야. 네 뒤에 내가 있다는 거 그놈들이 몰라야 해. 알아들어?"

"네네, 그럼요."

"그럼, 건투를 빈다."

파르르 떨리는 윤두성의 눈꺼풀을 확인하고 나는 녀석의 어깨를 다정하게 두들겼다. 여길 나가서는 다시 보고 싶지 않은 하찮은 인생이었지만, 지금은 내게 누구보다 효과적인 도구가 되어줄 윤두성의 신뢰를 더 확고하게 다지기 위해서였다. 윤두성이 출소하고 얼마 지나지 않아 나도 출소를 하게 되었다. 12년 만이었다. 기다리는 사람도 만날 사람도 없었지만, 꼭 보고 싶은 사람은 있었다.

사실 나는 지난 12년 동안 여러 가지 루트를 통해 디모테오의 소식을 전해 들을 수 있었다. 결국 디모테오가 사제직을 내려놓았다는 이야기를 들었을 때는 가슴이 두근거리기까지 했다. 이제 디모테오에게 남은 건 스스로 목숨을 끊는 일밖에 없다고 생각했다. 그런데 디모테오는 내 예상을 여지없이 깨뜨렸다. 내가 전혀 예상치 못한 행보를 보여줬기 때문이다. 연쇄살인범이었던 아버지가 남긴 땅과 집을 팔아 건물주가 되는가 싶더니 그 건물에 직접 복수전자라는 전파상을 차렸다. 전직 신부에게는 전혀 어울리지 않는 전파상이라니! 도대체 왜 그런 이상한 가게를 차렸을까? 분명 알려지지 않은 다른 이유가 있을 것이다. 의심이 많았던 나는 디모테오와 복수전자에 대해 더 깊이 알아내야 했다. 꽤 오랜 시간이 걸리기는 했지만, 결국 나는 아주 흥미로운 사실을 알아낼 수 있었다.

"복수 게임?"

"단계별로 복수 성공하면 레벨이 올라가는 모바일게임인데, 이게 그냥 거기서 끝나는 게임이 아니라는 거죠."

"설마 진짜로 복수를 해준다는 건가?"

"그런 것 같습니다."

"그러니까 게임으로 사람들을 끌어들이고, 게임을 마스터하면 진짜 복수를 해준다?"

복수전자 게임 최고 레벨에 올라가면 그들의 진짜 연락처를 알려주는데, 그 복수전자 연락처가 바로 디모테오의 직통전화라는 것이다. 복수라는 이름으로 누군가를 잃었던 한 사내가 지옥 끝에서 또 다른 누군가의 복수를 해주고 있었다니! 도대체 디모테오는 무슨 생각으로 그런 일을 벌인 걸까? 덕분에 내 목표는 견고해졌고, 그 과정 역시 지루하지 않았다.

##

윤두성이 자신을 감옥에 집어넣는 데 결정적인 역할을 했던 증인을 찾아가 대로에서 칼로 찌르는 사건을 일으켰다. 덕분에 윤두성은 나와 약속했던 대로 순순히 자백했고, 범행 사실에 대해 진술할 때 복수전자에 대해 분명하게 언급했다. 피해자는 죽지 않았지만 중상을 입었고 평생 고칠 수 없는 육체적 정신적 상처를 품고 살아야 하는 신세가 되었다. 윤두성은 자신의 목적을 달성함과 동시에 내가 원하는 일까지 완벽하게 해낸 것이다. 그와 동시에 윤두성은 바라던 대로 세간에 가장 핫한 피의자가 되어 자신의 존재감을 과감하게 드러낼 수 있었다. 모두에게 만족스러운 결과였다. 이제 나는 윤두성이 만들어놓은 예고편을 보고 경악하고 있을 디모테오 앞에 유유히 등장할 차례였다. 가슴 깊은 곳에 묻어두었던 무언가가 오래 끓인 된장찌개처럼 보글보글 끓기 시작했다. 설렘인지 분노인지 모를 만큼 찐득하고 걸쭉하게.

9. 돌아가다

모니터를 뚫어져라 보고 있던 요셉이 자리에서 벌떡 일어났다. 그럼에도 요셉의 눈은 여전히 모니터에 머물러 있었다. 모니터에 시선을 꽂은 채 입술을 깨물고 있는 요셉을 보고 놀란 도팔이 걱정스럽게 물었다.

"무슨 일이야?"

"나타났어요."

"뭐가?"

"마우식!"

도팔 역시 요셉과 똑같은 표정이 되어 멍하니 요셉을 쳐다봤다. 요셉은 머리를 여러 번 쓸어내리더니 안채로 뛰어 들어갔다. 길고 좁은 계단을 오르면서 요셉은 자신의 다리가 후들거리고 있다는 것을 알아챘다. 윤두성의 자백 때문에 경찰서에 조사를 받으러 갈 때도 이러진 않았는데. 솔직히 겁이 났다. 그의 등장이 테오에게 어떤 파장을 일으킬지 요셉은 상상조차 되지 않았기 때문이다.

"신부님은 마우식이 이런 식으로 접근할 거라고 알고 계셨던 거죠?"

"그럴 수도 있다고 짐작은 했지."

"그렇다고 그 사람을 의뢰인으로 받아주시면 어떡해요?"

"보고 싶다는데 만나줘야지."

"아, 신부님! 진짜 왜 그러세요?"

"딱히 우리 의뢰인으로 결격사유가 없는 사람이야."

"좋아요. 그럼 원칙적으로 대면하는 건 제가 할게요."

"그럴 필요 없어."

"신부님!"

요셉은 끝까지 우기고 싶었지만, 그럴 수가 없었다. 테오가 쥔 볼펜이 같은 동그라미를 계속 그리고 있는 것을 보았기 때문이다. 어느새 동그라미는 빈틈없이 채워져 새까맣게 변했고, 그걸 바라보는 요셉의 마음도 새까맣게 타들어갔다.

##

"어? 붕어빵 아저씨가 여기 웬일이세요?"

"학생을 또 여기서 보네?"

"설마, 여기 붕어빵 어떤지 맛보러 오신 거예요?"

붕어빵 봉지를 들고 있는 붕어빵 장수가 어색한 미소를 보이자, 보미는 그럴 필요 없다는 듯 손사래를 쳤다.

"아휴, 그러실 필요 없어요. 도팔 아저씨보다 아저씨 붕어빵이 훨씬 맛있으니까."

"그래? 그럼 정말로 하나 먹어봐야겠네. 그 전에 이거 먼저 받아 줄래?"

붕어빵 장수가 웃으며 따뜻한 붕어빵 봉지를 보미에게 건넸다. 보미가 잘 먹겠다는 말을 하며 복수전자 문을 열었다. 두 사람이 함께 가게로 들어가자 요셉과 도팔, 성우가 깜짝 놀라 쳐다본다. 짧고 어색한 침묵. 보미만 또 발랄하게 손사래를 치며 말했다.

"놀라실 거 없어요. 이분은 저번에 제가 말한 그 붕어빵 기가 막히게 만든다는 아저씨니까."

"여기는 어쩐 일로?"

"이 아저씨 붕어빵이 맛있는 이유가 있었다니까요. 이렇게 발품 팔아서 남의 붕어빵도 먹어보고 그러니까 맛도 매출도 성장을 하는 거예요. 도팔 아저씨! 듣고 계시죠?"

"들고 있는 건 혹시 붕어빵인가?"

"네, 다들 한번 드셔보세요!"

"오늘 아직 개시도 안 했는데, 잠깐만 기다려보슈. 나도 얼른 만들어볼 테니까."

"아닙니다. 굳이 하실 거 없습니다."

"괜찮아요. 금방 할 수 있어요. 나도 어떤 붕어빵이 더 맛난지 궁금하기도 하고."

"잘 모르시는 것 같아서 드리는 말인데, 제가 마우식입니다."

보미와 도팔의 입이 말라비틀어진 생선 아가리처럼 벌어졌다. 요셉과 성우 역시 놀란 표정을 감출 수 없었다. 마우식은 순간 묘한 희열을 느꼈다. 복수가 아니라 이런 순간을 만끽하기 위해 살았던 사람처럼. 요셉은 자신이 놀랐다는 사실에 더 화가 났다. 충분히 예상할 수 있는 상황이었다고 해도 마우식이 복수전자 가까운 곳에 진을 치고 힐끔거렸다는 것 자체가 소름 끼쳤다. 더군다나 12년 전 뉴스를 통해 봤던 마우식의 얼굴과 지금 앞에 서 있는 마우식의 모습은 완전히 다른 사람이었다. 지금처럼 기분 나쁜 미소를 지으며 마우식은 그동안 얼마나 비웃었을까?

"저를 따라오시죠."

요셉이 애써 담담한 척 마우식을 안쪽으로 안내했지만, 보미는 담담할 수가 없었다. 그동안 동네 붕어빵 아저씨로 알고 있던 마우식의 친절이 모두 계획된 것이라는 생각에 배신감마저 들었다. 오지랖 피우고 다니다가 결국 요셉의 말대로 사고를 치고 만 것이다.

"보미 학생, 괜찮아요?"

"괜찮을 리가 없죠. 제가 저 사람을 끌고 들어온 거잖아요."

보미가 금방이라도 터질 것 같은 얼굴로 울먹이자 도팔은 보미의 어깨를 토닥이며 말했다.

"마우식이라는 사람, 도대체 왜 저렇게까지 하는지 참……."

"저것도 하나의 복수겠죠. 세상에 대한."

"근데 왜 우리한테, 아니 신부님한테 저래? 신부님이 무슨 잘못이 있다고."

"저 사람한테 남은 세상이 그런 세상밖에 없는 거겠죠."

성우는 자신이 말을 해놓고도 놀랐다. 평소 생각지도 못했던 말이 마치 줄곧 생각했던 말인 양 흘러나왔기 때문이다. 어쩌면 나도 그랬던 걸까? 성우는 자신의 강철 같았던 복수 의지가 무너져 내릴까 두려웠던 지난 시간들을 떠올리며 문득 그런 생각을 했다. 어쩌면 사람들은 자기가 옳다고 믿었던 세상이 무너질까 두려워 복수를 하는지도 모르겠다고.

##

"오랜만이네요."

"피차 반갑다고 인사할 사이는 아니니 본론으로 넘어가죠."

"아직도 제게 풀지 못한 여한이 남아 있나 보군요."

"난 모든 걸 잃었는데 당신은 여전히 많은 걸 가지고 있는 것 같아서."

테오는 12년 전 그를 처음 보았을 때를 떠올렸다. 담담한 척했지만 그때 테오 역시 불안하고 초조했다. 수없이 많은 사람을 죽인 아버지 앞에서도 언제나 당당했던 테오였다. 그랬던 테오가 모든 것을 잃어버린 얼굴로 나타난 마우식을 보았을 때, 처음으로 두려움 같은 것을 느꼈다. 왜 그랬을까? 그가 위험한 사람이란 것을 본능적으로 알아차린 걸까? 아니면, 그의 아버지 때문에 생긴 이해할 수 없는 죄책감 때문일까?

"정말 이해가 안 가서 그러는데, 왜 이런 짓을 하고 있는 거지?"

"당신 같은 사람을 더는 만들어내고 싶지 않아서, 라고 하면 답이 될까요?"

"설마 이런 식으로 베드로 신부 죽음에 대한 한풀이를 하는 건가?"

"그런데 그게 왜 궁금한 거죠?"

우식의 얼굴이 잠시 일그러졌다. 무슨 짓을 해도 흔들릴 것 같지 않은 테오의 담대함이 우식은 늘 구역질 나게 역겨웠다. 테오가 여전히 당당해 보이는 것도 마음에 들지 않았다.

"이제 본론으로 들어가 보죠."

"저희가 판단하기에 의뢰자님의 설문조사 결과는 지나치게 완벽했습니다."

"뭐, 배운 게 도둑질이라 질문의 의도가 다 보이더군요. 다만 개인적인 감정을 이입해서 결론을 내릴까봐 좀 걱정스럽긴 합니다."

"아직, 정해진 건 없습니다. 집으로 돌아가서 기다리시면 확정 여부를 이메일로 통보해드릴 겁니다."

"꽤 까다로운 과정이더군요. 근데, 여기 경찰조사를 좀 받았다고 들었는데 괜찮은 건가요?"

"걱정해주신 덕분에 별일 없이 잘 넘어갔습니다."

"당신은 참, 하나도 변한 게 없군."

"그렇게 느끼셨습니까?"

"당신이 나한테 미안한 마음, 아니 두려운 마음을 아주 조금이라도 보였다면, 상황이 조금은 달라졌을 거란 생각은 해본 적이 없나?"

"없습니다. 의뢰자님은 꼭 제가 아니더라도 이런 선택을 했을 테니까요."

"그냥 조용히 어딘가에 처박혀서 있는 듯 없는 듯 숨죽여 살았다면 내가 여기 찾아올 일도 없었을 텐데. 왜 자꾸 이런 사달을 만들어서 나를 자극하는지 모르겠군."

"오히려 제가 의뢰자님께 살아갈 이유를 드리지 않았던가요?"

"그때처럼 날 어떻게든 동요시키려고 애쓰는군."

"그래야 의뢰자님의 복수를 해드릴 수 있을지 판단할 수 있을 테니까요."

"설마 나를 진짜 의뢰자로 받아주려고 이곳에 부른 건가?"

"제가 거절한다 해도 기어코 해야 하는 분 아닌가요?"

"당하더라도 알고 당하겠다 이거군."

"그런 면도 없지는 않습니다."

"지난번처럼 당신 주변 사람들이 다친다고 해도?"

처음으로 테오의 동공이 흔들렸다. 우식은 그 찰나를 놓치지 않았다. 역시나 테오의 아킬레스건은 주변 사람들이라는 확신이 들자 역겨웠던 기분도 조금 누그러졌다.

"의뢰자로 이 자리에 오셨다면 지금 질문에 대답할 필요는 없을 것 같네요."

"뭐, 좋으실 대로."

"의뢰자님에게 복수란 어떤 의미인가요?"

"내가 지금 할 수 있는 최선?"

"지난 과거는 묻어두고 이제라도 자신의 인생을 새롭게 시작하고 싶진 않나요?"

"그러고 싶지만, 무엇보다 복수할 대상이 여전히 나보다 훨씬 잘 살고 있는 것 같아서 그럴 수가 없군요."

"그럼 어떤 복수를 하고 싶은 건가요? 구체적으로."

"그건 당신들이 정해주는 거라 들었는데 아닌가?"

"저희 복수 방법이 의뢰자분의 성향과 맞는지 알아보기 위한 질문입니다."

우식은 잠시 숨을 고르고 테오를 보았다. 테오는 우식을 여전히 아프게 쳐다보고 있었다. 테오의 눈빛은 여름 대낮의 따가운 햇살처럼 누군가의 가슴속에 깊이 파고드는 기분이 들었다. 우식은 궁금했다. 지금 테오가 자신의 마음속 어디까지 파고들었는지.

"그러고 보니 아직 복수할 대상에 대해 말하지 않은 것 같은데, 왜 안 물어보시죠? 혹시 누군지 알고 있는 건가요?"

"아직 아무것도 정해진 게 없습니다."

"난 당신이 그 복수 대상이 누구인지 알아맞혀줬으면 참 좋겠는데."

"저희는 함부로 짐작하지 않습니다."

"좀 웃기는군. 복수라는 핑계로 누군가를 자신의 잣대로 심사할 수 있는 사람이라면 그 정도는 알아맞혀야 하는 거 아닌가? 아니면, 누구인지 알고 있는데 말을 못 하는 건가?"

대답 없는 테오의 눈빛에서 우식은 피곤함 같은 걸 느꼈다. 테오도 사람이었다. 그 사실이 우식은 무척 마음에 들었다. 그렇다고 해서 테오를 용서할 만큼 기분이 풀린 건 아니다. 시작을 했으니 무엇이 되었든 종착역으로 끌고 가야 한다. 그래야 이 지긋지긋한 악몽에서 벗어날 수 있을 것이다.

"컨디션이 별로 좋아 보이지 않는데, 오늘은 그만할까요?"

"그러는 게 좋겠네요. 대신 이메일로 나머지 질문들을 보내드릴 테니 그에 대한 답변을 보내주시면 됩니다."

"설마 다시 보기 싫어서 이러는 건 아니겠죠?"

"아닙니다."

"그럼, 연락 기다리겠습니다."

테오는 더 이상의 대답도 질문도 하지 못하고 먼저 자리에서 일어섰다. 지금 당장이라도 쓰러질 것 같은 안색으로 테오는 처음으로 의뢰자에게 등을 보이며 상담실을 나왔다.

##

"이게 마우식이 원하는 복수 방법이라고?"

"응."

"복수 방법 한번 특이하네."

"그럴 것도 없어. 자기 아버지 코스프레하고 있는 거니까."

"그 사이코패스들만 골라서 죽였다는 정신과 의사?"

"마우식은 자기 아버지라는 사람을 자신의 이상향으로 정해놓고 그 틀에서 조금도 벗어나지 않았던 사람이야. 덜 자란 파파보이라고 해야 할까? 아버지를 동경한 나머지 아버지가 하는 건 뭐든 따라 하고 싶었던 거지. 한마디로 미성숙한 어른."

"그래도 방식은 꽤 정교한데?"

"그 사람 아버지가 했던 방식이니까. 신부님 때문에 그 정교한 시나리오에 금이 가서 그렇지."

"그럼 이제 우리는 어떻게 해야 하는 거야?"

"뭘 어떻게 해? 무시해야지."

"신부님이 과연 그렇게 하실까?"

말도 안 되는 소리라고 성우에게 쏘아붙이고 싶었지만, 요셉은 그럴 수가 없었다. 요셉이 생각하기에도 테오는 우식의 제안을 거절하지 않을 것 같았다. 어떻게 해야 하지? 언제나 판단력이 빠른 요셉이었지만, 이번만큼은 그런 요셉도 어찌할 바를 정하지 못했다.

"우리 아버지 본격적으로 대선 출마 준비 시작하셨어."

"계획대로 잘되고 있네."

"그게 다야? 나도 엄연히 의뢰자 중 하나인데, 왜 내 일에는 아무도 관심이 없지?"

"본인이 알아서 잘하고 있잖아."

"그러다 내가 그냥 다 포기하고 우리 아버지와 똑같은 사람이 되면 어쩔 건데?"

"진짜 그렇게 될까봐 겁나는 건 아니고?"

"아니, 그게 아니라 다들 내심 그러길 바라는 거 같아서 기분 나쁘단 말이지."

"처음부터 말했잖아. 그렇게 되더라도 괜찮다고. 네가 괜찮다면."

"네가 나라면 어떻게 할 건데?"

"내가 너라면 열라 열심히 공부하면서 아버지 일을 돕겠지. 이런 곳은 절대 기웃거리지도 않고."

"내가 여기 있는 게 그렇게 싫어?"

"싫은 건 아니야. 다만."

"다만, 뭐?"

"너희 아버지가 너 여기 계속 드나드는 거 알고 계시지 않을까?"

사실이었다. 기승만은 이미 성우가 복수전자를 드나들고 있다는 사실을 알고 있었고, 그 사실 역시 성우도 알고 있었다. 윤두성과 관련된 기사가 터지면서 복수전자가 무슨 일을 하는 곳인지 더 확실하게 알게 되었을 것이다.

"대선까지 앞으로 3년. 너한테 남은 복수의 시간도 3년 남짓이겠네. 길지만 결코 길지 않은 시간이야. 그지?"

요셉은 잘해보라는 말 대신 성우의 어깨를 툭툭 치며 안채로 들어갔다. 성우는 요셉을 따라 들어가려다가 멈췄다. 눌러쓴 모자를 다시 고쳐 쓰고 복수전자를 나섰다. 요셉에게는 요셉의 할 일이, 성우에겐 성우의 할 일이 있었기 때문이다.

##

“저는 이미 할 만큼 했다고 생각합니다. 왜 거기까지라고 말씀하시는 거죠?”

“네가 할 일은 딱 거기까지니까. 이제 나는 새로운 도전을 할 테고, 그때까지 넌 로스쿨 다니면서 허튼짓하지 말고 공부나 하면 돼.”

“물론, 그렇게 할 겁니다. 저는 그저 아버지 하시는 일에 저를 조금 더 이용하셔도 된다고 말씀드리는 겁니다.”

“그만큼 리스크도 커질 텐데?”

“아직도 절 못 믿으시는군요.”

“이상한 망상에 사로잡혀 사는 루저들과 몰려다니는 놈을 지금 나보고 믿으라고?”

“복수전자에 대해선 조금 전에 충분히 설명드렸습니다.”

“그 이유는 중요하지 않아. 앞으로 네가 어떻게 할 거냐가 중요한 거지.”

“3년 후 대통령이 되시면 저는 무엇을 얻을 수 있는 거죠?”

“모든 권력을 가진 사람의 공식적인 아들이 되겠지.”

“제 입장에선 지금보다 더 신변에 제한을 받게 될 겁니다.”

“내가 바라던 바야.”

“제 인생을 위해 아버지에게 제 시간을 투자하겠다는 겁니다. 안 됩니까?"

"이제야 좀 솔직해지고 싶은 건가?"

"이왕 솔직해진 거 단도직입적으로 말씀드리죠. 제 신념을 희생한 대가로 얻고 싶은 게 있습니다."

"구체적으로 말해."

"일명재단을 가지고 싶습니다."

"욕심이 생겼다는 건 좋은 일이지만, 그 욕심이 너무 과하군."

"어차피 대통령이 되시면 누군가에게 맡기셔야 될 텐데요."

"나는 가진 게 없는 사람과는 절대 거래를 하지 않아."

"제가 아무것도 없는 사람은 아니죠."

성우는 자기도 모르게 광기 어린 눈빛으로 기승만을 노려봤다. 성우는 지금 자신의 욕심을 채워주지 않으면 언제라도 돌변해 기승만의 인생을 망칠 수 있다고 경고하고 있는 것이다. 기승만은 그런 성우의 뜻을 알아차렸는지 갑자기 웃었다. 그 웃음에는 여러 가지 의미가 있었다. 성우가 이제 거래를 할 줄 아는 인간이 되었다는 것에 대한 반가움, 그리고 언제든 편하게 성우를 이용할 수 있겠다는 안도감, 자신과 어느 정도 닮았다는 동질감이 뒤섞여 있는 것이다. 성우는 기승만이 눈치채지 못할 정도의 작은 한숨을 내쉬었다. 이제야 성우가 준비했던 복수의 시간이 본격적으로 시작된 것이다.

##

"도대체 왜 이러시는 거예요?"

"그냥 평소처럼 일을 하고 있는 것뿐이야."

"그래요. 그렇다고 쳐요. 근데 우리 원칙대로라면 그런 복수는 거절하는 게 맞잖아요? 오히려 그런 복수는 하지 못하도록 막는 일이 우리 일 아니었어요? 더군다나 그 사람은 의뢰자가 아니라 마우식이라고요. 원수보다 더한 마우식한테 우리가 복수까지 해줘야 돼요?"

"하고 싶진 않지만, 해야만 하는 일도 있는 법이야."

"신부님답지 않아요. 제발 이성적으로 생각해보세요."

"요셉, 내가 이러지 않으면 어떻게 될지 너도 짐작하고 있잖아. 어쩌면 우리 중 네가 제일 먼저 마우식의 표적이 될지도 몰라."

"그 인간이 지금 그런 불안한 마음을 이용하고 있는 거라고요. 신부님! 제발 우리 냉정하게 생각해봐요. 그 인간 제안 거절하고, 우리 일도 당분간 그만둬요. 그리고 남 형사님한테 정식으로 도움도 요청해요. 신변 보호 프로그램 같은 거 받아도 좋고요. 조금 이따가 남 형사님도 오신다고 했어요. 우리가 어떤 사람들인지 누구보다 잘 아시잖아요? 마우식 같은 사람 이제는 저희가 막을 수 있다니까요?"

"똑같은 일을 다시 겪고 싶지 않을 뿐이야."

"그래서 신부님은 지금 마우식을 진짜 죽이겠다는 거예요?"

끝까지 하고 싶지 않았던 말을 결국 요셉은 내뱉었다. 그렇게라도 테오를 말리고 싶었다. 마우식이 제안한 복수 방법은 자신처럼 복수 대상자도 살인자가 되도록 만들어달라는 거였다. 평소의 테오였다면 이런 의뢰자의 제안은 단칼에 거절하는 게 당연했다. 아니 오히려 그러지 못하도록 다른 방안을 마련해야 했다. 테오를 벌하기 위해, 더 엄밀히 말하면 자신의 아버지를 벌하기 위해 베드로를 죽인 마우식이었다. 그런 마우식이 이번에는 잃어버린 12년이란 시간에 대한 책임을 테오에게 묻고 있었다. 동네 양아치보다 못한 짓을 하고 있었지만, 오히려 테오는 그런 마우식의 파렴치한 겁박을 받아주려고 안간힘을 쓰고 있었다. 요셉은 두려웠다. 마우식의 겁박이 두려운 것이 아니라 테오의 예측하기 어려운 의지가 두려운 것이다.

"신부님이 항상 그러셨잖아요. 어떤 문제든 해결 방법이 있으니 포기하지 말라고. 그런데 왜 이번에는 이렇게 빨리 포기하시는 거예요?"

"포기하는 게 아니라 최선의 방법을 찾고 있는 거야."

"아뇨. 신부님은 지금 자기 자신까지 망가뜨리고 싶은 사람처럼 보여요!"

테오는 요셉의 말에 답하지 못했다. 요셉의 말이 반은 맞고 반은 틀렸다. 사실 테오는 오래전부터 마우식이 자신의 앞에 다시 나타날 거라 예상하고 있었다. 그럼에도 불구하고 아무런 조치를 취하지 않은 것은 이 무모한 싸움은 둘 중 하나가 죽지 않으면 끝나지 않기 때문이다. 인정하고 싶지는 않지만, 마우식은 그런 사람이었고, 테오 역시 그런 사람이 되어 있었다. 사제였던 테오와 복수전자의 사장인 테오는 아주 많이 다른 사람이었다. 테오의 어머니가 죽고 테오의 인생이 바뀌었듯이, 베드로가 죽고 난 뒤 테오의 인생은 또 한 번 바뀐 것이다. 베드로의 죽음은 테오를 완전히 다른 사람으로 만들어 놓기에 충분했다. 태어나는 순간부터 평범한 일상을 꿈꿀 수 없었던 테오에게 베드로는 평범한 일상을 만들어준 사람이었다. 베드로가 만들어준 평범한 일상들 덕분에 테오는 끔찍했던 과거에서 벗어나 진짜 사람들의 인생을 살아낼 수 있었다. 그런 베드로를 테오는 누군가의 빗나간 복수심으로 잃고 말았다. 핏줄로 이어진 가족을 잃었을 때보다 테오는 더 아팠다. 핏줄이 아니라 살점이 떨어져 나간 것처럼. 테오에게 베드로는 자신의 핏줄보다 더 소중한 존재였다.

보통의 사람들은 핏줄 때문에 죽고 살 만큼 핏줄이란 존재를 중요하게 생각한다. 하지만 생각보다 많은 사람들은 그런 핏줄 때문에 상상조차 못 할 고통을 받으며 살아가기도 한다. 자식이기 때문에, 부모이기 때문에, 형제이기 때문에 우리는 생각보다 많은 것을 용납하고 용납될 수 있다고 믿는다. 어쩌면 핏줄이 모든 것을 이해하고 용납해야 하는 관계라고 생각하는 순간부터 비극은 시작될지도 모른다. 그 때문에 사람들은 핏줄이 원수보다 못한 존재라고 할지라도 그 고통을 기꺼이 감내하며 하루하루를 고통스럽게 살아간다. 테오의 가족이, 요셉의 가족이 그랬던 것처럼. 상황에 따라 핏줄은 어쩌면 세상에서 가장 잔인하고 강압적인 집단일지도 모른다. 노력 없이, 배려 없이 핏줄이라는 이유만으로 멱살 잡혀 끌려가는 가족 관계는 그래서 늘 불행하고 비극적인 결말을 만들어낸다. 그런 의미에서 테오는 핏줄로 이루어진 관계를 무작정 신뢰할 수 없는 사람이었다. 핏줄로 이루어진 관계보다 더 견고한 관계를 베드로를 통해 경험했기 때문이다.

핏줄이 아니라 베드로 덕분에 테오는 살아볼 만했고 살아도 좋을 것 같은 인생을 살았다. 어머니가 아버지에게 죽임을 당했을 때도, 살인마의 아들이라고 손가락질을 받았을 때도 테오는 그래서 견딜 만했다. 신을 원망하지도 않았고, 남들과 다른 자신의 인생이 억울하지도 않았다. 그랬던 테오가 베드로의 어이없는 죽음을 겪으며 태어나 처음으로 신을 원망했다. 아니 어쩌면 신이 없을지도 모른다고 생각했다. 설사 어딘가에 신이 있다고 해도 그 신은 자신과 반대편에 서 있는 존재였다. 그래서 테오는 자신의 모든 것이라고 생각했던 사제직을 내려놓을 수밖에 없었던 것이다. 사제직을 내려놓고 나서야 테오는 처음으로 방황이라는 것을 시작했다. 그때 테오에겐 아무것도 필요하지 않았고, 아무것도 중요하지 않았다. 그저 테오는 이 세상에 존재하지 않았던 아무것도 아닌 존재로 돌아가야 될 것 같았다. 그럼에도 테오가 지옥보다 못한 시절을 어떻게든 버틸 수밖에 없었던 것은 기댈 곳 없는 열두 살 소년 요셉 때문이다. 요셉은 가혹한 핏줄들을 모두 떠나보내고 겨우 숨만 붙들고 있던 아이였다. 테오는 그런 요셉을 품을 여유가 없었지만, 품지 않을 이유를 찾을 수도 없었다. 그렇게 테오와 요셉은 가장 절박한 순간에 서로의 영혼을 붙들어준 유일한 존재가 되었다. 예전 테오와 베드로처럼. 그런 테오에게 또다시 요셉을 잃을지도 모르는 순간이 찾아왔다. 테오에겐 무언가를 고민하고 선택할 여유가 없었다.

##

“신부님을 신부님조차 모르는 곳에 보내버리는 건 어때요?”

“보미야, 좀!”

“아니, 마우식을 어쩔 수 없다면 신부님이라도 보호해야지, 우리가.”

“그러다 누구라도 다치게 되면?”

“그럼 어쩌라고? 신변 보호 프로그램 같은 것도 안 된다고 그러고. 형사님, 진짜 그거 안 되는 거예요?”

“마우식이 어떤 액션을 취한 것도 아니고, 범행을 저지른 것도 아니니 아무래도 힘들어.”

“윤두성인가 뭔가 하는 사람의 배후에 마우식이 있었던 건 확실하잖아요? 그 두 사람이 공범이니까 어떻게든 엮어서 다시 교도소라도 보내버리면 되잖아요?”

“안타깝게도 우리에겐 마우식이 배후라는 확실한 증거가 없단다. 윤두성 역시 마우식이란 이름은 입에 절대 올리지 않을 테고.”

“그럼 우리가 할 수 있는 게 아무것도 없다는 거네요?”

보미의 질문에 아무도 반박하지 못했다. 요셉은 불안했다. 테오가 어쩌면 모든 것을 놓아버릴지도 모른다는 생각이 머릿속에서 떠나질 않았다. 장난처럼 시작했던 복수전자 일도 어쩌면 테오가 이런 순간을 위해 준비한 수단이었을지도 모른다는 생각까지 들었다. 보미에게 핀잔을 주었지만, 할 수만 있다면 요셉 역시 테오를 어딘가로 보내고 싶었다. 요셉이 여러 가지 충동과 씨름을 하고 있을 때, 안채에 있던 도팔이 우당탕탕 뛰어나왔다.

"크, 큰일 났어요!"

"왜요, 아저씨?"

"신부님이 없어요!"

"그게 무슨 소리예요! 신부님이 왜 없어요?"

"화장실부터 다락방까지 죄다 뒤졌는데 신부님이 보이질 않아요!"

"그럴 리가요. 우리가 여기 계속 앉아 있었는데."

"정비소! 정비소 쪽문!"

요셉의 말에 복수전자 사람들은 모두 얼굴이 굳었다. 건물로 이사 온 뒤, 테오는 이 건물을 한 발자국도 벗어난 적이 없었다. 평범하지 않은 일임에도 불구하고 복수전자 사람들은 그런 테오를 한 번도 이상하다고 생각하지 않았다. 이 건물처럼 테오 역시 그렇게 그 자리에서 절대로 흔들리지 않고 복수전자 사람들을 지키고 있는 거라고 생각했기 때문일까? 그랬던 테오가 오늘 처음으로 건물 밖으로 나섰다. 그 사실이 지금 이 순간, 복수전자 사람들에겐 끔찍한 공포가 되었다. 그리고 몇 시간 뒤, 누군가의 죽음이 짧은 뉴스 한 구절로 정리되었다. 테오가 바라던 대로 끝날 것 같지 않았던 악연은 그렇게 끝이 났다.

의뢰자 262. 마우식

"잘 모르시는 것 같아서 드리는 말인데, 제가 마우식입니다."

깜짝 놀라 동그랗게 변한 눈을 바라보는 것이 이렇게 재밌는 일인지 몰랐다. 뭔가 내 존재감을 드러내는 짜릿한 기분이 든다고 해야 할까? 특히 보미의 얼굴은 가관이었다. 보미의 눈동자에는 놀람과 당혹감, 배신감이 뒤죽박죽 섞여 있었다. 그런 보미에게 살짝 윙크를 날려주고 디모테오가 머문다는 곳으로 향했다. 어두운 복도와 계단을 하염없이 따라 올라갔다. 마치 누군가의 마음속을 비집고 들어가는 것처럼. 끝날 거 같지 않은 어둠 끝에 서니 문이 열렸고, 어둠일 것 같았던 디모테오가 나타났다.

##

디모테오를 만나고 집으로 돌아오는 길, 감기 기운처럼 몽롱한 기분이 들었다. 긴장하지 않았다고 생각했는데 아니었나? 어쨌든 테오처럼 나도 피곤했다. 마치 진공청소기가 내 모든 것을 빨아들인 기분도 들었다. 뭐 어쨌든 상관없었다. 디모테오 역시 내 복수를 완성시켜줄 마음이 있다는 것을 확인했으니. 디모테오도 나처럼 오래된 이 악연을 어떻게든 끊어내고 싶은 것이다. 모두의 바람이 그렇다면 이 악연을 끝낼 방법을 누군가는 먼저 시작해야 한다. 피곤한 몸을 겨우 움직여 구체적인 실행 방법에 대해 또박또박 써내려갔다.

머릿속에 떠돌던 생각들이 하얀 종이 위에 못을 박듯 새겨질 때마다 묘한 희열감이 들었다. 종이에 박힌 글자들이 영원히 지워지지 않을 것 같은 착각도 들었다. 컴퓨터 자판으로 만들어진 글자가 아닌 종이 위에 손으로 새긴 글자가 주는 매력이란 그런 것이다. 어쨌든 내가 박아놓은 글자들은 어느 순간 살아나 또 다른 현실을 만들어낼 것이다. 그리 오랜 시간이 필요하지도 않을 것이다. 지난 12년 동안 내 머릿속에서 수백 번 수천 번 그렸던 일들이니까.

##

디모테오는 아직 오지 않았다. 긴박한 무료함에 하늘을 본다. 오랜만에 보는 하늘이다. 오늘 따라 유난히 하늘이 높고 맑다. 예보대로 미세먼지 하나 없이 깨끗하고 청량한 날씨다. 덕분에 아주 잠깐 오늘의 선택을 후회하기도 했다. 이제 내던질 것도 없는 인생이라 생각했는데, 잡고 싶은 마음이 어느 구석에 조금은 남아 있던 모양이다. 지금이라도 멈춰볼까? 아니다. 그러기엔 너무 멀리 와버렸다. 더 멀리 가버리기 전에 이쯤에서 모든 걸 끝내야 한다. 눈이 부셨는지 사막의 오아시스처럼 귀한 눈물 한 방울이 내 눈가에 볼록하게 올라왔다. 문득 서럽기만 했던 날들이 새삼스레 떠오른다. 사실 그때 나는 아버지가 세상 사람들의 손가락질을 받는 살인마라는 사실보다 찬란하리라고 믿었던 내 인생이 아버지 때문에 무너졌다는 사실에 더 절망했었다. 아버지의 후광이 없으면 아무것도 아닌 사람.

그게 나라는 사실 역시 인정할 수가 없었다. 그때는 몰랐다. 내 인생이 끝난 것이 아니라 아버지의 인생이 끝났다는 것을. 아버지가 나를 버린 게 아니라, 아버지가 자기 자신을 버렸다는 것을. 그때 내가 그 사실을 알아차렸다면, 지금 무언가 달라졌을까? 어쨌든 분명한 것은 아버지를 누구보다 동경하고 따랐던 나는 기어코 아버지와 똑같은 살인자까지 되었다는 것이다. 마치 악에 받친 누군가의 저주가 실현된 것처럼.

"생각보다 늦으셨네."

"오랜만에 집 밖을 나선지라."

"왜 그렇게 갇혀 지냈던 거지? 감옥에 갇혀 살았던 건 나였는데."

"우리가 지금 이런 훈훈한 말을 주고받을 사이는 아닌 것 같은데."

"그냥 궁금해서."

디모테오가 나를 빤히 쳐다본다. 어쩌면 나는 저 소름 끼치는 눈빛 때문에 베드로 신부를 죽였는지도 모른다. 모두가 의아해했다. 왜 디모테오를 죽이지 않고 베드로 신부를 죽였는지. 나를 체포했던 경찰조차도. 그 당시 나는 그저 내 분노를 받아줄 대상이 필요했고 그 대상으로 디모테오만 한 사람이 없다고 생각했다. 그래서 디모테오를 죽이고 싶었고, 죽이려고 했었다. 하지만 디모테오는 죽음을 두려워하는 사람이 아니라 죽음을 기다리는 사람이었다. 만약 디모테오가 내 분노를 조금이라도 두려워했다면, 나는 기꺼이 디모테오를 죽였을 것이다. 그게 가학적인 사람들의 심리였다. 두려움이 없는 얼굴, 나는 아무래도 상관없다는 얼굴을 좋아할 살인자는 별로 없을 테니까. 안타깝게도 지금 내 앞에 서 있는 디모테오의 눈빛도 그랬다. 그 어떤 두려움도, 절망도, 분노도 찾아볼 수 없었다. 그런 디모테오가 과연 나를 죽일 수 있을까?

"마지막일지도 모르니 하나 물어봅시다."

"얼마든지."

"왜 베드로를 죽인 거지?"

"당신 때문에."

"나 때문에?"

"당신 때문에 내 모든 걸 잃었으니까. 결국 베드로를 죽인 건 당신이야."

"아직도 당신은 모든 게 남의 탓이군."

"맞아. 난 그런 사람이고 그런 사람인 줄 알면서도 나를 끝까지 자극한 사람은 당신이지."

"그랬나? 어쩐지. 그래서 사람들이 나를 별로 좋아하지 않는 거군."

"이제 이런 입씨름은 그만하지. 우린 할 일이 남아 있잖아."

"한 가지 더. 그 정도면 뼈에 사무칠 만큼 악랄한 복수였는데, 왜 다시 반복하는 거지?"

"나도 그런 줄 알았는데, 그게 또 그렇게 만족스럽지가 않아서. 고작 그 정도 가지고 내가 감방에서 12년이나 썩어야 했었나 싶을 정도로."

"그렇다면 지금도 다르지 않을 텐데?"

"아니, 지금은 달라."

"뭐가 다르지?"

대답 대신 준비했던 칼을 품에서 꺼냈다. 디모테오의 무거운 입술이 일자로 굳게 닫혔다. 디모테오는 알까? 이 칼이 베드로를 죽인 바로 그 칼이라는 것을.

"당신이 그랬다지? 복수라는 건 내가 받은 그대로 돌려주는 게 아니라 상대방이 가장 두려워하는 것을 줘야 진짜 복수가 되는 거라고."

"내가 가장 두려워하는 게 고작 이런 거라고 생각한 건가?"

"아닌가?"

"틀렸어."

"그런데 왜 이 자리에 나왔지? 또다시 누군가를 잃을까 두려워서 나온 거 아닌가? 어쨌든 그동안 정도 있으니 내가 마지막 선물로 사람 죽이는 법을 좀 가르쳐주지. 보통 사람들은 칼로 사람을 죽이려면 무작정 배를 쑤셔야 한다고 생각하는데, 그렇지 않아. 그러면 누군가를 죽이기도 전에 내 손이 먼저 엉망진창이 되거든. 전문가가 아닌 초짜가 가장 빠르고 효과적으로 사람을 죽이는 방법은 여기, 경동맥을 자르는 거야. 배를 쑤시면 힘들기만 하고 실제로 깔끔하게 죽이기도 힘들거든. 가끔 여기 손목을 긋는 바보들도 있는데, 그건 죽을 맘이 없을 때 하는 쇼일 뿐이고. 어때? 경동맥을 자르는 방법. 맘에 드나?"

"당신 같은 사람도 후회라는 걸 해본 적이 있나?"

"후회? 그런 걸 안 하고 사는 사람도 있나?"

"내 손에 죽는 게 후회되진 않겠냐고."

"글쎄, 난 그냥 죽어버리면 그만이니까. 살아서 고통받는 건 당신일 테고. 나는 후회할 것도 후회할 수도 없지."

"그 방법, 당신 아버지가 내게 썼던 방법이라는 건 알고 있나?"

"상관없어. 아버진 실패했지만, 나는 성공할 테니까."

"당신 아버지가 실패한 이유는 알고 있나?"

디모테오는 알고 있었다. 내가 분노했던 진짜 이유를. 울컥 분노가 치밀었지만, 동요하고 싶지 않았다. 일부러 나를 자극해서 시간을 더 끌어보겠다는 수작일 뿐이다.

"아무래도 당신은 오늘 중으로 나를 죽일 생각이 없나 보군. 입만 놀리고 있는 거 보니."

"아니, 사람 잘못 봤어."

디모테오가 싸늘한 얼굴로 내게 손을 내밀었다. 내가 쥐고 있는 칼을 달라는 것이다. 이 칼이 베드로를 죽인 칼이라고 말하면 일이 더 쉬워질까? 어려워질까? 어쨌든 코앞으로 다가왔다. 작별의 시간이.

"내가 모를 것 같아? 당신이 무슨 짓을 할지."

"그게 겁난다면 나한테 진 거지."

"아니, 당신은 나한테 졌어. 디모테오."

디모테오가 나를 죽이지 못할 사람이란 걸 알고 있었다. 아마도 디모테오는 이 칼끝을 자신에게 돌려 자신을 죽이려 할 것이다. 오랫동안 꿈꿔왔던 평안을 그렇게라도 찾고 싶을 테니까. 디모테오가 그 달콤한 평안을 이루도록 그냥 놔둘 순 없었다. 어떻게든 디모테오가 다가오기 전에 내 손으로 내 경동맥을 끊어야 한다. 이쯤이었나? 아니, 저쯤이었나? 너무 오래돼서 정확한 위치를 확신하기 어렵다. 칼을 너무 깊이 넣어도, 얕게 넣어도 안 된다. 너무 깊이 넣으면 다른 근육과 뼈에 걸려 깔끔하게 경동맥을 자르기 어렵다. 정확한 경동맥 위치와 깊이에 집착하는 이유는 어설프게 경동맥을 건드렸다가 구차한 고통만 늘어나거나 응급처치로 생명이 연장될 수도 있기 때문이다. 깔끔하고 정확하게 경동맥을 잘라야 고통 없이 미련 없이 목숨을 끊을 수 있다. 간혹 영화에서 경동맥을 자를 때 피가 분수처럼 솟아오르는 것처럼 묘사되는데 사실은 그렇지가 않다. 경동맥에 어설픈 자상이 생겼을 때 혈관 압력 때문에 피가 솟구칠 수는 있겠지만, 경동맥을 온전하게 자르면 온천 사우나에서 뜨거운 물이 울컥울컥 올라오듯 피가 울컥울컥 흐른다. 외과의사는 아니었지만, 생생한 경험을 통해 누구보다 잘 알고 있었다. 12년 전 이 칼로 베드로 신부의 경동맥을 정확하게 잘라봤으니까.

고통스럽기보단 두렵고 놀란 얼굴로 순식간에 숨을 거둔 베드로 신부의 얼굴이 지금 이 순간에도 떠오른다. 12년이 훌쩍 지난 지금까지도 나는 그때 그 얼굴을 잊을 수가 없다. 어쩌면 그 얼굴을 잊고 싶어서 나는 지금 이 선택을 했는지도 모르겠다. 디모테오에게 복수하기 위해 베드로 신부를 죽였지만, 나는 베드로를 죽임으로써 디모테오가 받은 고통보다 더 큰 고통을 얻었다. 그래서 아직도 디모테오를 용서할 수 없는 것이다. 지난 12년 동안 견뎌온 고통의 시간들을 나는 온전히 디모테오에게 물려주고 싶었다. 그뿐이다. 디모테오가 내 의도를 눈치챘는지 성큼성큼 다가온다. 그보다 빠르게 내 경동맥을 잘라야 한다. 칼날의 방향을 다시 한 번 확인하고 망설임 없이 그었다. 막혔던 하수구가 뚫리듯 무언가 시원한 느낌이 든다. 코앞까지 다가온 디모테오의 얼굴이 심하게 일그러졌다. 성공한 건가? 감당할 수 없을 정도로 뜨거운 무언가가 눈물처럼 울컥울컥 쏟아진다. 젠장. 이 와중에도 나는 베드로 신부의 마지막 얼굴이 떠오른다. 그나마 다행인 것은 이제 이런 순간도 마지막이라는 것이다. 아득해지려는 찰나, 궁금했다. 지금 내 얼굴도 그때 베드로 신부의 얼굴과 같을까? 디모테오도 이런 내 모습을 죽을 때까지 떠올리게 될까? 고통스럽게. 평온하지 못하게. 평생. 미친 듯이.

10. 고백하다

특별한 외출을 했던 테오가 복수전자로 돌아와 스스로를 방에 가둔 지 일주일이 지났다. 복수전자 사람들의 걱정도 그 일주일만큼 깊어졌다. 마우식의 자살은 짧은 뉴스 한 줄로 정리되었지만, 자극적인 기사를 좋아하는 매체들은 그 뉴스를 꽤 적나라하게 보도했다. 마우식의 인생이 그랬다. 멀리서 보면 단순하게 분노로 사람을 죽인 범죄자일 뿐이지만, 가까이서 보면 영화 한 편이 뚝딱 나올 만큼 드라마틱한 인생이었다. 아버지의 후광에 힘입어 촉망받는 정신과 의사였다가 아버지의 살인 행각으로 하루아침에 모든 것을 잃고 본인 역시 아버지와 똑같은 살인자가 되어버린 인물이라니. 결국 자신의 기막힌 인생을 받아들이지 못하고 자살로 생을 마감했다는 조금은 상투적이고 비극적인 서사였지만, 정작 사람들은 그런 서사보다 의사 출신인 마우식이 스스로 경동맥을 그어 자살했다는 사실에 더 집중했다. 어떤 매체에서는 3분의 1 이상을 경동맥과 관련된 범죄 정보로 가득 채우기도 했다. 피비린내 나는 영화 장면들을 사진으로 도배하며 자극적인 살인 기술을 소개하는 내용들은 넘쳐 났지만, 마우식이 왜 자살을 해야 했는지 자살할 때 곁에 누가 있었고 왜 말리지 못했는지에 대해서는 거의 알려지지 않았다. 어쩌면 범인 없는 살인사건이라 불리는 자살에 대해서 사람들은 그리 길게 이야기하고 싶어 하지 않는지도 모르겠다.

베드로가 마우식에게 죽임을 당했을 때 테오는 태어나 처음으로 서럽게 울었다. 무시무시한 아버지 덕분에 테오는 어린 시절부터 제대로 울어본 적이 없는 사람이었다. 테오에게 운다는 것은 죽음을 재촉하는 일이었다. 그랬던 테오가 마우식이 스스로 목숨을 거둔 순간, 또다시 울음을 터뜨렸다. 마우식은 모든 선택과 결정을 자신이 했음에도 불구하고 끝까지 남의 탓을 하며 살다가 마지막까지 어리석은 선택을 했다. 남의 인생 망쳐보겠다는 핑계로 스스로 목숨을 끊어버린 어리석음. 그런 어리석음으로 남은 마우식의 마지막 얼굴이 어쩌면 자신의 얼굴이었을지도 모른다는 생각에 테오는 못내 괴로웠던 것이다. 만약 마우식이 스스로 목숨을 끊지 않았다면, 테오는 어떤 선택을 했을까? 아무것도 짐작되지 않았다. 테오 자신조차도. 어쨌든 마우식의 바람대로 테오의 머릿속엔 그의 마지막 모습이 선명하게 새겨졌나. 테오가 죽지 않는 한 그 기억은 평생토록 테오를 따라다닐 것이다. 그렇다면 마우식의 복수는 성공한 것일까?

##

복수전자 사람들의 머릿속이 그 어느 때보다 분주해졌다. 벌써 며칠째 방에 틀어박혀 꼼짝하지 않는 테오를 밖으로 끄집어낼 방법을 찾아야 했기 때문이다.

"그냥 우리가 쳐들어가면 되지 않을까?"

"잠겨 있다고 몇 번을 말해?"

"문을 부수고 들어가면 되잖아."

"그러다가 신부님이 저번처럼 혼자 사라져버리면 어떡할래?"

"그럼 이러고 앉아 있는다고 뭐가 달라져? 뭐라도 해봐야지."

"다른 것보다 신부님 거의 일주일째 제대로 된 식사를 못 하신 거 같아서 걱정이야."

"아까도 문 두드리면서 신부님 계속 불렀는데 아무런 대답이 없었어요."

"설마…… 아니겠지?"

"아저씨! 신부님이 그러실 분은 아니잖아요!"

"아니, 그건 또 모르는 일이야. 요즘 신부님이 평소 같지 않은 일을 너무 많이 하시니까. 마우식이 신부님 바로 코앞에서 그런 짓을 하고 갔는데, 제정신인 게 더 이상하지."

"베드로 신부님이 돌아가셨을 때도 지금과 비슷했어요. 근데 신부님은 그렇게 마음이 약하신 분 아니에요. 생각 정리되면 언제 그랬냐는 듯 바로 나오실 거예요."

"아냐, 아무래도 이번엔 느낌이 너무 안 좋아."

"무슨 느낌이 안 좋은데요?"

그제야 도착한 성우가 가게 문을 들어서며 물었다. 불안에 떨고 있던 요셉과 보미, 도팔은 놀란 토끼처럼 성우를 쳐다봤다.

"왜들 그렇게 놀라요?"

"이제 여기 안 오는 거 아니었어? 왜 왔어?"

"신부님 만나러 왔지."

"신부님은 왜?"

"며칠 안 왔다고 사람을 이렇게 무시해도 되나?"

"그게 아니라 신부님이 지금 며칠째 방에 틀어박혀 나오시질 않아서 요셉이 예민해져서 그래."

"왜요?"

"아무래도 이번 일로 충격이 크신 거지."

"신부님이 그런 일로 충격을 받고 그러는 분이었나?"

"야. 너 가라! 농담할 기분 아니니까."

"아니, 그냥 문 두드리고 들어가 보면 되잖아?"

"그걸 안 해봤겠냐?"

"지금 내가 가면 신부님이 문 열어주실걸?"

"그건 또 무슨 자신감이야?"

"그런 게 좀 있어."

"신부님이랑 무슨 약속이라도 한 거야?"

"아니, 그런 건 아니고. 궁금하면 따라오든지."

성우가 안채로 들어가자 요셉은 바로 따라 들어갔다. 멍한 얼굴로 서로를 쳐다보는 보미와 도팔. 서로의 얼굴에 묻어 있는 수심만 확인할 뿐이다.

##

“어차피 대답 없으실 거야. 시끄럽게 굴지 말고 그냥 돌아가.”

“아니, 내 질문에는 대답을 해주실걸?”

“도대체 무슨 자신감이냐고?”

“어쨌든 넌 저 방에서 신부님만 끌어내면 되는 거잖아. 그러니까 그냥 굿이나 보고 떡이나 먹어.”

성우가 자신만만하게 테오의 방문을 심장소리처럼 쿵쿵 두드렸다. 역시나 아무런 대답이 없었다. 요셉이 그거 보란 듯이 성우를 쳐다보자 성우가 피식 웃으며 다시 문을 두드렸다.

“신부님, 안에 계시죠? 문 좀 열어주세요. 이현민이라는 사람에 대해 여쭤볼 게 있어요.”

말간 침묵이 흘렀지만, 여전히 아무런 소리도 들리지 않았다. 요셉이 고개를 절레절레 저으며 돌아서려는데, ‘딸깍’ 소리와 함께 문이 열렸다. 놀라는 요셉을 그 자리에 두고 성우가 보란 듯이 문을 열고 방으로 들어갔다. 요셉은 그제야 생각했다. 이현민? 어디서 많이 들어본 이름인데, 바로 기억이 나질 않았다. 그 이름이 저 방 안으로 들어갈 수 있는 열쇠였다는 사실에 새삼 놀라다가 그 이름이 의미하는 바가 겨우 떠올랐을 무렵, 요셉은 테오의 방문이 굳게 닫혔다는 사실을 깨달았다.

##

"살아 계셨네요?"

"그러게."

"근데 왜 사람들 걱정시키면서 이러고 앉아 계세요?"

"생각을 좀 하느라고."

"무슨 생각이요?"

"앞으로 어떻게 살아야 할까, 뭐 그런?"

"그래서 답을 찾으셨어요?"

"어쩌면."

"다행이네요."

"하고 싶은 말이 뭐라고 했지?"

"이현민. 기억하시죠? 그래서 문도 열어주신 거고."

"기억하지. 우리가 유일하게 실패한 케이스였으니까."

"실패한 케이스…… 여기선 그렇게 말하는군요."

"그래서 뭐가 궁금한 거지?"

"어쩌면 신부님이 어렵게 찾은 답이 아무 소용 없어질 수도 있는데, 괜찮겠어요?"

"괜찮지 않아도 말하려던 거 아닌가?"

"이현민은 제 유일한 친구였어요. 제 아버지가 죽였지만."

"그랬군."

"알고 계셨던 거죠?"

"짐작은 하고 있었지."

"짐작은 했다? 항상 이런 식이시네요. 그럼 제가 어떤 맘을 가지고 복수전자에 찾아왔는지도 아시겠네요?"

"친구를 죽인 아버지에게 복수하기 위해서 온 거 아니었나?"

"물론 복수하러 왔죠. 근데, 복수 대상자가 한 명은 아니었거든요!"

성우가 서늘한 눈빛으로 테오를 노려봤다. 역시나 아무것도 짐작되지 않는 테오의 얼굴. 성우는 자존심이 상했다. 뭔가 무시당하는 느낌도 들었다. 역시 알고 있었던 건가? 그런데 왜 나를 받아준 거지? 결국 내 복수는 처음부터 실패한 건가?

"역시 그것도 짐작하고 계셨나요?"

테오는 긍정도 부정도 하지 않고 말갛게 성우를 쳐다봤다. 성우는 그런 테오의 눈빛이 못 견디게 싫었다.

정신과병원에 감금당했을 때, 성우는 아버지에 대한 분노와 절망만으로도 벅찼다. 그렇게 감당할 수 없는 상황에 갇혀 성우는 2년 동안이나 정신과병원에서 보냈다. 그러다 조건부 퇴원을 하고, 입시 공부에 매달려야 했던 성우는 나름의 탈출구가 필요했다. 그래서 기승만에게 피해를 당한 사람들을 찾아가 대신 사죄하는 일을 시작했던 것이다. 공교롭게도 그 사람들 중에는 현민이 아버지와 함께 기승만 비리 관련 사건을 조사했던 해직 교사들도 있었다. 그들에게 겨우 용서를 빌고 집으로 돌아가던 길, 한 해직 교사가 성우를 따라 나섰다. 해직 교사는 성우에게 무슨 할 말이 있는 것처럼 말을 자꾸 더듬었다. 성우가 그 이유를 묻자, 해직 교사는 그을음이 선명하게 남아 있는 휴대폰 하나를 내밀었다. 성우는 그 휴대폰을 보자마자 울음을 터뜨렸다. 현민이가 쓰던 휴대폰이었기 때문이다. 주인은 사라지고 덜렁 혼자 남아버린 휴대폰. 성우는 그 폰을 가슴에 품고 집으로 돌아왔다. 밤새 휴대폰을 만지작거리다가 전원을 켜봤지만 배터리 일부가 녹아내려 켜지지 않았다. 혹시 모를 현민의 흔적을 찾고 싶었던 성우는 현민의 휴대폰을 수리점에 맡겨 데이터 백업을 요청했다. 다행히 데이터복구가 가능했다. 데이터를 무사히 복구하고 성우는 현민이 남기고 간 흔적들을 하나하나 확인했다. 그리고 그 흔적들 속에서 복수전자를 발견했다.

"24시간 햄버거 가게에서 쫓겨나던 날, 현민이가 정말 나를 위해 찾아온 줄 알았어요. 그런데 아니었죠. 현민이는 당신이 설계한 시나리오대로 움직였던 거였어요."

그때만 해도 복수전자 사람들은 게임이 아니라 블로그에서 신청을 받고 나름의 심사를 거쳐 의뢰자를 찾아내는 시스템을 이용하고 있었다. 현민의 휴대폰 인터넷 기록에 있던 복수전자 블로그를 통해 성우는 현민이 기승만에게 복수하기 위해 복수전자에 의뢰를 했던 사실을 알게 된 것이다.

"그제야 깨달은 거죠. 현민이는 어쩌면 처음부터 나를 친구로 생각하지 않았을지도 모른다고. 분명히 끔찍한 일의 시작은 아버지였고, 아버지에게 분노해야 하는 상황이었는데 그때부턴 아니었죠. 그걸 뭐라고 표현해야 하지? 배신감? 허탈감? 아니 그보다 훨씬 더 복잡한 감정이었어요. 지금도 소화시킬 수 없는. 그러다 생각했죠. 만약 현민이가 그때 당신이 설계한 대로 움직이지 않았다면? 내가 그때 그냥 집으로 돌아갔다면? 여전히 우리 아버지는 나쁜 놈이겠지만, 현민이와 현민이 가족들은 살아 있을 거라고. 아니 적어도 내 인생이 이렇게 엉망진창이 되어 누군가를 증오하며 살게 되진 않았을 거라고."

어디로 향할지 모르던 원망의 화살은 그렇게 복수전자로 향했다. 성우는 깊은 동면에서 빠져나와 먹이를 찾아 나선 봄날의 곰처럼 집요하고 간절하게 폭주하며, 복수전자라는 새로운 과녁을 향해 달렸다. 무엇보다 복수전자를 운영하는 사람들에 대해 알고 싶었다. 물론 복수전자에 대한 기본적인 정보는 현민의 휴대폰에 기록되어 있던 데이터들을 통해 어느 정도 알 수 있었지만, 복수전자를 어떤 사람들이 어떤 방식으로 운영하는지는 알기 어려웠기 때문이다. 어쩔 수 없이 성우는 현민이의 휴대폰에 의지할 수밖에 없었다. 그래서 아주 작은 단서라도 놓치지 않기 위해 모래알을 세는 심정으로 데이터를 훑고 또 훑었다. 그러다 인터넷 검색 기록에서 여러 번 중복되는 단어 몇 개를 발견했다. 사이코패스. 디모테오. 강치수. 마해석. 궁금했다. 현민이는 왜 연관성 없어 보이는 이 단어들을 검색하고 있었을까? 이유를 알 수 없었기에 성우는 현민이처럼 그 단어들을 여러 가지 방식으로 조합해 검색하고 또 그와 연관된 자료들을 파고들었다. 그리고 마침내 사이코패스 강치수의 아들인 전직 신부 디모테오의 집 주소와 현민이가 복수전자로 처음 찾아갔던 주소가 일치한다는 사실을 알아낼 수 있었다.

"보미를 만난 것도 우연이 아니었겠군."

"보미가 가장 접근하기 쉬운 사람이었으니까요. 정의감도 남다르고."

실제로 성우는 보미의 하루 동선을 일주일 동안 살피며 파악했다. 김밥집 아주머니도 사실 얼마의 돈을 주고 그렇게 연기를 해달라고 부탁을 했던 것이다. 보미의 눈에 들기 위해 성우는 그 정도로 정성을 들였다.

"그런데 막상 이곳에 들어와 보니 예상했던 것만큼 별스러운 사람들은 아니더군요. 그래서 잠시 혼란스럽기도 했어요. 내가 굳이 이런 사람들에게 이런 식으로 복수를 해야 하는 걸까 의구심도 들고."

"그래서 앞으로 어떤 복수를 하고 싶은 거지?"

"이미 했습니다. 마우식에게 복수전자에 대한 정보를 알려준 사람이 바로 저니까요."

그제야 테오의 얼굴이 굳었다. 원래 표정이 따로 없는 사람이었지만, 성우는 테오가 그런 얼굴을 하고 있는 것을 처음 보았다. 그렇다면 성우의 복수는 성공한 걸까? 이상했다. 분명 통쾌해야 하는데 묘하게 마음이 복잡했다. 복수전자에 들어와 테오의 인생에 대해 구체적인 이야기를 들었을 때, 성우는 감당할 수 없는 아버지 때문에 고통받았던 사람들끼리 가질 수 있는 어떤 동질감 같은 것을 느꼈다. 하지만, 거기까지였다. 감정에 휘둘려 목적한 바를 접을 정도의 일은 아니었던 것이다. 냉철하게 생각하고 판단해야 했다. 결국 성우는 결론을 내렸다. 복수전자에 할 수 있는 최선의 복수는 마우식이라는 사람에서부터 시작해야 한다고. 성우는 그길로 마우식을 만나기 위해 교도소로 찾아갔다. 처음엔 성우를 무시하던 마우식이 이야기를 다 듣고 난 뒤 갑자기 크게 웃었다. 비웃음이었던가? 아무튼 그때 그 웃음의 의미가 무엇이었는지 성우는 제대로 파악하지 못했다. 그저 마우식이 아주 오랫동안 테오를 괴롭혀주기를 바랐을 뿐. 결국 마우식은 성우도 상상하지 못할 만큼 엄청난 일을 벌이고 말았다. 성우는 혼란스러웠다. 지나쳤다고 자책할 수도, 복수에 성공했다고 기뻐할 수도 없었다. 성우는 자신이 정말 테오에게 복수를 하고 싶었던 걸까 의심이 들기도 했다. 복수를 하고자 했던 사람이라면 분명 마음이 가뿐해져야 하는데, 왜 이렇게 마음이 무거운 걸까? 성우는 사실 모든 게 의심스러웠다. 아버지에 대한 자신의 증오심까지도.

"매번 그렇게 누군가에게 복수해주다가 본인이 직접 당해보니 어떤가요?"

"아프군. 생각보다 많이."

"그러게 왜 이런 일을 시작한 거죠? 복수할 사람들은 어떻게든 할 거고, 못하는 사람들은 그렇게 평생을 끙끙거리다 죽어버리면 그만이에요. 당신이 뭐라고 나서서 또 다른 피해자들을 만들어요? 신도 아니면서 왜 신도 안 하는 일을 하려고 해요?"

성우는 테오에게 쏘아붙였지만, 이번에도 자신이 더 아팠다. 모든 게 잘못되었다는 걸 알고 있었다. 복수의 대상도, 복수 방법도. 하지만, 이 모든 걸 부정할 순 없었다. 돌아갈 방법도 없었다. 어쩌면 마우식도 그랬을 것이다. 그런데 지금 테오는 왜 이렇게 편안해 보이는 걸까? 누군가처럼 왜 원망조차 하지 않는 걸까?

"복수는 어떤 방식이든 서로가 서로를 갉아먹는 일일 뿐이에요. 복수의 긍정적인 효과? 개뿔! 복수가 삶의 목적인 인생이 절망에 빠진 인생보다 나을 게 없잖아요? 응어리진 사람들 마음 풀어주겠다고 나섰다가 괜히 애먼 피해자만 더 만들어서 지금 이 꼴을 당하고 있는 거라고요! 복수는 선과 악의 문제가 아니라 세상의 균형을 맞추는 일이라고요? 선과 악이 뭔데요? 균형이라는 게 도대체 뭔데요? 그런 게 이 세상에 존재하긴 해요? 사람마다 선과 악의 기준이 다르다면서 당신이 뭔데 선과 악을 판단하고 균형을 맞추려고 해요? 아니, 그보다 그렇게 해서 당신이 얻은 게 도대체 뭐죠? 왜 이렇게 인생을 어렵게 살아요? 누구보다 똑똑한 분이 정말 모르겠어요? 당신이 지금까지 했던 일들이 얼마나 오만하고 어리석은 일인지?"

혼자 무대 위에 올라 힘겨운 독백을 쏟아내고 무대를 내려온 배우처럼 성우는 허탈하고 허망했다. 테오에게 하고 싶은 말을 했다고 생각했는데, 모든 말들이 자기 자신에게 하고 싶은 말이었다는 것을 뒤늦게 깨달은 것이다. 테오는 마치 하늘에 떠 있는 구름처럼 영혼 없이 우두커니 앉아 있었다. 서슬 퍼래 보이던 총명함도 잃은 채, 인간의 숨결을 잃어버린 조각상처럼. 그제야 성우는 깨달았다. 자신의 복수가 철저하게 실패했다는 것을.

##

성우가 돌아가고 난 뒤에도 테오는 동굴 같은 방 안에 한참을 우두커니 앉아 있었다. 알맹이 없는 껍질처럼. 요셉은 성우가 나가고 말끔하게 닫히지 않은 문틈으로 테오를 초조하게 살피고 있었다. 요셉은 조금 전 성우와 테오가 나눈 이야기를 모두 들었다. 엿듣고 싶지 않았지만, 요셉은 그 자리를 차마 떠날 수 없었다. 방문 틈으로 보이는 테오의 심상치 않은 얼굴을 안타깝게 바라보다가 요셉은 조심스럽게 문을 두드렸다. 똑똑. 대답이 없었다. 요셉은 그 대답 없음이 들어와도 좋다는 의사로 판단하고 방문을 열었다.

"신부님!"

"아, 요셉."

"저 얼마 만에 보는 건지 기억나세요?"

"글쎄. 여기선 해가 뜨고 지는 걸 볼 수 없어서 잘 모르겠네."

"미음 가져다 드릴게요. 도팔 아저씨가 아침마다 끓여두고 계시거든요."

"미안하구나. 여러 가지로."

"신부님은 처음부터 다 알고 계셨던 거죠? 성우가 여기에 왜 찾아왔는지."

테오가 고개를 끄덕였다. 요셉은 성우가 복수전자의 유일한 실패 사례였던 이현민의 친구라는 사실에 누구보다 놀랐다. 블로그 시절 요셉은 학생이었고, 시작 단계였기 때문에 거의 모든 일을 테오가 알아서 진행했었다. 그래서 요셉은 이현민에 대한 기억이 별로 없었고, 성우가 의뢰자로 찾아왔을 때 이현민과의 연결점을 발견하지 못했던 것이다.

"근데 왜 성우를 받아주신 거예요?"

"복수를 하고 싶어 했고, 우리는 그런 사람들을 외면할 수 없는 사람들이니까."

"그래도 우릴 속였잖아요."

"납득할 만한 이유가 있었잖아."

"그건 우리 잘못이 아니라 기승만 잘못이에요."

"성우도 그건 알고 있었을 거야."

요셉이 살짝 놀란 표정으로 테오를 쳐다봤다. 테오의 얼굴에선 여전히 아무것도 읽을 수 없었지만, 왠지 모르게 홀가분해 보였다.

"그래도 뭔가 답을 찾으신 얼굴이네요."

"그런지도 모르지."

"사실 조마조마했어요. 신부님이 또 잘못된 선택을 하실까봐."

"고민은 했어. 계속 가야 할지 말아야 할지."

"설마 성우가 답이 된 건가요?"

"답이라기보다 깨달음이라고 해두지. 복수라는 게 누군가에게는 치유의 과정이고 깨진 균형을 맞추는 거라고 생각했는데, 그게 아니었던 것 같아."

"뭔데요?"

"우리가 이 일을 왜 시작했는지 기억하니?"

"복수 때문에 인생을 망치는 사람들이 안타까워서?"

"그래, 우리가 참 건방지고 오만한 마음으로 일을 시작했었지."

"가끔은 이게 뭐 하는 짓인가 생각도 들지만, 그래도 전 좋았어요. 통쾌한 기분도 들었고."

"근데, 요셉. 상처 받은 사람들은 어쩌면 복수를 하고 싶었던 게 아니라 끝을 맺고 싶었던 거 같아. 어떻게든."

"불행의 고리를 끊고 싶은 거군요. 어떻게든."

"그런지도 모르지"

"그럼, 우리 복수전자도 이제 달라져야 하는 건가요?"

요셉이 아쉬운 눈빛으로 테오를 쳐다보며 물었다. 테오가 자신의 마음을 알아채주길 바라면서.

"아마도?"

"역시 그렇군요. 알아들었어요. 그러니 일단 뭐라도 제발 드세요. 그래야 뭔가 정리도 하고 끝을 맺을 수도 있죠."

"그래야지. 앞으로 좀 더 적극적으로 움직이려면."

요셉이 테오의 말에 깜짝 놀라 테오를 쳐다봤다. 자신이 이해한 게 맞는지 눈빛으로 묻는다. 테오 역시 눈빛으로 대답한다. 그제야 안심하며 요셉이 웃는다.

"성우도 알까요? 복수전자를 향한 복수가 실패했다는 거."

"알 거야. 너만큼 영리한 녀석이니까."

"작별 인사라도 해둘 걸 그랬네요. 성우한테."

"아니, 성우는 다시 돌아올 거야."

"네?"

"성우가 생각보다 우리를 많이 걱정하고 있더라고."

"성우가요?"

"응, 성우가 다시 돌아오면 아마도 많은 변화가 있겠지."

"성우는 복수전자를 없애버리려고 했던 사람인데, 왜요?"

"성우가 내가 찾고 싶은 답을 알려줬거든. 기특하게도."

"성우가 무슨 말을 했는데요?"

"우리가 신도 하려고 하지 않는 일을 한다고. 그래서 생각했지. 신도 하지 않는 일이니 누군가에게는 우리가 꼭 필요한 존재이지 않을까?"

요셉이 놀라기도 전에 테오가 푸시시 바람 빠진 풍선처럼 웃었다. 신기했다. 요셉은 테오가 그렇게 편안하게 웃는 것을 처음 본 것 같았다. 테오가 웃자, 요셉도 따라 웃었다. 푸시시. 애쓰지 않아도 저절로 풀어지는 헐거운 매듭처럼.

의뢰자 47. 이현민

성우 얼굴을 바로 쳐다볼 자신이 없었다. 성우에겐 잘못이 없지만, 매일 웃고 떠들고 무엇이든 함께 했던 성우에게 지금의 상황을 어떻게 설명해야 할지 어떤 표정을 지어야 할지 모르겠다. 그래서 조용히 전학 절차를 밟고 학교를 그만두었다. 전화가 오고, 이메일이 오고, 성우가 직접 집으로 찾아오기도 했지만, 나는 다시 성우 얼굴을 보고 싶지 않았다. 볼 자신이 없었다. 성우 때문에 괴로워하는 나를 보고 아버지는 말씀하셨다. 이 일은 내 일이 아니라 본인의 일이라고. 바로잡는 건 본인이 할 테니 너희들은 너희들만의 관계를 만들어가라고. 아버지의 말은 틀렸다. 아버지들의 일이었지만, 가기 싫었던 전학을 쫓기듯 가야 하는 사람은 아버지가 아니라 나였다. 내가 그저 밀리면 밀리는 대로, 밟히면 밟히는 대로 살아야 하는 벌레 같은 존재라는 것을 확인시켜준 것 역시 성우, 아니 성우 아버지였다. 내 일이 아니라고? 이게 바로 내 일이고 내가 처한 현실이었다. 아버지의 권력에 따라 이리저리 꺾여야 하는. 친구 역시 그 서열에 맞춰 사귀어야 하는. 전학을 가고 새로운 환경에 적응하느라 바빴지만, 나는 여전히 화가 나 있었고, 성우 아버지를, 어쩌면 성우마저 용서하기 힘든 상태였다. 성우 아버지에 대한 분노가 죄 없는 성우에게까지 번져가는 것을 지켜보며 비참함은 더 깊어졌다. 특히 거실 한구석 책상에 우두커니 앉아 계신 아버지의 뒷모습을 볼 때마다 나는 코끝이 벌겋게 달아올랐다. 얼마 지나지 않아 평생 바깥일을 해본 적 없는 어머니마저 일을 나가셔야 하는 상황에 이르렀다. 울분이 아닌 증오가 머릿속을 방망이질했다. 아버지가 왜? 어머니가 왜? 도대체 왜 우리가 이런 일을 당해야 하는 걸까?

그렇게 하루하루 분노에 찬 질문들을 해대고 있을 때, 우연히 인터넷에서 복수전자라는 곳을 알게 되었다. 누군가의 소원을 들어주듯 누군가의 절절한 복수를 대신 해준다고 알려진 복수전자. 문득, 열두 살 소년이 소원을 들어준다는 놀이동산 오락기에서 어른이 되고 싶다는 소원을 빌었다가 진짜 어른이 되는 영화 속 이야기가 떠올랐다. 그 영화처럼 정말로 간절하게 바라면 소원이 아닌 복수를 들어주는 걸까? 말도 안 되는 생각이라는 걸 알았지만, 밑져야 본전이라는 생각도 들었다. 꽤 진지하게 아니 진심으로 그들이 원하는 포맷대로 내 사연을 작성했고, 그들이 내 사연을 선택해주기를 숨죽여 기다렸다. 며칠 뒤 드디어 답장이 왔다. 내 소원을, 아니 복수를 들어줄 테니 복수전자로 찾아오라고 했다. 뭔가 기쁘면서도 한편으론 의심스러운 생각도 들었다. 그들이 진짜 존재하는 사람인지조차 알 수 없었지만, 나는 그들의 달콤한 제안을 거절할 이유를 찾지 못했다. 동전의 양면처럼 간절한 마음 반, 의심스러운 마음 반을 정확히 가지고 그들을 찾아갔다. 지어진 지 얼마 되지 않은 텅 빈 상가건물 뒤편에 간판 대신 아크릴 패널 하나가 달랑 걸려 있었다. 복수전자. 문을 열자 독한 페인트 냄새와 새집 냄새가 코를 찔렀다. 어제 이사를 왔다고 해도 믿을 만큼 모든 것이 어설프고 어수선했다. 사람들도 그랬다. 도대체 이 사람들은 이런 가게를 운영하면서 왜 이런 일을 하는지 내가 다 걱정스러웠다.

"그런데 왜 이런 일을 하시죠?"

"의뢰자분들은 일의 결과보다 항상 그게 더 궁금하신 것 같네요."

"아무래도 그렇죠. 보수도 거의 받지 않으면서 왜 이렇게 위험하고 어려운 일을 하는지. 살짝 의심도 되거든요. 이 사람들은 나한테 뭘 바라고 이러는 걸까?"

"솔직하시네요."

"아버지 일 겪고 나서 제가 매사에 의심이 많아져서."

"살면서 가끔 그런 순간들을 만나게 되잖아요? 누가 봐도 억울하고 누가 봐도 복장 터지지만, 정상적인 방법으로는 아무것도 바꿀 수 없는 순간들. 진짜 누군가 어떻게 좀 해줬으면 좋겠다 싶은 그런 순간들."

"네, 그런 순간들이 있기는 하죠."

"그러다 누가 어떻게 하지도 않았던 거 같은데, 결국은 천벌을 받는 사람들이 나타나기도 하잖아요?"

"뭐 아주 간혹 그런 기적 같은 순간들이 있기는 하죠."

"저희는 그저 그런 기적 같은 순간들을 만들어보고 싶은 겁니다."

"왜요?"

"저희 역시 그런 순간들을 겪은 사람들이라서. 무엇이 되었든 그런 순간을 극복하고 살아 있다는 게 너무 감사해서. 우리가 할 수 있는 건 한번 해보자 그랬던 거죠."

"근데 그런 일이 진짜 가능한가요? 아니, 가능했다는 게 좀 놀라워서."

"가능합니다. 크게 욕심만 부리지 않는다면."

"저도 그런 기적이 가능했으면 좋겠네요."

"그렇다면 일단 작별 인사도 못 했다던 그 친구분을 한번 만나보세요."

"그 친구는 집을 나갔다고 하고, 지금은 전화번호도 몰라요."

"저희가 어디 있는지 알고 있고, 바뀐 전화번호도 알아두었습니다."

어두운 방에서 성우의 전화번호를 건네주던 남자는 내가 그 전화번호 쪽지를 받을 때까지 손을 내밀고 있었다. 어쩔 수 없이 나는 전화번호를 받았고, 전화를 걸었다. 내 전화를 받자마자 성우는 울음을 터뜨렸다. 성우의 목소리를 들으니 성우에게 품었던 서운한 감정도 조금은 녹아내리는 것 같았다. 나도 모르게 거기가 어디냐고 물었고, 그곳으로 내가 지금 가겠다고 대답했다. 전화를 끊고 남자에게 물었다.

"이게 끝인가요?"

"물론 아닙니다."

"제가 지금 성우를 만나는 게 과연 기승만이라는 사람에게 복수가 되는 걸까요?"

"성우 군은 기승만이라는 사람의 아들입니다."

"성우를 복수하는 데 이용하자는 거군요?"

"그렇게 생각하기보다 중요한 열쇠가 되어준다고 생각하면 좋겠네요."

그게 그거라고 생각했다. 어쨌든 이 사람은 성우를 이용해 기승만을 괴롭힐 작정이었다. 성우에게 갑자기 미안한 마음이 들었다. 아니 그보다 더 복잡하고 미묘한 감정이었다.

"분명히 말씀드리지만, 저는 성우가 아니라 성우 아버지에게 복수하고 싶은 겁니다."

"잘 알고 있습니다. 하지만, 성우 군은 저희가 집을 내보낸 것도 아니고, 스스로 집을 나온 겁니다. 저희는 그런 상황을 고려해서 설계를 한 것뿐입니다."

"좋아요. 그럼 성우를 만나서 제가 어떻게 해야 하죠?"

"지금 성우 군은 도움이 필요한 상황일 겁니다. 지금 성우 군에게 필요한 도움을 주세요."

"설마, 저희 집으로 데려가라는 건가요?"

"내키지는 않겠지만, 여기서 중요한 건 성우 군도 의뢰자님의 편이 되어야 기승만에게 제대로 된 복수를 할 수 있다는 겁니다."

갑자기 남자에게서 소름 끼치는 냉기가 느껴졌다. 과연 내가 기승만이라는 사람한테 제대로 된 복수를 할 수 있을까? 그것도 성우를 이용해서? 자신이 없었다. 복수를 한다 해도 모두에게 상처만 남기게 될 것 같았다. 늦은 저녁 소리 없이 차오르는 밀물처럼 후회가 무섭게 밀려들었다.

"지금이라도 그만두고 싶다면 여기서 멈추셔도 됩니다."

"정말, 그래도 되나요?"

"물론입니다."

"성우를 생각하면 그만두고 싶고, 아버지를 생각하면……."

"그럼 현민 군의 의뢰는 여기서 멈추는 걸로 하고, 그 대신 현민 군 아버님이 준비 중이신 일들을 저희가 조용히 도와드리는 건 어떨까요?"

그제야 듣고 싶은 답을 얻은 것 같은 느낌이 들었다. 대답 대신 안도의 한숨을 쉬고 나니 살벌한 냉기가 돌던 남자의 얼굴 역시 몽글몽글 펴지기 시작했다.

복수전자를 나서던 길, 아버지에게 전화를 걸어 물었다. 집을 나온 성우를 만나러 가는 길인데 성우를 집으로 데리고 가도 되냐고. 아버지는 평소와 다르지 않은 말투로 대답했다.

"네가 괜찮다면 나도 상관없다."

아버지는 내 마음의 짐을 그렇게라도 덜어주고 싶었을 것이다. 나 또한 그랬다. 성우를 평생 목구멍으로 넘어가지 않고 박혀 있는 가시로 만들고 싶지 않았다. 한편으로는 기승만 때문에 우리 가족이 얼마나 힘든 상황인지 보여주고도 싶었다. 그래서 아버지가 기승만의 부당함을 세상에 밝혔을 때, 성우가 조금이라도 우리 가족을 이해해주길 바랐다. 저만치 성우가 짐 가방을 들고 앉아 있는 것이 보였다. 나도 모르게 울컥 눈물이 났다. 성우도 나를 보자마자 또 울기 시작했다. 궤도에서 조금은 벗어난 우정이었지만, 그래도 우정은 우정이었다. 언젠가 성우도 이런 내 맘을 알아줄 거라는 희망을 가져본다. 아버지의 말씀대로 아버지들과는 전혀 다른 관계를 성우와 내가 만들어낼지도 모른다는 기적 같은 희망.

##

성우가 드디어 집으로 돌아갔다. 성우는 아버지와 협상을 하겠다고 말했지만, 나는 그 협상이 제대로 이루어지지 않을 거라 생각했다. 성우 역시 그 협상을 믿지 않았을 것이다. 어쩌면 성우는 이런 생활을 견디기 힘들어 포기한 것인지도 모르겠다. 어차피 성우에게 협상과 포기는 한 끗 차이였다. 서운하기도 했지만, 한편으론 속이 편했다. 이제 더 이상 성우에게 미안한 마음을 품지 않아도 된다는 안도감 때문이었다. 이제 아버지도 망설임 없이 기승만과 싸울 태세를 갖출 수 있을 것이다. 괴물 같은 기승만이 우리를 어떻게 대할지 짐작조차 하기 어렵지만, 우리는 멈추지 않을 것이다. 집에 잘 들어갔다는 성우의 안부 문자를 확인하고, 복수전자 사람에게 오래간만에 메일을 보냈다. 그들의 진심이 여전히 의심스러운 건 사실이지만, 나와 이야기를 나누었던 복수전자 사람에 대해 나 나름대로의 조사와 연구 시간이 필요했다. 그리고 판단했다. 그들을 한번 믿어봐도 좋을 것 같다고. 아버지는 복수전자 사람들에 대해 아직은 모르시지만, 그들의 도움을 받는다면 왠지 승산 있는 싸움이 될 수도 있을 것 같다고. 성우가 없는 방에서 오랜만에 혼자 이불을 덮고 누웠다. 앞으로 일어날 일에 대한 설렘 때문인지 긴장 때문인지 이상하게 목이 타고 입이 바짝바짝 마르는 밤이다. 문득, 꿈인지 생시인지 모를 성우 얼굴이 스멀스멀 떠오른다. 성우에게도 내게도 오늘 밤만은 평온하고 편안한 밤이기를. 간절히 그리고 간곡히 빌어본다.

에필로그

차가운 복수

차가운 복수였다. 아버지가 여당 대선후보로 선출되기 직전 검찰 조사를 받게 된 것은. 누구보다 냉정하게 담금질했던 내 복수의 칼날은 그렇게 아버지 기승만의 부푼 심장에 정확히 꽂혔다. 이제 알았다. 복수는 차가울수록 성공하기 쉽다는 것을.

꼬박 3년이 걸렸다. 아버지 곁에서 아버지와 똑같은 인간이라는 소리를 견뎌내며, 오늘 이 순간을 위해 나는 죽을힘을 다해 달렸다. 아버지는 용의주도하고 의심이 많은 사람이었기 때문에 나조차 속을 만큼 아버지와 똑같은 사람이 되어야 했다. 문득문득 변하는 내 모습에 나조차 진절머리를 내면서도, 나는 기승만처럼 되지 않기 위해 기승만처럼 살았다. 그럼에도 불구하고 가장 어려웠던 일은 아버지의 돈줄이 되어준 일명재단을 장악하는 것이었다. 일명재단을 차지하기 위해 우주선 설계보다 더 복잡한 재단의 비공식적인 회계를 파악해야 했다. 덕분에 나는 그 어느 때보다 열심히 공부했고, 아버지 밑에서 일하는 사람들에게 믿음을 주기 위해 부단히 노력해야 했다. 그리고 마침내 일명재단의 회계 시스템에 불법적인 결함이 있다는 사실을 발견했다. 누군가 작정하고 건드린다면 고구마 줄기처럼 얽혀 있는 폭탄들이 펑펑 터질 수도 있는 치명적인 결함이었다. 나는 그 사실을 아버지에게 지체 없이 알렸다. 하지만 아버지는 대수롭지 않다는 표정으로 태연하게 물었다.

"그 결함을 안고 갈 사람이 필요한데. 누가 좋을까?"

언제나처럼 아버지는 자신의 잘못을 뒤집어써줄 누군가를 찾고 있었다. 잠시 당황하는 사이 아버지는 음흉스럽게 다시 물었다.

"김 보좌관은 요즘 어떻게 지내지?"

서창석 의원에게 가버린 김 보좌관을 찾는 이유는 간단하지만 복합적인 이유가 있었다. 그 결함을 누구보다 잘 알고 있어 자신이 왜 희생양으로 낙점이 되었는지 설명할 필요 없는 존재라는 만만함, 그리고 자신의 치부를 알고 있는 누군가를 이번 기회에 제거할 수 있다는 실리적인 편리함 등이 뒤섞여 있는 것이다. 실제로 김 보좌관은 일명재단 재정과 관련해서 공식적인 직책을 잠시 맡은 적도 있었다. 결국 아버지의 지시에 따라 모든 자료의 중심에 김 보좌관이 서 있을 수 있도록 모든 자료가 재편집되었다. 그렇게 재편집된 자료들은 친절하고 깔끔하게 포장되어 검찰에 먼저 보내졌다. 재밌는 사실은 이 일의 중심에 내가 있었다는 것이다. 아버지의 지시대로 한 일이지만, 아버지는 그 일의 중심에 나를 세우기 위해 그에 상응하는 직책까지 주었다. 만약 일이 잘못될 경우 그 책임 또한 나에게 뒤집어씌우기 위해서였다. 덕분에 나는 일명재단을 대표하는 책임자가 될 수 있었다. 아주 위험한 일이었지만, 결국 아버지로부터 일명재단을 가져오는 데 성공한 것이다.

이득이 맞아떨어지는 아버지와 검찰의 컬래버로 김 보좌관은 일사천리로 구속되었고, 아버지는 의도했던 대로 마음 편히 대통령이 되기 위한 수순을 차곡차곡 밟아갈 수 있었다. 김 보좌관이 구속되고 얼마 되지 않았을 때 나는 김 보좌관을 몰래 찾아갔다. 김 보좌관은 내 얼굴을 보자마자 침이라도 뱉을 것처럼 비웃으며 말했다.

"너무 좋아하진 마세요. 언젠가 당신도 당할 일이니까."

"잘 알고 있습니다."

"근데 왜 여기까지 날 찾아온 거죠?"

내가 김 보좌관을 찾아간 것은 분노의 깊이를 파악하기 위해서였다. 얼굴을 차마 쳐다보기 힘들 정도로 그의 분노는 깊고 뜨거웠다. 아버지로 인해 인생이 망가진 사람들을 찾아다니며 사과했던 그 시절의 나처럼 김 보좌관에게 머리 숙여 사과를 할 수는 없었지만, 나는 이제 그에게 다른 선택의 길을 열어줄 수는 있었다.

"내일 누군가 당신을 찾아올 겁니다. 누군가에게 복수하고 싶다면, 그 사람의 말을 잘 들어보세요. 분명 다른 세상이 보일 겁니다."

##

“너도 똑같이 당할 거다. 반드시!”

아버지가 구속되기 직전 모든 상황을 파악하고 내게 마지막으로 던진 말이었다. 자신의 남근을 자르고 왕위에 오른 아들 크로노스에게 저주를 퍼붓던 우라노스처럼 아버지는 내게 자신이 생각하기에 가장 끔찍한 저주를 퍼부었다. 아마도 아버지는 우라노스의 저주가 두려워 자식들을 낳는 대로 집어삼켰던 어리석은 크로노스처럼 내가 두려워하기를 바랐을 것이다. 안타깝게도 아버지의 저주는 내게 저주가 되지 못했다. 그만큼 아버지는 나를 몰랐고, 내가 두려워하는 것이 무엇인지 짐작조차 못 했다. 반면에 나는 아버지 기승만이라는 사람에 대해 제대로 알기 위해 끊임없이 노력했고 3년이 지난 뒤, 일명재단의 재정적 뒷받침과 복수전자 사람들의 용의주도함을 바탕으로 아버지의 뒤통수를 노릴 수 있었다. 아버지는 바위처럼 견고하고 단단한 사람이었지만, 아무리 견고하고 단단한 바위라 할지라도 하찮은 잡초의 끈질긴 생명력으로 만들어진 실금을 막을 수는 없었다. 견고한 바위는 자신의 존재감에 도취되어 그 실금을 우습게 여겼을 것이다. 미약한 그 실금은 하찮은 것처럼 보였지만, 그 하찮음은 시작일 뿐이다. 그 하찮은 시작은 뜨거운 태양과 빗물, 그리고 차가운 냉기를 삼켰다 뱉기를 수천 번 수만 번 반복하다 결국 어느 순간, 절대 깨질 것 같지 않은 바위를 쩍 하고 갈라놓을 수도 있는 것이다. 절대 무너질 것 같지 않던 왕국이 멸망하고 새로운 왕국이 세워지는 역사적인 과정도 언제나 그랬다. 너무 작고 사소해서 눈에 드러나지 않았을 뿐, 엄청난 사건의 시작은 언제나 늘 그렇게 보잘것없는 것들로부터 시작한다.

아버지는 분명 내 복수심을 하찮게 여겼을 것이다. 뜨거운 욕망으로 살짝 지르밟을 수 있을 거라 생각했을 테니까. 아버지는 김 보좌관의 분노 역시 대수롭지 않게 생각했을 것이다. 늘 하던 대로 넉넉한 돈만 쥐여주면 누구라도 자신의 죄를 뒤집어쓰고 감옥에 갈 수 있을 거라 믿었을 테니까. 아버지는 복수전자 사람들의 존재도 우습게 여겼을 것이다. 그들의 일을 그저 사회 밖으로 밀려난 루저들의 한풀이라 치부했을 테니까. 그렇게 하찮고 미약한 것들이 힘을 합쳐 철옹성 같은 자신의 존재를 무너뜨릴 수 있을 거라곤 상상조차 못했을 것이다. 어쩌면 아버지는 그런 하찮은 존재들에게 자신이 무너졌다는 사실이 가장 뼈아플지도 모르겠다.

그럼에도 불구하고 아버지는 그리 길게 구속될 것 같지 않았다. 우리 사회가, 우리들의 법이 그랬다. 언제나 법은 가진 것이 많은 사람들에게 너그러운 법이니까. 세상 꼭대기에 오르려다 바로 코앞에서 추락한 괴물은 다시 수면 위로 떠오르는 순간 또 무슨 짓을 어떻게 저지를지 모른다. 여지없이 아버지는 그 어떤 방식으로든 나에게 뜨거운 복수를 해올 것이다. 그런 아버지의 복수가 두렵지는 않았지만, 그 과정에서 또 얼마나 많은 사람들이 희생될지 그게 두려울 뿐이다. 물론 그런 일들을 대비하기 위해 일명재단의 꽤 많은 자금을 이미 빼돌렸고, 그 자금 관리를 복수전자 측에 맡겨두었다. 또한 아버지의 영향력에서 벗어나 나 자신의 독립적인 힘을 키우기 위해 미국 로스쿨 입학 준비도 해두었다. 몇 년이 될지 평생이 될지 모를 긴 싸움을 준비하기 위해 그렇게 나는 앞으로도 완벽한 복수자로 살아갈 것이다. 차가운 복수의 결말은 성공적이었지만, 예상했던 것보다 훨씬 더 허망하고 싸늘했다. 이 허망한 싸늘함을 나는 얼마나 더 버틸 수 있을까? 내 나이 겨우 스물여덟에 말이다.

작가의 말

사람들 발길이 거의 닿지 않는 어느 길목에 외롭지만 웃긴 가게 하나가 있다. 안쪽에는 세련되지 못한 조명기구들이 크리스마스트리처럼 널려 있고 한쪽 벽면에는 언제 가져다 놓았는지 짐작하기도 힘든 전자기기들이 무질서하게 쌓여 있던 가게 ××전기. 그 가게가 특별하게 보였던 이유는 문 앞에서 항상 어울리지 않는 오렌지 슬러시 기계가 슬렁슬렁 돌아갔고, 그 옆에는 뽀얗게 먼지가 쌓인 보리찰빵 봉지가 수북하게 쌓여 있었기 때문이다. 도대체 이 가게는 무엇을 파는 곳일까? 늘 궁금했다. 더 흥미로운 사실은 계절이 바뀌면 가게 앞에서 팔던 보리찰빵은 붕어빵으로, 오렌지 슬러시는 어묵으로 바뀌었다는 것이다. 계절의 취향은 알아도 손님의 취향은 몰랐던 걸까? 어쨌든 1년이 넘는 시간 동안 그 가게 앞을 지나쳐야 했던 나는 늘 고대했다. 오늘은 가게에 찾아온 손님을 볼 수 있기를. 안타깝게도 끝끝내 나는 그 가게의 손님을 볼 수 없었다. 물론 가게의 주인 마저도. 주인도 손님도 본 적이 없으나 서울 한복판 어느 골목 끝에 지금도 여전히 존재하고 있는 이상한 가게 ××전기. 어쩌면 소설『복수전자』는 그 이상한 가게의 잔상 덕분에 시작되었는지도 모른다.

이 소설의 전작『3인칭 관찰자 시점』이 세상에 나온 뒤 여러 가지 질문을 받았다. 그중에서 가장 기억에 남는 질문 중 하나는 시점을 가져보지 못한 주인공 테오가 그 후에 어떻게 되었냐는 것이었다. 마지막 도팔의 시점에서 홀연히 버스를 타고 어디론가 떠났던 테오는 그 후 어떤 삶을 살았을까? 그는 끝까지 신을 의지하며 그가 그렇게 바라던 마음의 평안을 얻었을까? 그렇게 시작된 질문은 결국 12년 후 테오의 모습을 상상하게 만들었고, 그것이『복수전자』의 두 번째 걸음이 되었다.

이 소설은 복수에 대한 이야기지만, 복수에 대한 이야기가 아닐 수도 있다. 어쩌면 이 이야기는 가혹한 처지에 있는 사람들에게 더 가혹한 현실 속에서 어떻게든 살아내고자 했던 미약한 존재들이 서로를 돕고 연대하며 성장하는 이야기일지도 모른다. 인간의 역사가 그러했던 것처럼.

"잠자는 하늘님이여 이제 그만 일어나요.
그 옛날 하늘빛처럼 조율 한번 해주세요."

차디찬 광화문 광장 바닥에서 수많은 사람들과 함께 이 노래를 불렀던 기억을 가지고 있다. 우연처럼 버려진 태블릿 PC 하나로 절대 무너질 것 같지 않았던 권력이 무참히 무너져 내리는 광경을 지켜보며 이상한 생각이 들었다. 이 모든 일련의 과정이 과연 우연이었을까? 우연을 가장한 수많은 사람들의 의지는 아니었을까? 만약 그렇다면 그 의지가 『복수전자』의 세 번째 걸음이 되었는지도 모르겠다.

마지막으로 나는 감히 바란다. 이 이야기가 복수에 대한 이야기이든 현실에선 일어날 수 없는 판타지이든 누군가에게 무겁지 않은 위로가 되기를. 숨을 쉴 수 없을 정도로 아무것도 할 수 없는 갑갑함 속에서 트림 같은 뚫림이 되기를. 비교적 유쾌하고 시원하게.

2020년 7월 조경아

복수천자

초판 1쇄 인쇄 2020년 7월 20일
초판 1쇄 발행 2020년 7월 27일

지은이 조경아
펴낸이 이수철
주 간 하지순
교 정 구경미
디자인 권석중
마케팅 안치환
관 리 전수연

펴낸곳 나무옆의자
출판등록 제396-2013-000037호
주소 (03970) 서울시 마포구 성미산로1길 67 다산빌딩 3층
전화 02) 790-6630 팩스 02) 718-5752
페이스북 www.facebook.com/namubench9
인쇄 제본 현문자현

ISBN 979-11-6157-106-5 03810

* 이 도서의 국립중앙도서관 출판예정도서목록(CIP)은 서지정보유통지원시스템
홈페이지(http://seoji.nl.go.kr)와 국가자료공동목록시스템(http://www.nl.go.kr/kolisnet)에서
이용하실 수 있습니다. (CIP제어번호 : CIP2020028840)